新潮文庫

夜の樹

カポーティ
川本三郎訳

新潮社版

5233

目次

Contents

夜の樹

ミリアム

Miriam

ミセス・H・T・ミラーは、もう何年も、イースト・リヴァーに近い、改築されたブラウンストーンの快適なマンション（キチネット付きの二部屋）にひとりで暮らしていた。彼女は夫を亡《な》くしていたが、夫のH・T・ミラーは彼女がひとりで生活していくのに困らない程度の保険金を残していた。彼女の生活はつましい。友だちというような人間はいないし、角の食料品店より先に行くこともめったにない。マンションの住人たちは彼女がいることに気づいてもいないようだ。服は地味。髪は鉄のような艶《つや》のある灰色で、短く切って、軽くウェーブをかけている。化粧品は使わない。容貌《ようぼう》は十人並みで目立たない。この前の誕生日で六十一歳になった。彼女の一日は決まりきっている。二つの部屋をきれいにする。ときどき煙草《たばこ》を吸う。食事の支度をする。カナリアの世話をする。

そんなある日、彼女はミリアムに会った。その夜は雪が降っていた。ミセス・ミラーは夕食の皿を拭《ふ》き終り、夕刊を親指でめくっていた。近所の映画館で上映している映画の広告が目にとまった。面白そうな題名だったので、彼女はやっとの思いでビーバーの毛皮のコートを着ると、長靴《ながぐつ》の紐《ひも》を結び、家を出た。玄関の灯《あか》りをひとつ点《つ》けたままにしておいた。暗闇《くらやみ》が何よりも怖かったからだ。

その夜の雪は心地よかった。静かに降りしきっていたが、舗道にはまだ積もっていない。川からの風は冷たかったが、それも交差点を渡るときだけだった。ミセス・ミラーは頭を下げ、暗闇で穴を掘っているモグラのように、他のことは何も考えずに道を急いだ。ドラッグストアに立寄ってペパーミントを一箱買った。

映画館の切符売り場の前には長い行列が出来ていた。彼女は列の最後に並んだ。行列のなかから、これはかなり時間がかかりそうだな、とうんざりしたような声が聞えた。ミセス・ミラーは革のハンドバッグのなかに手をやって、ちょうど入場料分の小銭をかき集めた。なかに入るのには時間がかかりそうだったので、彼女は退屈しのぎにあたりを見た。そのとき、入口《マーキー》のひさしの下に小さな女の子がひとり立っているのに気づいた。

女の子の髪は、ミセス・ミラーがこれまで見たこともないくらい長く、変っていた。色は白子のようなシルバー・ホワイト。ふさふさしてゆったりと長く、腰のあたりまである。やせて、華奢《きゃしゃ》な身体《からだ》つきをしている。仕立てものの紫色のビロードのコートのポケットに親指を入れて立っている。その姿には、飾らない、独特の気品が感じられる。

ミセス・ミラーはなぜか心が高ぶるのを感じた。そして女の子が自分のほうを見たとき、親しげに微笑《ほほえ》んだ。女の子は彼女のところに近づいてきていった。「お願いがあるの」

「私に出来ることなら、喜んで」ミセス・ミラーはいった。

「簡単なことよ。わたしのかわりに切符を買ってほしいの。そうしないとなかに入れてもらえないでしょ。お金はここにあるわ」そして彼女は優雅な手つきでミセス・ミラーに十セント硬貨二枚と五セントのニッケル貨を一枚手渡した。

ふたりはいっしょに映画館へ入った。案内係の女性がふたりを休憩室へ案内し、二十分で今の回の映画が終るといった。

「犯罪者になった気分よ」とミセス・ミラーは椅子《いす》に坐《すわ》りながら楽しそうにいった。「だって、あれは、法律をおかしたことになるんでしょ？　悪いことをしたことにならなければいいけれど。お母さんは、あなたがここにいること知っているの？　どうなの？」

女の子は答えなかった。彼女はコートを脱いで膝《ひざ》の上にたたんだ。コートの下にきちんとしたブルーのドレスを着ていた。首には金の鎖をつけている。繊細で、音楽でも奏《かな》でそうな指でその鎖をいじっている。彼女をさらによく観察しているうちにミセス・ミラーは、彼女の本当の特徴は髪ではなく目であることに気づいた。薄茶色で、落着いていて、子どもらしさがまったくない。それに、大きくて、顔じゅう目のようだった。

ミセス・ミラーはペパーミントをすすめた。「名前はなんていうの？」

「ミリアムじゃない」と彼女はいった。わかっているのになぜ聞くのという感じだった。

「あら、不思議ね。私の名前もミリアムなのよ。どこにでもある名前ではないのに。まさか、苗字《みょうじ》までミラーというのじゃないでしょうね！」

「ただミリアムよ」

「それは変じゃない？」

「そうね」とミリアムはいってペパーミントを舌の上でころがした。

ミセス・ミラーは赤くなって、居心地悪そうに坐りなおした。「そうね、なんて子どもなのに大人みたいないい方するのね」

「わたしが？」

「ええ、そうよ」といってからミセス・ミラーはあわてて話題を変えた。「映画は好き？」

「本当いうとわからないの」ミリアムはいった。「まだ見たことないから」

女性客が休憩室にあふれてきた。ニュース映画の爆弾の音が扉《とびら》の向こうで聞える。ミセス・ミラーはバッグを小脇《こわき》にかかえて立ち上がった。「そろそろ行ったほうがいいわ、坐れなくなるといけないから」彼女はいった。「お会いできてよかったわ」

ミリアムは軽くうなずいた。

その週はずっと雪だった。車も人間も、音もなく通りを行き来した。まるで日常生活が、薄いけれど突き通せないカーテンの向こうでひっそりと続いているようだった。雪が静かに降り続くなかで、空も地面も見えなかった。ただ雪だけが風に舞っていた。雪は、窓ガラスを白くし、部屋を冷たくした。雪のために町は死んだように静まりかえっていた。

一日じゅう、電燈《でんとう》をつけておかなければならなかった。ミセス・ミラーは曜日がわからなくなった。金曜日と土曜日の区別がつかなくなった。日曜日なのに食料品店に行ってしまった。もちろん、店は閉まっていた。

その夜、彼女はスクランブル・エッグとトマト・スープを作った。夕食を終えると、フランネルの寝巻を着て、顔にコールド・クリームを塗り、足の下に湯たんぽを入れてベッドに入った。ベッドのなかで「ニューヨーク・タイムズ」を読んでいるとドアのベルが鳴った。はじめ、彼女は誰かが部屋を間違えたのだろうと思った。黙っていれば間違いに気がついて行ってしまうだろう。しかしベルは何度も鳴った。出るまで鳴り続けていそうだった。彼女は時計を見た。十一時を少し過ぎたところだった。そんな筈《はず》はない。いつもは十時には眠ってしまうのだから。

ベッドから降りると、彼女は裸足《はだし》でリビングルームを小走りに横切った。「いま行きますよ。お願いだからせかさないで」。掛け金がひっかかってはずせない。右に左に動かしてみた。そのあいだベルは鳴りっぱなしだった。「お願い、もうやめて」と彼女は叫んだ。錠がやっとはずれ、彼女は少しだけドアを開けた。「いったい何の御用です?」

「ハロー」とミリアムがいった。

「まあ……これはこれは」とミセス・ミラーはためらいがちにドアの向こうに出ながらいった。「あのときの子ね」

「ドアを開けてもらえないかと思ったわ。でもずっとベルを押したの。家にいるってわかっていたから。わたしに会えてうれしい？」

ミセス・ミラーはなんと答えたらいいかわからなかった。ミリアムがこのあいだの夜と同じ紫色のコートを着ているのに気がついた。今日はそれによく似合うベレーをかぶっている。白い髪を、輝くような二本のおさげに編み、その両端を大きな白いリボンで輪のように結んでいる。

「これだけ待ったんだから、なかに入れてくれてもいいでしょ」と彼女はいった。

「でももう遅いわ……」

ミリアムは、何をいうのという表情で彼女を見た。「遅いからどうだっていうの？なかに入れて。外は寒いわ。それにわたし、絹のドレスなの」それから、彼女はそっとミセス・ミラーを押しのけると部屋のなかに入った。

彼女はコートとベレーを椅子の上に置いた。本当に絹のドレスを着ていた。白い絹。二月というのに白い絹。スカートのひだは美しく、袖《そで》は長かった。彼女が部屋のなかを歩くたびにかすかな衣《きぬ》ずれの音がした。「いいお家ね」彼女はいった。「この敷物、好きだわ。ブルーはわたしのお気に入りの色なの」。彼女は、コーヒー・テーブルの上の花びんにさしてある紙のバラに手を触れた。「造花なのね」がっかりしていった。

「悲しいわ。造花なんて、悲しくない？」そういって優雅にスカートを広げながらソファに坐った。

「何の用なの？」ミセス・ミラーは聞いた。

「坐ってよ」ミリアムはいった。「立っている人を見るといらいらするの」

ミセス・ミラーはクッションに身を沈め、「何の用なの？」と繰返した。

「わたし、歓迎されていないみたいね」

しばらくのあいだミセス・ミラーは返事をしなかった。手だけを意味もなく動かした。ミリアムはくすくす笑って、ふっくらとした更紗《さらさ》の枕《まくら》に身体をくっつけた。ミセス・ミラーは、女の子の顔色がこのあいだのように青白くないのに気がついた。頬《ほお》には赤味がさしている。

「どうして私がここに住んでいるってわかったの？」

ミリアムは顔をしかめた。「簡単にわかったわ。おばさんの名前は？　わたしの名前はなんだったかしら？」

「でも私は電話帳に名前を載せていないのよ」

「ねえ、他の話をしましょうよ」

ミセス・ミラーはいった。「こんな夜遅くまで子どもが外にいて何もいわないなんて、あなたのお母さんは少しおかしいわ――それにそんな変な服を着せるなんて。お母さん、頭がおかしいのよ」

ミリアムは立ち上がると、鳥籠《とりかご》が天井から鎖で吊《つ》るされている部屋の隅《すみ》に行った。鳥籠には覆《おお》いがかけられている。彼女はその下を覗《のぞ》き込んだ。「カナリアね」彼女はいった。「起してもいいかしら。声を聞きたいわ」

「トミーをそっとしておいて」ミセス・ミラーは心配そうにいった。「起さないで」

「わかったわ」ミリアムはいった。「でも、どうして声を聞いちゃいけないのかしら」

彼女は言葉を続けた。「何か食べるものある？　おなかが減って死にそう。ミルクとジャム・サンドイッチだけでもうれしいわ」

「ね、いいこと」とミセス・ミラーはクッションから立ち上がっていった。「いいこと――サンドイッチを作ってあげたら、おとなしくお家に帰る？　もう真夜中過ぎなのよ」

「雪が降ってるのに」ミリアムが抗議するようにいった。「それに外は寒いし、暗いわ」

「そんなことといっても、はじめからここに来るのがおかしいのよ」ミセス・ミラーはなんとか興奮を抑えていった。「お天気は私にはどうしようもないわ。食べものが欲しいんなら、帰るって約束して」

ミリアムはおさげの髪で頬をなでた。ミセス・ミラーの条件をよく検討しているような考え深げな目つきだった。彼女は鳥籠のほうに振り返った。「いいわ」彼女はいった。「約束する」


あの子、いくつぐらいかしら？　十歳？　十一歳？　ミセス・ミラーは台所でいちごジャムのびんを開け、パンを四きれ切った。コップにミルクを注《つ》ぎ、それから煙草に火をつけようと手を休めた。それになぜここに来たのかしら？　考えにとらわれていたので、マッチを持つ手が震え、気づいたときには指をやけどしてしまった。カナリアが歌っていた。真夜中だというのに朝のように歌っている。朝しか歌わない鳥なのに。「ミリアム、トミーをそっとしておいてやってといったでしょ」。答えはない。彼女はもう一度いった。カナリアの声しか聞えない。彼女は煙草を吸った。フィルターのほうに火をつけていたのに気がついた――まあ、落着かなくちゃいけないわ。

彼女は食べものをお盆に乗せて運び、コーヒー・テーブルの上に置いた。鳥籠にはまだ覆いがかけられたままなのに気がついた。それなのにトミーは歌っている。彼女は妙な胸さわぎを覚えた。部屋には誰もいなかった。ミセス・ミラーは小部屋を通って寝室に行った。ドアのところで彼女は息をのんだ。

「そこで何をしているの？」彼女はいった。

ミリアムはミセス・ミラーのほうをちらっと見上げた。目には普通ではないものがあった。彼女は簞笥《たんす》のそばに立っていた。目の前には宝石箱が開かれている。ほんのしばらくのあいだ、彼女はミセス・ミラーをじっと見た。二人の視線を強い力で合わせようとした。それから微笑んだ。「ここにはいいものがないわ」彼女はいった。「でもこれは好き」彼女の手にはカメオのブローチがあった。「素敵だわ」

「でも、それは元に戻したほうがよさそうね」ミセス・ミラーはいった。何か支えが欲しいと感じた。彼女はドアの枠《わく》に寄りかかった。頭が耐えられないほど重い。息苦しくて心臓が圧迫されている感じがする。電燈の光が壊れたようにちかちかする。

「お願いだから――それは、夫の贈り物なの……」

「でもとてもきれい。わたし、これ欲しいわ」ミリアムはいった。「わたしに頂戴」

ミセス・ミラーは立ったまま、ブローチを取り返そうと何かいい言葉を考えようとした。そのとき彼女は、自分には頼りになる人間が誰もいないことに気がついた。彼女はひとりぼっちだった。長いあいだ考えたことがなかったが、それは事実だった。いまはじめてその厳然たる事実に気づいて彼女は愕然《がくぜん》とした。しかし、いまこの雪の降りしきる町の部屋のなかには彼女の孤独を示す証拠がいくつもあった。彼女はその証拠をもはや無視出来なかったし、驚くほどはっきりとわかったことだが、それに抵抗も出来なかった。

ミリアムは、むさぼるように食べた。サンドイッチとミルクを終えると、指を蜘蛛《くも》が巣を作るように皿の上に動かして、パン屑《くず》をかき集めた。彼女のブラウスにはカメオのブローチが輝いている。ブローチに彫られたブロンドの女性の横顔は、それをつけているミリアムの顔を模したように見える。「ああ、おいしかった」彼女はほっとひと息ついていった。「これでアーモンド・ケーキかさくらんぼがあれば最高だけど。甘いものっておいしいわ、そうでしょ？」

ミセス・ミラーは煙草を吸いながら、不安そうにクッションに坐っていた。ヘアネットが片側にずり落ち、ほつれた髪の毛が顔に垂れ下がってきている。目はうつろで焦点が定まっていない。頰には、まるで激しく平手打ちされ、そのあとがずっと残ったように、赤い斑点《はんてん》が浮き出ている。

「キャンディか――ケーキはない？」

ミセス・ミラーは絨緞《じゅうたん》の上に煙草の灰を叩《たた》き落としてしまった。なんとか目の焦点を合わそうとしたので、頭が少し左右に揺れた。「サンドイッチを作ってあげたら帰るって約束したでしょ」彼女はいった。

「あら、そうだった？」

「約束だったでしょ。それに私、もう疲れたし、気分がとても悪いの」

「怒らなくてもいいのに」ミリアムがいった。「ちょっとふざけただけよ」

彼女はコートをつかむと、腕に引っかけ、鏡の前でベレーを直した。それからミセス・ミラーのほうに腰をかがめるとささやくようにいった。「お休みのキスをして」

「やめて——そんな気分じゃないの」ミセス・ミラーはいった。

ミリアムは肩をすくめ、眉《まゆ》をしかめた。「お好きなように」といって彼女はまっすぐにコーヒー・テーブルのところに行くと紙のバラをさした花びんをつかみ、堅い床が敷物からはみ出ているところに持っていき、それを床に叩きつけた。ガラスがこなごなに割れた。彼女は脚で花束を踏みつけた。

それからゆっくりとドアのところへ歩いて行ったが、ドアを閉める前に、ずる賢いような、それでいて無邪気な好奇心にみちた目でミセス・ミラーのほうを振返った。

次の日、ミセス・ミラーはベッドのなかで過ごした。一度だけ起きてカナリアに餌《えさ》をやり、紅茶を一杯飲んだ。体温を計ってみたが熱はなかった。それでも熱に浮かされたように夢にうなされた。夢からさめて横になったまま天井を見つめているときにも、不安な気持は続いた。複雑な交響曲のなかの、とらえどころのない不思議な主題のように、ひとつの夢がほかの夢のあいだを糸で縫うようにあらわれる。しかもその夢が描く光景は、天才の手で描かれたように、輪郭がはっきりとしている。花嫁衣裳《いしょう》を着て、木の葉の冠をかぶったひとりの小さな女の子が、灰色の行列の先頭に立って山道を下っている。行列は不自然なほど静まりかえっているが、やがて列のうしろにいた女性が聞く。「あの子、私たちをどこに連れていくのかしら?」「誰にもわからないんだ」と前にいた老人がいう。「でも彼女、可愛《かわ》いくありません?」と三番目の声がすすんでいう。「まるで氷花《フロスト・フラワー》みたい……あんなにきらきら輝いていて真白で」

火曜日の朝、目が覚めると、気分がよくなっていた。ベネチアン・ブラインドを通して斜めに射《さ》し込んでくる荒削りの板のような太陽の光が、彼女の不健全な空想を打ち砕いていくようだった。窓を開けると、和らいだ、春のように穏やかな日だった。この季節には珍しい青空に、真白な雲がペンキで掃いたように浮かんでいる。低く連らなった屋根の向こうには、川と、暖かい風に揺れて曲線を描いているタグボートの煙が見える。大きな銀色のトラックが、道路に積み上げられた雪をかいている。雪かきの機械の音が空気のなかで楽しそうにハミングしている。

部屋の掃除を終えると、彼女は食料品店に行き、小切手を現金に換えた。それからシュラフトの店に行き、そこで朝食をとり、ウェイトレスと幸福な気分でお喋《しゃべ》りをした。本当に素晴しい日だった――休日よりもっと素敵――このまま家に帰るのはもったいない。

彼女はレキシントン街を走るバスに乗り、北に向かい八十六丁目まで行った。そこで少しショッピングをしようと決めていた。

何が欲しいのか、何が必要なのか、考えはなかったが、彼女は、通りをぶらぶら歩いていった。元気よく、傍目《わきめ》もふらずに歩いている通行人たちだけを眺《なが》めた。彼らを見ていると、彼女は、自分がひとりぼっちになったようで心が落着かなかった。

三番街の角で信号を待っていると、ひとりの男に気がついた。老人だった。ガニ股《また》で、荷物を詰めこんだショッピングバッグを腕いっぱいに抱えて、前かがみに立っている。着古した茶色のコートを着て、チェックの縁なし帽をかぶっている。突然、彼女は、お互いに相手を見て微笑んだことに気づいた。ただそれは親しみのこもったものではなかった。相手を認めたというだけの儀礼的で冷たいものだった。相手を認めたとはいっても、彼女は、これまでその男には会ったことがなかった。

男は高架鉄道＊の柱のそばに立っていた。彼女が通りを横切ると、男は向きを変えて彼女のあとをつけてきた。すぐうしろをくっつくように歩いている。彼女は横目で、男の影が店のショウウィンドウに映って揺れるのを見た。

　それからそのブロックの真中あたりで彼女は立ちどまると、男に面と向かい合った。男も立ちどまり、にやにやしながら頭を上げた。しかし、男に何といったらいいだろう？

　どうしたらいいだろう？　真昼間、八十六丁目で？　何をしても無駄《むだ》だった。彼女は、自分の無力さを自分であざけりながら、足をはやめた。

　二番街に出る。そこは、屑やごみだらけの陰気な通りだ。丸石がむき出しているところもあるし、アスファルトのところもある。セメントで固めたところもある。永遠に見捨てられたような雰囲気《ふんいき》が漂っている。ミセス・ミラーは二番街を五ブロック歩いたが、誰にも会わなかった。そのあいだじゅう、雪を踏みつける男の足音がずっと近くに聞えていた。ある花屋に来たときにもまだ、男の足音がすぐ近くにしていた。彼女は急いで店のなかに入った。そしてガラスのドア越しに、男が店の前を通り過ぎるのを見た。男は視線をまっすぐ前に向けたままで、歩調をゆるめることもなかった。ただ男は、ひとつだけ奇妙な、合図のような仕草をした——帽子をひょいと上げて彼女に挨拶《あいさつ》をしたのだ。

「白いのが六本ですね?」と花屋が聞いた。「ええ」彼女はいった。「白いバラよ」。それから彼女はガラス製品の店に行き、花びんをひとつ選び出した。値段はひどく高かったし、形はひどく趣味が悪かった(と彼女は思った)が、ミリアムが壊した花びんの代わりにはなるだろう。なぜそんなことをするのか説明のつかないそうした買物が、まるであらかじめ計画をたてていたように、すでに始まっていた。その買物の計画について彼女は何も知らなかったし、自分でどうすることも出来なかった。

つやつやしたさくらんぼを一袋買った。次にニッカーボッカー・ベーカリーという店で四十セント払い、アーモンド・ケーキを六つ買った。

そうしているあいだにあたりはまた寒くなった。冬の雲が、曇ったレンズのように太陽に影を投げる。早くも夕暮れが迫り、空を暗くしていく。湿った霧が風と混じり合う。道路脇の溝《みぞ》に高く積まれた雪の上で遊んでいた子どもたちの声が、いつのまにか、寂しげで、陰気なものに変っていく。やがて最初の雪のひとひらが落ちてくる。ミセス・ミラーがブラウンストーンの家にたどり着いたときには、雪は、さっと降りてくる幕のように激しく降っていて、足跡は次々に雪に消されていった。

白いバラはきれいに花びんに活《い》けられた。つやつやしたさくらんぼは陶器の皿の上で輝いていている。アーモンド・ケーキには砂糖がかけられ、手に取られるのを待っている。カナリアはブランコの上で羽ばたきしながら、えさ箱をつついている。

五時ちょうどにドアのベルが鳴った。ミセス・ミラーには誰が来たのかわかっていた。床を横切るとき彼女の部屋着の裾《すそ》が床を引きずった。「あなたなの？」彼女は大きな声でいった。

「もちろんよ」ミリアムはいった。その言葉が廊下から冷たく響いてくる。「ドアを開けて」

「帰ってちょうだい」ミセス・ミラーはいった。

「お願いだから早くして……重い荷物、持っているの」

「帰って」ミセス・ミラーはいった。彼女は居間に戻ると煙草《たばこ》に火をつけ、落着いてベルの音を聞いた。音は鳴り続けた。

「帰ったほうがいいわ。あなたをなかに入れるつもりはありませんからね」

やがてベルが鳴り止《や》んだ。十分ほどミセス・ミラーは動かなかった。それから、物音が聞えなくなったので、ミリアムは行ってしまったと考えた。彼女は爪先《つまさき》立ちでドアのところに行き、少しだけドアを開けてみた。ミリアムが、ボール箱の上に、半分身体《からだ》を横にして坐《すわ》っていた。美しいフランス人形を両腕で抱えている。

「もう、来てくれないと思ったわ」彼女は不機嫌《ふきげん》にいった。「この箱をなかに入れるの手伝って。とても重いの」

ミリアムの言葉は呪《のろ》いのような強制力は感じさせなかったが、ミセス・ミラーは不思議なことにミリアムのいうままになった。彼女は、箱とミリアムと人形を家のなかに入れた。ミリアムは、コートもベレー帽も脱ごうとせず、ソファの上に丸くなって坐り、ミセス・ミラーが箱を床に降ろし呼吸を整えようと震えながら立っているのを、興味なさそうに見つめた。

「ありがとう」ミリアムはいった。昼の光のなかで、やつれ、小さくなったように見えた。髪の毛は少し輝きを失なっている。抱きかかえているフランス人形は、目のさめるような銀色のかつらをつけ、その冷たいガラスの目が、慰めを求めるようにミリアムの目を見ている。「びっくりさせるもの、持ってきたの」彼女は言葉を続けた。「箱のなかを見て」

ミセス・ミラーは跪《ひざまず》いて箱のふたを開け、もうひとつの人形を取り出した。次に、青いドレス。映画館で会った最初の夜にミリアムがこれを着ていたのを思い出した。

それから箱のなかに残っているものを見ていった。「これみんな着るものじゃない。どうしたの？」

「ここに住むつもりで来たの」ミリアムはさくらんぼの柄《え》をねじり取りながらいった。

「わたしのために、わざわざさくらんぼを買ってくれたのね……？」

「そんなこと出来ませんよ！　お願いだから帰って頂戴《ちょうだい》——帰って、私をひとりにして！」

「……それにバラもアーモンド・ケーキも買ってくれたのね？　とってても気前がいいのね。ほら、このさくらんぼ、おいしいわ。このあいだまで、わたし、おじいさんと一緒に住んでいたの。とても貧乏な人だったから、おいしいものなんか食べられなかった。でも、ここだったら幸せになれるわ」彼女はちょっと言葉を切って、人形をもっと強く抱きしめた。「それじゃ、わたしの荷物、どこに置いたらいいか、教えて……」

ミセス・ミラーの顔は、崩れて醜い、赤いしわだらけの仮面のようになった。彼女は泣きはじめた。不自然な泣き方で、涙が出なかった。長いあいだ泣かなかったので泣き方を忘れてしまったかのようだった。彼女は注意しながらあとずさりして行き、ドアに触れた。

彼女は、廊下を手探りで進み、階段を降り、下の踊り場に行った。それから最初に行き当った部屋のドアを狂ったように叩いた。背の低い、赤毛の男がドアを開けた。彼女は男を押しのけてなかに入った。「いったい、どうしたんです？」男がいった。「あなた、どうかしたの？」台所から手を拭《ふ》きながら現れた若い女が聞いた。ミセス・ミラーは、彼女のほうに向き直った。

「聞いて頂戴」彼女は大きな声でいった。「こんなことをして恥しいんですが……あの、私はミセス・H・T・ミラーといいましてこの上に住んでいます……」彼女は両手で顔をおおった。「おかしな話だとお思いでしょうが……」

若い女は、彼女を椅子《いす》のところに連れていった。そのあいだ男のほうは興奮してポケットのなかの小銭をじゃらじゃらさせていた。「それで？」

「この上に住んでいる者です。小さな女の子が訪ねて来まして。なんだかその子がこわくて。どうしても帰ろうとしないし、どうすることも出来ないんです。――その子、何か恐ろしいことをするつもりなんです。もう私のカメオを取ってしまったし、もっと悪いことをするつもりなんです――とても恐ろしいことを！」

男が聞いた。「その女の子、親戚《しんせき》の子ですか？」

ミセス・ミラーは、首を振った。「誰なのかわからないんです。名前はミリアムというんですが、どういう子なのかはっきりしないんですよ」

「おばさん、落着いて」女が、ミセス・ミラーの腕をさすりながらいった。「ハリーに、その子のこと見に行かせますね。ねえ、あなた、行ってみて」それでミセス・ミラーがいった。「ドアは開いています――５Ａです」

男が出て行くと、女はタオルを持ってきてミセス・ミラーの顔を拭いた。「ご親切に」ミセス・ミラーはいった。「こんなおかしなことして、ごめんなさいね。ただあの、心がねじれた子が……」

「わかるわ、おばさん」女は慰めた。「気を楽にしたほうがいいわ」

ミセス・ミラーは、曲げた片腕に頭をのせて休めた。彼女は眠ったように静かになった。女がラジオのダイアルを回した。ピアノとハスキーな歌声が静かな部屋にあふれた。女は気分よくタップを踏んでいる。「わたしたちも上に行ったほうがよくなくて？」彼女はいった。

「あの子には二度と会いたくないの。あの子のそばに行くなんてご免です」

「まあ、そう。でも、それなら、おばさん、警官を呼べばいいのに」

やがて、階段に男の足音が聞えた。彼は、顔をしかめ、やれやれという感じで首のうしろをかきながら、大股で部屋に入って来た。「誰もいなかったですよ」彼は、当惑していった。「どこかに逃げたんですよ」

「ハリーったら馬鹿ね」女が決めつけるようにいった。「わたしたち、ずっとここに坐っていたのよ。逃げたんならわたしたちが見てるわよ……」といって彼女は突然、話すのをやめた。男の目が真剣だったからだ。

「ぼくはそこらじゅう探したんだよ」彼はいった。「それでも誰もいなかったんだ。誰も。わかるかい？」

「ねえ」ミセス・ミラーが立ち上がりながらいった。「あの、大きな箱をご覧になったでしょ？　人形は？」

「いいえ、見てませんよ」

そこで女が評決を下すようにいった。「じゃあ、はじめからなんでもなかったんじゃない……」

ミセス・ミラーはそっと自分の部屋に入った。部屋の真中に歩いて行き、じっと立っていた。たしかに、部屋のなかは何も変っていない。バラ、ケーキ、さくらんぼ、みんなもとのところにある。しかし、部屋は空っぽの雰囲気があった。家具や見慣れたものがなくなっても、これほど空っぽな感じはしないだろう。あたりは葬儀屋の部屋のように生気がなく、こわばっている。目の前のソファが、いつもと違ってよそよそしく見える。ソファには誰も坐っていないのに、ミリアムが坐っているときよりも、人の心を刺しつらぬく、恐ろしいものに見える。彼女は箱を置いたとおぼしき場所をじっと見つめた。一瞬、クッションが重苦しく回転したように見えた。彼女は窓越しに外を見た。いつもと同じように川が見える。ちゃんと雪が降っている——しかし、だからといって何も起きていないといえるだろうか。げんに、さっきまでミリアムがそこにいたのに——いま、彼女はどこにいるのだろう？　どこに、どこに？

　夢のなかで動いているように、彼女は椅子に身を沈めた。部屋がぼんやりとして見える。あたりは暗くなり、さらに暗さを増して行ったが、どうすることも出来ない。彼女には手を上げて電燈《でんとう》をつけることも出来なかった。

　突然、目を閉じると、彼女は、深い、緑の海の底から上がってくるダイバーのように、上へと向かっていく力を感じた。どんなに恐怖におびえていたり、大きな苦しみにとらわれていたりするときでも、神の啓示を待つような静かな瞬間というものがある。そこでは、思い悩む心を縫って、静けさが訪れる。その静けさは、眠りのようでもあり、超自然的なトランス状態のようでもある。そしてこのなぎのような状態のなかで、ひとは冷静な理性の力に気がつく。いま彼女はそういう状態にあって、事態を冷静に考えていた。ミリアムという名前の女の子に本当は会ったことがないとしたら？　通りで出会った老人におびえたのが愚かなことだとしたら？　結局、他のことと同じように、ミリアムも老人も彼女にとってはどうでもいいことなのだ。ミリアムに会ったことで唯一《ゆいいつ》失ったものがあるとすれば、それは自分が誰なのかという確かな感覚だった。しかし、それももう取り戻した。彼女は、いままた、この部屋に住んでいるのは誰なのか、食事を作り、カナリアを飼っているのは誰なのか、自分が頼りにし、信じることが出来る人間は誰なのか、はっきりと知ることが出来た。もちろんそれはミセス・H・T・ミラー自身である。

　自分を取り戻したことに満足しながら耳をすましていると、彼女は二重にかさなった音が聞えてくるのに気がついた——簞笥《たんす》の引出しを開けたり閉めたりする音。その音はやんだあとにもずっと聞えてくるような気がしてきた——開けたり閉めたりしている。その耳ざわりな音はやがて、絹のドレスのささやくような音にかわり、その微妙にかすかな衣《きぬ》ずれの音は、彼女のほうにどんどん近づいてきて、大きくなり、ついに、壁が振動で震え、部屋全体がその絹のささやきの波にのみこまれていった。ミセス・ミラーは、身体をこわばらせ、目を大きく開いて、もの憂《う》げにこちらを見つめている女の子の目を見た。
「ハロー」とミリアムがいった。

夜の樹

A Tree of Night

冬だった。暖かさなどもうとうになくなったような裸電球の列が、小さな田舎の駅の、寒々とした吹きっさらしのプラットホームを照らし出していた。夕暮れどきに雨が降った。そのために出来た氷柱《つらら》が、水晶の怪物のおそろしい歯のように、駅舎の軒からぶらさがっていた。プラットホームには、女の子がひとりいるだけだった。若い、ややや背の高い女の子だった。グレイのフランネルのスーツにレインコートを着て、格子縞《こうしじま》のスカーフを巻いている。髪は、豊かな、ブロンドに近いブラウンで、真中からわけ、左右にきちんと巻き上げている。顔はほっそりとした面長《おもなが》。特別というほどではないにしても魅力的だった。彼女は、雑誌を何冊かと、凝った真鍮《しんちゅう》の飾り文字でケイと書かれたグレイのスエードのハンドバッグのほかに、緑色のウエスタン・ギターを抱えていていてそれが目をひいた。

汽車が暗闇《くらやみ》のなかから、蒸気を吐き、光を輝かせながら姿をあらわし、低い音をたてて停《と》まると、ケイは荷物をかき集めて、最後部の車輛《しゃりょう》に乗り込んだ。

　車輛は過去の遺物のように古ぼけていた。内装ははげおちている。昔は豪華だったらしい赤いビロードの椅子《いす》はいま見ると古めかしく、あちこち破れている。木の部分はこげ茶色の塗りが剝《は》げている。天井に取付けられた古い銅製の電燈《でんとう》は、あまりにロマンチックすぎて場違いに見える。陰気に淀《よど》んだ煙草《たばこ》の煙があたりに漂っている。車内にたちこめた熱気が、捨てられたサンドイッチやリンゴの芯《しん》やミカンの皮のむっとする臭《にお》いと混じり合って、いちだんと悪臭を強めている。紙コップ、ソーダの壜《びん》、しわくちゃになった新聞紙といったごみが長い通路に散らばっている。壁に設置された水飲み器からは、水がぽたぽた床に落ちている。ケイが車輛に入ると、何人かの乗客がもの憂《う》げにちらっと彼女のほうに目を上げた。彼らは車内のこうした不快さがほとんど気にならないようだ。

　ケイは鼻をつまみたくなるのを我慢して、注意深く、縫うように通路を進んで行った。一度、眠っている太った男の突き出た足につまずいたが、面倒なことにはならなかった。得体の知れないふたりの男が、彼女が通り過ぎるとき、興味深げな目を向けた。男の子が座席に立ち上がって大声で「ママ、見てよ、バンジョーだよ。ねえ、お姉さん、ぼくにバンジョー弾かせてよ！」といったが、母親にひっぱたかれて黙ってしまった。

空席はひとつしかなかった。車輛の端の、他の席から離れたボックス席で、そこにはすでに一組の男女が坐《すわ》っていた。彼らは、向いの空席にだらしなく足を乗せている。ケイは一瞬ためらってからいった。「ここに坐ってもよろしいでしょうか」

女の顔がぴくっと上がった。簡単な質問をされたのでなく、まるで針でも突き刺されたように見えた。それでも彼女はなんとか笑顔を作った。「だめだなんていいませんよ、お嬢さん」と彼女はいった。そして向いの座席から足を降ろし、ぼんやりと窓の外を見つめている男の足を、妙にそっけなくどかした。

女に礼をいい、ケイはコートを脱いで席に坐った。バッグとギターを脇《わき》に置き、雑誌を膝《ひざ》に乗せて、身体《からだ》を楽にした。背中に当てるクッションがあればと思ったが、これでも充分に心地よかった。

汽車が発車した。シューッと吹き出された蒸気が幽霊のように窓にぶつかってきた。ひとけのない駅の陰気な光がゆっくりとうしろに消えて行った。

「まあ、なんて寂しいところなんだろう」女がいった。「町も、なんにもないわ」

ケイはいった。「町は二、三マイル先にあるんです」

「そうなの？　あんた、そこに住んでるの？」

いいえそうではなく、叔父の葬式に行ってきたところなんです、とケイは説明した。もちろんそこまでは口に出してはいわなかったが、その叔父は遺言で、彼女にこの緑色のギターの他に何も残していてくれなかった。これからどこに行くの？　カレッジに戻るところです。

女は、それを聞いてしばらく考えたあと、結論を出すようにいった。「そんなとこで学ぶものなんかあるの？　いわせてもらうけどね、お嬢さん、私はこれでも学《がく》があるのよ、カレッジなんか一度も見たことないけどね」

「そうですか」とケイはていねいにつぶやくと、雑誌のひとつを開いて、その話題を打ち切った。電燈の灯《あか》りは雑誌を読むのには暗すぎたし、面白そうな記事はひとつもなさそうだったが、彼女は、長たらしい会話に深入りしたくなかったので、気乗りのしないまま雑誌を眺《なが》め続けた。そのうち膝をそっとたたかれるのを感じた。

「雑誌なんか読むの、およしよ」女がいった。「誰かと話をしたいの。この男に話をしたって面白くないからね」彼女は、黙っている男を親指で指した。「この男、耳は聞えないし、喋《しゃべ》れないのよ、わかる？」

ケイは雑誌を閉じて、はじめて女をじっくりと見た。女は背が低かった。足はかろうじて床にとどいている。普通より小さい人間にはよくあることだが、彼女も身体の調和がとれていない。彼女の場合、頭が異常に大きい。たるんだ、肉付きのいい顔に頬紅《ほおべに》が派手に塗られているので、年齢を推定するのはむずかしい。おそらく五十歳か、五十五歳くらいだろう。羊のような大きな目は、斜視で、まるで見るものすべてを疑ってかかっているように見える。髪は赤く染めていると一目でわかる。螺旋《らせん》状のカールに編まれているが、油気がなくぱさぱさしている。かつては優雅なラヴェンダー色をしていたと思われる、人目をひく大きな帽子が、頭の片側にだらしなくずり落ちている。その帽子のつばに縫いつけられたセルロイドのさくらんぼの飾りを、彼女はせわしなくいじくっている。粗末といってもいいほど質素な青いドレスを着ている。吐く息は、甘ったるいジンとすぐにわかる臭いがする。

「お嬢さん、私と話がしたくない？」

「もちろんしたいです」とケイは、控え目に好奇心をおさえていった。

「もちろんそうさ、そうに決まっている。汽車が好きなのはだからなんだ。バスの客ときたら、黙りこくった間抜けばかりだろ。でも、汽車は自分の手の内をみんな見せてしまうところだからね。私はいつもそういっているんだよ」彼女の声は、陽気で、がなりたてるように大きく、男の声のようにハスキーだった。「でもね、この男のことがあるんで、いつもこんな隅《すみ》の席を取ることにしているんだよ。ここなら、人に見られることも少ないし、まるで特別室みたいだからね、そうだろ？」

「とても快適ですね」ケイは同意した。「お仲間に入れて下さって有難うございます」

「とんでもない。私たちにはあまり連れが出来ないんだよ。この男のそばにいるとみんな落着かなくなるんだね」

　その言葉を否定するかのように、男は喉《のど》の奥で奇妙なくぐもった声を出して、女の袖《そで》を引っぱった。「かまうんじゃないよ、いい子だからね」女は、まるでいうことをきかない子どもにいうようにいった。「私は大丈夫よ。いまふたりでいい話をしているだけなんだから。さあ、お行儀よくして。さもないと、このきれいなお嬢さんは行ってしまうよ。この人はとてもお金持なのよ。カレッジに行っているんだから」そして女はウィンクをしながら付け加えた。「この男、私が酔っていると思っているのよ」

　男は座席にだらしなく坐り、頭を横に向け、横目でケイをじっと観察した。目は、曇った、不透明なブルーのおはじきのようで、まつげが濃く、不思議な美しさがある。幅広い、つるっとした顔には、一種のよそよそしさの他には人間らしい表情がまったくない。男は小さな感情を持ったり、あらわしたりすることも出来ないようだった。グレイの髪を短く切って、なでつけてあるが、額のところでふぞろいに垂れている。男はまるで何かおそろしい方法で突然年をとってしまった子どものように見える。すり切れた、ブルーのサージの上着を着て、安い、いやな匂《にお》いの香水を身体にふりまいている。手首にはミッキー・マウスの絵のついた腕時計をはめている。

「この男、私が酔っていると思っているのよ」と女は繰返した。「それに本当におかしいんだけれど、私、酔っているのよ——そうだわ、あんただって何かしなくちゃ、そうだろう？」女は身体を近づけてきた。「ねえ、そうだろう？」

ケイは心を奪われたようにまだ男に見とれていた。男が自分を見つめる目つきには吐き気がしそうな感じがしたが、男から目をそらすことが出来なかった。「そうですね」と彼女は女にいった。

「さあ、一杯飲もうよ」女がいった。彼女はオイルクロスの手さげカバンのなかに手を入れて、半分ほど残っているジンの壜を取り出した。それから壜のふたを開け始めたが、考え直したらしく、壜をケイに手渡した。「あらまあ、あんたがお客さまだってこと忘れていたわ」彼女はいった。「きれいな紙コップを取って来るからね」

ケイが飲みたくないと口をはさむ暇もなく、女は立ち上がり、通路を水飲み器のほうに、しっかりしたとはいえない足どりで歩いていった。

ケイはあくびをして、額を窓ガラスにつけた。指で、弾く気もなくギターを軽く弾いた。弦は、うつろな、眠気をさそうような音をたてた。——窓の外を過ぎていく、暗闇のなかに沈んだ南部の風景と同じように単調で、静かな音だった。氷のような冬の月が、白く薄い車輪のように夜空を横切って汽車の上をころがっていく。

　そのとき、なんの予告もなく、奇妙なことが起きた。男が手を伸ばして、ケイの頬をやさしくなでたのだ。男の動きは驚くほど繊細だったが、あまりに大胆な行為だったので、ケイは最初、驚いてしまい、どう理解していいのかわからなかった。少しおかしな方向に考えがいった。男は身体を前にかがめたので、男の奇妙な目が彼女の目のすぐ近くに迫った。香水のいやな匂いに吐き気がした。お互いに相手をさぐるように見つめているあいだ、ギターの音は止《や》んでしまった。突然、同情のような気持が湧《わ》いてきて、彼女は男のことがかわいそうに思えてきた。しかし、同時に耐えがたい不快感、強い嫌悪《けんお》感を感じ、彼女はそれを抑えることが出来なかった。男の雰囲気《ふんいき》には何かとらえどころのない、わかりにくいものがあり、それが彼女に何かを思い出させたが、それが何かははっきりわからなかった。

　やがて男は、しかつめらしく手をおろして、また座席に身体を沈めた。観客の拍手を求めてみごとな離れわざをやったかのように、間の抜けた笑いを浮かべて顔をくずした。

「急げ！　急げ！　私の可愛《かわい》い子馬ちゃん……」女が大きな声でいいながら戻ってき

た。そして腰を降ろすと大声で宣言するようにいった。「魔女みたいに目がまわるよ！　ああ疲れた！　フーッ！」片手いっぱいに持った紙コップから二つだけ別にすると、あとは何気なくブラウスの下に押しこんだ。「こうしておけば安全で、濡《ぬ》れないだろ、ハ、ハ、ハ……」咳《せき》の発作にとらわれたが、それがおさまると、少し静かになったように見えた。「私のボーイ・フレンドが楽しませてくれたかい？」彼女は胸のあたりをうやうやしくなでながら聞いた。「この男ったら、とてもやさしいんだよ」彼女はいまにも気を失なってしまいそうに見えた。ケイはそうなってくれたらと思った。

「わたし、飲みたくないんです」とケイは盃を返しながらいった。「お酒は飲めないんです。味が嫌《きら》いなんです」

「そんな興醒《きょうざ》めなことといわないの」女はきっぱりといった。「さあ、いい子だから、コップを持って」

「本当に結構ですから……」

「お願いだから、コップをちゃんと持って。さあ、若いんだから、勇気だして！　私も木の葉みたいに震えることがあるけれど、それにはわけがあるのよ。そう、いろんなわけがね」

「でも……」

女が急におそろしい笑いを浮かべた。顔がぞっとするほど歪《ゆが》んだ。

「どうしたっていうの？　私とじゃ飲めないっていうの？」

「お願い、誤解しないで下さい」ケイはいった。声が震えていた。「ただ、したくないことを人に押しつけられるのが嫌いなんです。だから、このお酒をこちらの方にあげてもいいですか？」

「この男に？　とんでもない。この男には分別というものがないんだから。さあ、乾杯しよう」

ケイは、断わっても無駄《むだ》だとわかったので、いうとおりにして、騒ぎは避けようと決めた。ひと口飲んだが、身体が震えた。ひどいジンだった。喉が焼かれるようで、しまいには目から涙があふれ出た。女がこちらを見ていないすきに、急いでギターのサウンド・ホールにジンをあけて、コップを空にしてしまった。しかし、たまたま男がそれを見ていた。それに気づいたケイは、大胆に目で男に合図を送り、女に知らせないようにと訴えた。しかし、男がどの程度彼女の意図を理解したかは、ほとんど表情のない彼の顔からはわからなかった。

「あんた、生まれはどこ？」やがてまた女が口を開いた。

ケイは、一瞬とまどった。答えが出なかった。いくつもの都市の名前がいちどきに彼女の頭のなかに浮かんだ。その混乱のなかからやっとひとつの名前を引き出した。

「ニューオリンズ。家はニューオリンズです」

女は顔を輝かせた。「ニューオリンズね。私もくたばるときはそこにしたいと思っているんだよ。昔、そうね、一九二三年だったと思うけど、あそこで、ちょっとしたきれいな占い屋を出していたことがあるんだよ。そう、たしかセント・ピーター通りだった」

女はそこで言葉を切ると、腰をかがめて、空《から》になったジンの壜を床に置いた。壜は通路に転がっていき、眠そうな音をたてながら行ったり来たりした。「私はテキサスで育ったんだよ――大きな牧場でね。パパはお金持だったんだよ。私たち子どもはいつも最高のものを持っていたもんだよ。フランスのパリ製の服だってね。あんたも大きな立派な家があるんだろ、絶対そうだよ。庭はある？　花は？」

「ライラックだけです」

車掌がドアを開けて車輌に入ってきた――冷たい風が車内に吹き込んできて、通路のごみがかさかさ音をたてた。風は一瞬だが淀んだ空気を活気づけた。車掌は、ときどき立ちどまって切符に鋏《はさみ》を入れたり、乗客と話をしながら、重々しい足どりで歩いて来た。真夜中を過ぎていた。誰かが巧みにハーモニカを吹いている。ある政治家のすぐれた点を論じている者もいる。子どもがひとり、ねぼけて大声で叫んだ。「私たちが誰だか知ったらあんたもそんなすました態度はとれないよ」女は大きな頭を動かしながらいった。「そこらへんの人間とはわけが違うんだから。ぜんぜんね」

ケイはとまどってしまい、いらいらして煙草の箱を開けると一本取り出して火をつけた。前のほうの車輛に空席がないだろうかと考えた。もう一分たりともこの女に、いや、女の連れである男にも耐えられなくなっていた。これまでこれに似たような状態に置かれたことはまったくなかった。「失礼ですが」彼女はいった。「わたし、行かなければ。とても楽しかったわ。でも、この汽車で友だちに会う約束があるので……」

女はほとんど目にもとまらぬ素早さで、女の子の手首をつかんだ。「嘘《うそ》はいけないことだってママに教わらなかったの？」女はあたりに聞えるように呟《つぶや》いた。ラヴェンダー色の帽子が頭からころげ落ちたが、拾おうともしない。舌をさっと出し、唇《くちびる》をなめた。ケイが立ち上がると、彼女は手首を握る手にますます力をこめた。「さあ、坐るのよ……お嬢さん……友だちなんていないんだろ……そう、友だちは私たちだけじゃないか。絶対にあんたのことを放さないからね」

「本当です、嘘なんかつきません」

「お坐りよ、ねえ」

ケイは煙草を落とした。男がそれを拾いあげた。男は隅《すみ》のほうに前かがみになって坐り、煙草の煙で次々に輪を吐き出すことに夢中になった。煙の輪は、うつろな目のように上にあがっていき、大きく広がって消えていく。

「あんたがいなくなったら、この男が傷つくよ。そんなことしたくないだろ、ねえ？」女は小さな声でやさしくいった。「お坐りったら――さあ、いい子だから。まあ、なんてきれいなギターだろう。とてもきれいなギターじゃない、とても……」。女の声は、突然すれ違った汽車のビューッという音にかき消された。一瞬、車内の電燈が消えた。暗闇のなかで、すれ違う汽車の黄金色に輝く窓が、黒‐黄色‐黒‐黄色‐黒‐黄色とまたたいた。男の煙草が蛍《ほたる》のように明滅した。煙の輪は静かに上に昇り続けている。窓の外で、踏切りの警笛が激しく鳴った。

電燈がまたついたとき、ケイは手首をマッサージしていた。女が指で強くつかんでいたので、手首にきつくブレスレットの跡のようなものがついていた。彼女は腹を立てるというより混乱していた。車掌が来たら、別の席を見つけてくれるように頼もうと決めた。しかし、いざ車掌がやってきて彼女の切符を受け取ると、頼もうとした言葉はどもってしまい、わけがわからないものになってしまった。

「なんですか、お嬢さん？」

「いえ、なんでもないんです」彼女はいった。

そして、車掌は行ってしまった。

ボックス席の三人は、なぜか黙ったまま、お互いに見つめ合っていたが、やがて、女がいった。「あんたに見せたいものがあるんだよ、お嬢さん」彼女はオイルクロスの手さげカバンのなかをまたかきまわした。「これをちょっと見れば、そんなすました態度はとれないよ」

彼女がケイに手渡したのは、一枚のチラシだった。黄色くなった、骨董品《こっとうひん》のような紙に印刷されたもので、何世紀も前のもののように見えた。いまにも壊れそうな、ひどく凝った字が印刷されていた。

ラザルス
生きたまま埋められる男
奇跡

とくとわが目でご覧あれ

大人二十五セント　子ども十セント

「私がいつも讃美歌《さんびか》を歌って、お説教をするのさ」女がいった。「とても悲しいんだよ。泣く者だっている。とくに年寄りはね。素晴しくエレガントな衣裳《いしょう》を着るのさ。黒いベールに、黒いドレス。すごく似合うんだ。この男は、特別製の花婿《はなむこ》用スーツを着て、頭にターバンを巻いて、顔には白粉《おしろい》をいっぱい塗る。わかるだろ、できるだけ本物のお葬式みたいにやろうというわけさ。でも、このごろじゃ、生意気な連中が冷やかしでやって来て、笑い出すんだからいやになるね――ときどき、私は、この男の耳が聞えなくてよかったと思うときがあるよ。そうでなかったら、あんな連中に笑われたら、この男、傷ついてしまうよ」

ケイはいった。「つまり、あなたがたはサーカスか見世物のようなところのひとなんですか？」

「そうじゃない、私たちは、自分たちだけでやっているんだよ」女は落ちた帽子を拾い上げながらいった。「もう何年もずっとやっているのよ――南部のあちこちの小さな町で見せるの。ミシシッピのシンガソングだろ――、ルイジアナのスパンキーだろ――、アラバマのユーリカだろ……」。いろいろな町の名前が彼女の舌から音楽のように転がり出て来た。雨のように混じり合った。

「讃美歌が終って、お説教が終ると、この人を埋めるの」

「棺《ひつぎ》に入れて？」

「まあ棺桶《かんおけ》といっていいわね。すごいものよ、蓋《ふた》のあちこちに銀色の星が描かれているの」

「そんなことしたら、この人、窒息するでしょ」ケイは驚いていった。「どのくらい埋められているんですか？」

「一時間くらいね――もちろん、客寄せの時間は入れないでよ」

「客寄せって？」

「そうね、ショウの前の晩にやることよ。まず、適当な店を探す、大きなショウウィンドウのある店ならどこでもいい。それから店の主人に頼んで、この人をウィンドウのなかに坐《すわ》らせてもらい、それから、この人、自分で自分に催眠術をかけるの。ひと晩、火かき棒みたいにそこにじっとしていると、町の人間が見に来る。そこで連中をこわがらせて……」彼女はお喋りをしながら指で耳をほじくり、ときどき指を引き抜いては、ほじくりだしたものをじっと見つめる。「いちど、あの浮浪者みたいなミシシッピの保安官がこんなことをやろうとしたことがあるの……」

そのあと彼女が話したことは、不可解でとりとめもないものだった。ケイはわざわざ耳を傾ける気になれなかった。しかし、それまでに聞いた話だけで、彼女は、白昼夢のようなものを思い浮かべた。叔父の葬式がぼんやりと再現されてきた。実をいうと、彼女は叔父のことをほとんど知らなかったので、葬式に出ても、何も感じなかった。しかし、目の前の男をぼんやりと見つめているうちに、棺桶のなかの青白い絹の枕《まくら》に乗せられた叔父の白い顔が、彼女の心の目に浮かんできた。男の顔と叔父の顔をいわば同時に観察しているうちに、彼女は、奇妙な類似点があることに気づいた。男の顔にも、防腐処置をほどこされた死体の、ぞっとするような、謎《なぞ》めいた静けさと同じものがうかがえたのだ。男は、見られることに満足していて、自分から見ることには興味を示さない、ガラスケースのなかの陳列物にそっくりだった。

「すみません、いまなんとおっしゃいました？」

「いつかちゃんとした墓地を使わせてもらいたいもんだといったのさ。近ごろでは、ともかく場所を選ぶ余裕なんかないからね……十回のうち九回は空地でやるのさ。ひどい臭《にお》いのするガソリン・スタンドの隣りにあってね、条件がよくないんだ。それでもすごいショウをやってみせる、最高のね。あんたも機会があったら見るといいよ」

「ええ、ぜひ」とケイはうっかりいってしまった。

「ええ、ぜひ」女が真似《まね》していった。「でも、誰があんたに見てくれって頼んだ？　誰が頼んだっていうの？」彼女はスカートをまくりあげると、ペチコートのすり切れた縁で、おおげさに鼻をかんだ。

「いいかい、一ドル稼《かせ》ぐんだって大変なんだよ。先月、私たちがいくら稼いだかわかる？　たった五十三ドルよ！　お嬢さん、いつか、それだけの金で暮らしていけるかどうか試してごらん」彼女は鼻をすすり、どうにかちゃんとした手つきでスカートを直した。「そうね、近いうちに私の大事なこの男も死んでしまうよ。そのときでもあれはイカサマだったたっていうやつがきっといるさ」

そのとき、男がポケットからきれいにニスを塗った桃の種子のようなものを取り出して手のひらにバランスをとって乗せた。男はケイを横目で眺《なが》め、彼女が自分を見ているのを確かめると、目を大きく開いて、なんともいいようのないいやらしい手つきで、その種子を握ったり、愛撫《あいぶ》したりした。

ケイは顔をしかめた。「この人、どうして欲しいんです？」

「あんたにそれを買ってもらいたいんだよ」

「でも、それ、なんです？」

「お守りだよ」女がいった。「愛のお守りさ」

ハモニカを吹いていた男が吹くのをやめた。そのために、急にほかのもっと普通の音が、聞えてきた。いびき、ジンの壜《びん》がシーソーのように転がる音、眠そうに議論をする声、汽車の車輪の遠い響き。

「お嬢さん、愛がこんなに安く買えるところなんて他にないだろ？」

「きれいね。可愛いわ……」ケイはそういって、時間かせぎをした。男は、ズボンでその種子をこすって磨《みが》いた。彼は、頭を下げた。哀《かな》しく、哀願するような格好になった。それから歯のあいだに種子をくわえて、嚙《か》んだ。まるで本物の銀貨かどうか確かめているように見えた。「お守りを持っていると、わたし、かえって運が悪いんです。それに……お願いですから、この方に、あんなことやめさせて下さい」

「そんなこわがらなくていいよ」女は前より素気なくいった。「この男、なにもあんたのこと傷つけたりしないから」

「お願い、やめさせて！」

「どうしろっていうのさ」女は肩をすくめていった。「あんたはお金を持っている。お金持なんだろ。この男が欲しいのは一ドル、たったの一ドルだよ」

ケイはバッグを脇《わき》の下に隠すように入れた。「学校に戻るぶんしか持合せがないんです」彼女は嘘をいって、急いで立ち上がると通路に出た。騒ぎが起るのではないかと一瞬そこに立ちどまった。しかし、何も起らなかった。

女は、わざと無関心な様子を見せ、溜《た》め息をついて目を閉じた。男は次第に静かになり、お守りをポケットに戻した。それから、彼の手は座席を這《は》うように動き、軽く抱くように、女の手の上に重ねられた。

ケイはドアを閉め、列車の最後尾に出た。外の空気はひどく冷たかった。レインコートをボックス席に置いてきてしまった。仕方なく彼女はスカーフを解いて、頭にかぶせた。

このあたりを旅したことはなかったのに、汽車は、奇妙に懐《なつか》しく感じられる土地を走っていた。霧のなかの、不吉な月の光に青白く色塗られた、背の高い木々が、切れ目なくどこまでも、両側にけわしくそびえている。その上の空は、がらんとして底知れない青みを帯びている。空のあちこちには、光の薄れた星が満ちている。汽車のエンジンから吐き出された煙が長く尾を引いて、まるでエクトプラズムのように見える。最後尾の片隅に赤い灯油のランプがあり、さまざまな色の影を投げかけている。

彼女は煙草《たばこ》を一本見つけて、火をつけようとした。風が次々にマッチの火を吹き消して、残りは一本だけになった。彼女はランプのある片隅に行き、最後のマッチが消えないように両手でマッチをおおった。火がつき、ぼっと燃えあがり、消えてしまった。彼女は腹が立って煙草とマッチの空箱を投げ捨てた。緊張が張り裂けそうな頂点にまで達し、こぶしで壁をたたいた。そしてむずかる子どものように、静かにすすり泣き始めた。

厳しい寒さのために頭痛がした。暖かい車輛《しゃりょう》に戻って眠りたかった。しかし、それは出来なかった。少なくともいまは無理だ。なぜなのか考えても無駄だった。彼女には理由がはっきりわかっていた。ひとつには歯ががたがた震えるのをとめるため、もうひとつには自分の声を確かめる必要があったため、彼女は大きな声でこういった。「いま汽車はアラバマを走っている。明日はアトランタに着く。わたしはいま十九歳で、八月には二十歳になる。わたしはいま大学の二年生……」彼女は、夜明けの兆《きざ》しが見えないかと期待して暗闇《くらやみ》を眺めたが、目に入るのは相も変らずどこまでも続く木の壁と、皎々《こうこう》とした月だけだった。「あの男が嫌い、ぞっとするわ、大嫌い……」。自分の愚かさが恥かしくなったし、疲れていて本心を隠すことも出来なかったので、彼女はそこでやめた。彼女は本当はこわくなっていたのだ。

突然、跪《ひざまず》いてランプに触れたいという不可解な欲求を感じた。ランプの優雅なガラスのほやは暖かかった。赤い光が彼女の手をすき通って、手が輝いて見えた。熱が彼女の指を暖め、両腕にまで伝わっていった。

彼女はランプに心をとらわれていたので、ドアが開く音が聞えなかった。ガタンゴトン、ガタンゴトンという列車の車輪の響きが、男の足音を消してしまっていた。

結局、彼女に警告を発したのは、微妙な、本能的な感覚だった。しかし、思い切ってうしろを見るまでにはまだ何秒か必要だった。

男は、口のきけない人間独特の無関心な様子でそこに立っていた。頭を傾け、両腕を脇に垂らしている。男の、害のない、ぼんやりとした顔が、ランプの光で明るく照らし出されるのをじっと見つめているうちに、ケイは、自分が何をこわがっているかがわかってきた。それはある記憶、子どもっぽい恐怖の記憶だった。かつて、遠い昔、夜の木の上に広がった幽霊の出る枝のように彼女の上におおいかぶさっていたものだった。叔母たち、コックたち、見知らぬ人間たち――みんなが、お化け、死、予言、幽霊、悪魔といった話を長々としたがり、また、そうしたものを歌った歌を教えたがった。それに魔法使いの男に対する変らぬおそれがあった。家から離れちゃだめよ、さもないと、魔法使いの男がお前をさらっていって、生きたまま食べてしまうよ！魔法使いの男はどこにでもいるから、どこもみんな危ないんだよ。夜、ベッドにいても、魔法使いの男が窓をたたく音が聞えるだろう？　ほら！

彼女は手すりにつかまって少しずつ身体を起していき、まっすぐに立ちあがった。男はうなずいて、手を振ってドアのほうを指した。ケイは深く息を吸って、前に踏み出した。ふたりはいっしょになかに入った。

車内は、眠っている人間ばかりで静かだった。ひとつだけ灯《つ》いている電燈《でんとう》が車内を照らし出し、人工的な夕暮れの雰囲気《ふんいき》を作り出していた。ゆるやかな列車の揺れと、かさかさ音をたてている捨てられた新聞紙の他に動くものはなにもなかった。

女だけが眠らずに目を開いていた。彼女はひどく興奮しているのがわかった。カールした髪とセルロイドのさくらんぼの飾りを無意識にいじくり、くるぶしのところで組んだ太く短い足を前後に揺らしている。彼女は、ケイが腰をおろしても注意を向けなかった。男は、片足を尻《しり》に敷き、両腕を胸のところに組んで座席に坐った。

普通にしていようと、ケイは雑誌を取り上げた。男が一瞬も目を放さず自分を見つめているのに気づいていた。たしかめるのはこわかったが、男が自分を見ているのがわかった。彼女は大声で車内の人間をすべて起してしまいたかった。しかし、彼らが彼女の声を聞かなかったら？　彼らは本当は眠っていないのではないとしたら？　涙が彼女の目にあふれてきた。頁《ページ》の活字が大きくなり、歪《ゆが》み、最後にはかすんでしまった。

彼女は、雑誌を荒々しく閉じると女を見た。

「買うことにします」彼女はいった。「あのお守りです。買います。それだけでいいのなら——あなた方が欲しいのが、それだけでしたら」

女は返事をしなかった。男のほうを向いて、冷たく微笑《ほほえ》んだ。

ケイが見つめていると、男の顔は形を変えていき、月の形をした石が水面下を滑り落ちていくように、彼女から遠ざかっていくように見えた。暖かいけだるさが彼女をリラックスさせた。女がバッグを取り、レインコートを彼女の頭の上に経帷子《きょうかたびら》のようにそっとかけたのに、彼女はぼんやりと気づいていた。

夢を売る女

Master Misery

大理石の玄関ホールを横切るときハイヒールがカチカチと音をたてた。その音は、彼女にグラスのなかでぶつかり合う四角い氷を思い起させた。玄関の壺《つぼ》に活《い》けてあるあの秋の菊も、手を触れたらきっと粉々に砕けて氷の粉になってしまうだろう。しかし、実際には、屋敷のなかは暖かかった。暖房がききすぎているほどだ。それでもシルヴィアには寒く感じられた。彼女は身体《からだ》を震わせた。その寒さは、秘書のふくれた、雪におおわれた荒野のような顔を思い出させた。秘書のミス・モーツァルトは、看護婦のように白衣を着ていた。たぶん本当の看護婦なのだろう。だから、あんな服装をしていてもおかしくない。ミスター・レヴァーコーム、あなたの頭はおかしいわ、こんな女性を看護婦にしているなんて。彼女は一瞬そんなことを考えた。でも、やはり看護婦じゃないわ。そのとき、執事が彼女のスカーフを持ってきてくれた。美男子だったので心がときめいた。すらりとして、やさしい感じのする黒人だった。ただ、肌《はだ》にはしみが出ていて、目は赤味を帯び、光がなかった。彼がドアを開けると、ミス・モーツアルトが見送りに出てきた。彼女の糊《のり》のきいた制服が玄関ホールでカサカサと乾いた音をたてた。「またいらしてね」と彼女はいってシルヴィアに、封をした封筒を手渡した。「ミスター・レヴァーコームは、ことのほかお喜びでしたわ」

外に出ると、夕闇《ゆうやみ》が青い雪片のように空から落ちてきていた。シルヴィアは十一月の通りを歩いていった。やがて、人通りの少ない五番街の北に出た。そのときふと彼女は、セントラル・パークを通り抜けて家に帰ろうかと思った。それはヘンリーとエステルに挑戦《ちょうせん》するような行為だった。というのは、ふたりはいつもこの町に生きるための知恵を大事にし、彼女に何度も、シルヴィア、夜になってから公園を歩くのがどんなに危険かわからないの？　マートル・キャリシャーの身に何が起きたか考えてみなさい、ここはイーストンの町じゃないのよ、といい続けていたから。ここはイーストンではない。彼らはそのこともいい続けた。彼女はもうそんな言葉にうんざりしていた。それでも、彼女には、あのふたりの他にニューヨークに知り合いはいなかった。せいぜい勤務先の下着会社スナッグ・フェアのタイピストの同僚に数人いるくらいだった。ああ、ヘンリーとエステルと同居せずにすんだら、どこかに自分だけの小さな部屋を借りる余裕があったら、どんなにかいいだろう。あのカーテンでおおわれた窮屈な部屋にいると、彼女はときどきふたりのことを締め殺したくなった。そもそも彼女がニューヨークに出て来たのはなぜだったか。その理由はいまではあいまいになっていたが、イーストンの町を出たいちばんの理由は、ヘンリーとエステルから逃げることだったのだ。いや、むしろ彼らのどちらかと離れることだったといったほうがいい。エステルもシンシナチの北にあるイーストンの出身だった。彼女とシルヴィアはいっしょに育った。ヘンリーとエステルのいちばん困ることは、ふたりが結婚してから我慢ならない人間になったことだ。彼らはお互いに〝ナンビーパンビー〟、〝ブーツィトーツィ〟と呼びあう。何にでも名前をつける。電話は〝ティンクリング・ティリー〟、ソファは〝ふたりのネリー〟、ベッドは〝ビッグ・ベア〟、それに、〝彼と彼女のタオル〟に、〝彼と彼女の枕《まくら》〟というのもあったっけ？　まったくこれでは気が変になってもおかしくない。〝気が変になるわ！〟と彼女は声に出していったが、静まりかえった公園が声を消してしまった。公園は素敵だった。ここを歩くことにしたのは正解だった。風が木の葉のあいだを通り抜け、灯《つ》いたばかりの街灯が子どもたちのチョークの落書を照らし出している。ピンクの鳥、青い矢、緑のハート。しかし、突然、ふたりの若者が、ふたつのワイセツな落書のように小道に現れた。にきび面《づら》で、にやにや笑いながら、彼らは夕闇のなかにおそろしい炎がゆらめくように姿を現わした。

彼らの横を通り過ぎながらシルヴィアは、まるで手を火にくぐらせたときのように熱が身体を通り抜けるのを感じた。彼らは振り返って、人気《ひとけ》のない運動場を通り過ぎる彼女のあとをつけてきた。男のひとりは、棒切れで鉄柵《てっさく》をかたかた叩《たた》いている。もうひとりの男は口笛を吹いている。そのふたつの音は、近づいてくるエンジンの音が次第に大きくなるように高まってきた。そして、男のひとりが、笑い声を出しながら「なんでそんなに急ぐんだよお？」と声をかけてきた。彼女はこわくなって口を歪《ゆが》めた。やめて、と思った。同時に、財布を放《ほう》り投げて走ろうと思った。ちょうどそのとき、犬を連れた男が横道から出てきた。彼女はその男のあとについて公園の出口に歩いて行った。このことを話したらヘンリーとエステルは、きっと満足することだろう。だからいったじゃないかというに決まっている。それだけでなく、エステルは故郷に手紙を書くだろう。それで、たちまち彼女がセントラル・パークでレイプされたという話がイーストンの町じゅうに広まることになる。彼女は、それからあとの帰り道ずっとニューヨークの町をののしりながら歩いた。この町ではひとは匿名《とくめい》の個人になってしまう。いたるところにレイプの恐怖がある。それに、悲鳴をあげている排水管、ひと晩じゅう灯《あか》りのついている街灯、絶えまない足音、地下鉄の通路、ただ番号しかついていないドア（3C）。

「シーッ、静かにね」エステルが台所から斜めに歩いて出てくるといった。「ブーツィが宿題をしているのよ」。たしかにコロンビア大学で法律を学んでいる学生ヘンリーは、居間で本の上にかがみこんでいた。シルヴィアは、エステルの要望に応《こた》え、靴《くつ》を脱いでから爪先《つまさき》立ちでそこを通り抜けた。自分の部屋に入ると彼女はベッドに身を投げ出し、両手で目をおおった。今日という日はほんとうにあったのかしら？　ミス・モーツアルトとミスター・レヴァーコームのふたりは、ほんとうにあの七十八丁目の大きな屋敷にいたのだろうか？

「ねえ、ハニー、今日、何があったの？」エステルがノックもせずに部屋に入ってきた。

シルヴィアは片ひじをついて身体を起した。「何もないわ。ただ手紙を九十七通タイプしただけよ」

「それどんな内容なの、ハニー？」エステルはシルヴィアのヘアブラシを使いながら聞いた。

「あら、なんだと思っているの？　スナッグ・フェア社といったら、科学界、産業界のお偉方のために、はきごこちのいいパンツを作っている会社なのよ」

「まあ、ハニー、そんなに怒らないでよ。ときどき、あなたどうしちゃったのかしらと思うときがあるわ。怒ったような口のきき方して。あっ、痛い！　ねえ、どうして新しいブラシを買わないの？　これ、毛がからまってるわ」

「ほとんどあなたの毛よ」

「いまなんていったの？」

「忘れて」

「何かいったと思ったけど。ともかくいつもいっているように、あんな会社に行って毎日、怒っていらいらして帰ってきてほしくないのよ。わたしもそう思っているけど、つい昨日もわたし、このことをブーツィに話したの。そしたら彼、百パーセント同意してくれたわ。ねえ、ブーツィ、わたし、シルヴィアは結婚すべきだと思うわ、っていったの。彼女みたいに神経質な女の子は、リラックスする必要があるわ。結婚しちゃいけない理由なんて少しもないじゃない。そりゃ、あなたは普通の意味では美人でないかもしれないけど、目はきれいだし、知的だし、とっても誠実な感じがするわ。実際、知的な職業の人間だったら誰でも、喜んで結婚したくなるわ。あなただって結婚したいと考えているんでしょ……ほら、ヘンリーと結婚してからわたしがどんなに変ったか見てよ。こんな幸せなわたしたちを見てあなた、寂しくならない？　これはいっておきたいけど、ハニー、夜、ベッドのなかで男の腕に抱かれて寝るほど素晴しいことってないわ、それに……」

「エステル！　お願いだからもうやめてよ！」シルヴィアはベッドの上にまっすぐ起き上がった。怒りで顔がルージュをつけたように赤くなっている。しかし、それも一瞬のことで彼女はすぐに唇《くちびる》を噛《か》みしめ、目を伏せた。「あやまるわ」彼女はいった。「大声を出すつもりはなかったの。ただあんなふうにいって欲しくなかっただけ」

「気にしないで」エステルは、何をいったらいいかわからず当惑して、無理に笑いながらいった。それからシルヴィアに近寄ってキスをした。「わかるわ、ハニー。ただ疲れているだけよ。それに何も食べていないんでしょ。台所にいらっしゃい。スクランブル・エッグを作ってあげるわ」

エステルが卵料理を作って自分の前に置いてくれたとき、シルヴィアは腹を立てた自分が恥しくなってきた。問題はあっても結局はエステルは自分にやさしくしようとしているのだ。そう考えて彼女は埋め合わせをするようにいった。「本当はね、今日、ちょっとしたことがあったの」

エステルはコーヒーのカップを持って向かい側に坐《すわ》った。シルヴィアは話を続けた。「どう話したらいいかな。変った話なのよ。でも、話してみるわね。今日、お昼をオートマットで食べたんだけど、男の人三人と相席になったの。いっそわたしの姿が見えなくなったらと思ったわ。だって、その人たちとてもプライベートなことを話していたのよ。ひとりがこんなことをいったわ。恋人が妊娠してしまって何とかしたいけれど、お金がない。そういうともうひとりが、何か売ってお金を作ったら、って。でも、売るものがない。すると三人目の男が——この男は、少し繊細な感じがして、ほかの二人と関係があるようには見えなかったけど、売るものがあるじゃないか、夢だよといったの。思わずわたしも笑っちゃった。でもその男は首を横に振って大真面目《おおまじめ》にこういったのよ。冗談をいっているんじゃない、本当なんだ、妻の叔母にあたるミス・モーツアルトという女性がある金持のところで働いているが、その金持が誰からでも夢を買う。あの、夜眠っているときに見るふつうの夢を。そういって男はその金持の名前と住所を紙に書いて友だちに渡したの。でも友だちのほうは紙をテーブルに置いたまま店を出ていっちゃった。そんな話、信じられないといって」

「わたしだってそういうわ」エステルは、そんなこと当り前だというように口をはさんだ。

「わたしにはわからない」シルヴィアは煙草《たばこ》に火をつけながらいった。「でもその話を忘れることが出来なかったの。紙に書いてあった金持の名前はA・F・レヴァーコーム、住所は東七十八丁目。ちらっと見ただけだったけど、それが……なんだかわからないけど、忘れられないような気がしたの。そのうち、頭が痛くなってきて、会社を早退したの」

エステルはゆっくりと、しっかりとコーヒー・カップを下に置いた。「ハニー、ねえ、あなた、ほんとにその男、レヴァーコームとかいう頭のおかしな男に会いにいったというんじゃないでしょうね？」

「そんなつもりじゃなかったわ」みるみる赤くなって彼女はいった。この話をしようとしたのは間違いだったと気づいた。エステルには想像力がない。この話を理解することなど出来ないだろう。そこで彼女は、嘘《うそ》をつくときのくせで目を細めた。「行こうと思ったのは確かよ。でもすぐにばからしくなって、かわりに散歩することにしたの」

「それは賢明だったわ」エステルは台所の流しに皿を積み重ねながらいった。「そんな男のところに行ったらどんなことになったか。夢を買うなんて！　そんな話、聞いたことがない！　いいこと、ハニー、ここはイーストンじゃないのよ」

部屋に戻る前に、シルヴィアは睡眠薬を一錠飲んだ。めったにないことだが、彼女にはそうでもしなければ今夜は眠れそうにないとわかっていた。心臓がどきどきして、ひっくりかえっているようだった。それに、彼女は奇妙な悲しみも感じていた。喪失感といってもいい。実際に何かを盗まれたか、あるいは、心を盗まれてしまったような感じだった。公園で会った若者たちにハンドバッグを（そこで彼女は電気を点けた）ひったくられたような感じだった。ミス・モーツアルトが手渡してくれた封筒はハンドバッグのなかに入っていた。そのことをすっかり忘れていた。彼女は封を破って開けた。なかには紙幣を包んだブルーの紙が入っていて、そこには〝夢の代金として、五ドル〟と書いてあった。あれはやはり夢ではなかったのだ。本当だった。彼女は、ミスター・レヴァーコームに夢をひとつ売ったのだ。実に簡単なことだった。彼女は電気をもう一度消した。声を出してちょっと笑った。もしこれから一週間に二回だけ夢を売ったら、そのお金でどんなことが出来るだろう。どこかに自分だけの部屋を持つことが出来るかもしれない、と彼女は、眠りにおちて行きながら考えた。安らぎが、火あかりのように彼女の上にゆらめいた。ぼうっと照らし出された幻燈のスライドのような瞬間が訪れ、彼女は深い眠りに落ちていった。彼の唇、腕が、順々にゆっくりと降りてきた。彼女はそれが気持悪くて、毛布を蹴《け》った。エステルが以前話していた腕というのは、この冷たい男の腕だろうか？　ミスター・レヴァーコームが、彼女の眠りのなかに深く入ってきて、唇で彼女の耳にやさしく触れた。夢を話してくれないか？　彼はささやいた。

彼女が再び彼に会ったのはそれから一週間たってからだった。十二月上旬のある日曜日の午後だった。彼女は映画を見ようと部屋を出たが、どうしたわけか、まるで無意識にそうなってしまったように、気がついてみると、ミスター・レヴァーコームの家の二ブロック先のマディソン街に来ていた。寒い日で、空は銀色をしていた。風は鋭く、タチアオイの茎のようにちくちくと肌を刺した。あちこちの店のショウウィンドウでは、クリスマスの安ものの飾りが、人工の雪の山のなかでぴかぴか光っていた。それを見ると、シルヴィアは気が滅入《めい》ってしまった。彼女は休日を嫌《きら》っていたからだ。休日は、ひとがもっとも孤独になるときだ。あるショウウィンドウに人目をひくものがあり、彼女は思わず立ちどまった。等身大の自動人形のサンタクロースだった。腹をかかえ、気が狂ったように電気仕掛けの笑い声をあげながら、身体を前後に揺すっていた。厚いガラスを通して、キーキーという騒々しい笑い声が聞えた。見れば見るほど悪人のように思えてきた。とうとう彼女は身震いをひとつして、向きを変えると、ミスター・レヴァーコームの家のある通りへ歩いていった。外から見ると、その家は、どこにでもあるタウンハウスのひとつだった。他と比べると少し洗練さを欠き、堂々とした感じもあまりしなかったが、それでも比較的立派な家だった。冬枯れしたアイビーが鉛枠《わく》の窓にからみつき、蛸《たこ》の脚のようにドアの上に垂れ下がっている。ドアの両側には、目が欠けてしまった小さなライオンの石像が置いてある。シルヴィアは深呼吸をひとつして、ベルを鳴らした。ミスター・レヴァーコームのもとで働いているあの青白い顔をした、魅力的な黒人が彼女を覚えていて、丁重な微笑を浮かべた。

前に訪れたとき彼女がミスター・レヴァーコームにおめどおりを許されるのを待っていた居間には、あのとき、彼女のほかに誰もいなかった。しかし、その日は他の人間たちがいた。様々な身なりの女たちが何人かと、ひどく神経質そうな小さな目をした若い男がひとり。彼らはまるで医者の待合室にいる患者のように見えた。若い男は、出産を待つ父親か、舞踏病の患者といったところだろう。シルヴィアは、男の隣りに坐った。男は落着きのない目ですばやくシルヴィアを観察した。何を見てとったかはわからないが、彼の心をひきつけるものは何もなかったらしい。男がまた神経質そうに考えごとに戻ったので彼女はほっとした。しかし、やがて、彼女はそこにいる全員が自分に興味を持っているらしいことに気づいた。植木鉢《うえきばち》がたくさん置いてある部屋の、薄暗い、はっきりとしない光のなかで、彼らの視線は、坐っている椅子《いす》よりも固く見えた。ひとりの女がとくに遠慮なく彼女を見ていた。ふつうのときだったら、その女の顔にも柔らかい、平凡なやさしさがあるのだろうが、いまシルヴィアを見つめている顔は、不信感と嫉妬《しっと》のために醜く見えた。突然牙《きば》をむき出して飛びかかってくる猛獣を手なずけようとするかのように、その女はノミに食われた毛皮の襟巻《えりまき》をなでながら、攻撃的な目でシルヴィアをじっと見続けている。しかし、やがてそれも終った。ミス・モーツアルトの大きな足音がホールに聞えてきたのだ。突然、みんな、おびえた生徒のように、またそれぞれもとの自分に戻り、彼女のほうを見た。「ミスター・ポッカー」ミス・モーツアルトがとがめるような口調でいった。「次はあなたの番です！」。ミスター・ポッカーは、両手を握り合わせ、目を神経質そうに動かしながら彼女のあとについていった。薄暗い部屋のなかで、集まっている人間たちは、陽光のなかの埃《ほこり》のように、またもとの状態におさまった。

それから雨が降り出した。雨だれが窓を伝い落ち、壁に映る影は、まるで窓が溶けていくように震えていた。ミスター・レヴァーコームの若い執事が、音もなく姿を現わし、暖炉の火をかき起し、テーブルの上にお茶の用意をした。暖炉のいちばん近いところに坐っていたシルヴィアは、暖かさと雨の音で眠くなってきた。頭が横に傾いた。彼女は目を閉じた。眠っているのでもないし、起きているのでもない。長い時間、時計の振子が揺れる水晶のような音だけが、ミスター・レヴァーコームの家のひっそりとした静寂のなかで聞えていた。そこに、突然、ホールですごい騒ぎが始まり、居間の静けさをかき乱した。牛の声のように低く、怒ったような下品な声で男がわめいていた。「このオライリーに手を出そうというのか？　お前なんかただの主人につかえるひつじじゃないか、えっ？」。声の主は、桶《おけ》のような体型の、レンガ色の小男で、居間の敷居まで押入ってくると、そこで酔払って足をふらつかせた。「おや、おや、おや」彼は、ジンの飲みすぎでしわがれた声を、音階を下げるように落としていった。「私の前に、レディがこんなにお待ちですか？　しかし、このオライリーは紳士だから順番を待つとしよう」

「ここは、あなたの来るところじゃありません」あとを静かにつけてきたミス・モーツアルトはそういうと、襟首をぎゅっとつかんだ。彼の顔はさらに赤くなり、目に涙があふれ出た。「締め殺す気か」と彼はあえぎながらいった。しかし、ミス・モーツアルトの青ざめた手は、カシの木の根のように頑丈《がんじょう》で、彼女は、その手で男のネクタイをさらに強く締めあげ、ドアのほうへ引き立てていった。ドアはやがてバタンと閉まった。その音であたりが揺れた。ティーカップがかたかた鳴り、枯れたダリアの葉が二、三枚、高いところから落ちてきた。毛皮の襟巻をした女がアスピリンを一錠口に放りこんだ。「胸がむかつくわ」彼女はいった。ミス・モーツアルトが両手の埃を払いながら堂々と引き上げていくのを見ながら、シルヴィアを除いた全員が、気をつかって、へつらうように笑い声を上げた。

シルヴィアがミスター・レヴァーコームの家を出ると、雨が強くなっていて、あたりは暗かった。タクシーを拾おうと、ひっそりとした通りを見まわしたが一台も見当らない。人の姿もない。いや、ひとりだけ目に入った。さっきの騒ぎを起した酔払いだった。孤独な町の子どものように、彼は駐車している車に寄りかかり、ゴムのボールでまりつきをしていた。「ほら、見ろよ」彼はシルヴィアにいった。「このボール、見つけたんだ。これで運が向いてくると思うかね？」シルヴィアは彼を見て微笑《ほほえ》んだ。というのは、乱暴そうに見えながら、この男は案外、悪い人間ではないと思ったからだ。彼の顔には、化粧を落とした道化師を思わせる悲しい笑いのようなものがあった。彼女がマディソン街に向かって歩き出すと、男はボールをもてあそびながら、はねるようにして彼女のあとについてきた。「どうもあの家で、ばかなことをやってしまったようだ」彼はいった。「あんなことをやると、ただもう坐って泣きたいだけだ」。雨のなかに長いあいだ立っていたためにかなり酔いがさめたようだった。「しかし、何もあんなふうに首を締めなくたっていいじゃないか。まったく乱暴が過ぎるよ。私も何人か乱暴な女というのを知ってはいるけど。姉のベレニスなんていちばんひどい暴れ牛にだって烙印《らくいん》を押せたんだから。しかし、さっきの女は、それ以上、いちばん荒っぽい。このマーク・オライリーにいわせれば、あの女はいずれ電気椅子に送られるな」彼はそういって舌打ちした。「あんなことをするなんて。悪いのはあの男のほうだよ。もともとこっちははじめからそんなにたくさん夢を持っているわけじゃない。それなのに、あの男はみんな取り上げてしまった。いまじゃ、もう空っぽ《ニエンテ》、空っぽ《ニエンテ》だよ」

「それはお気の毒ね」彼女は自分が何に同情しているのかわからなかったが、そういった。「あなた、道化師なの、オライリーさん？」

「昔はね」彼はいった。

そのときには彼らはもうマディソン街に来ていたが、シルヴィアはタクシーを探そうともしなかった。彼女は、この道化師だったという男と雨のなかを歩きたかった。

「子どものころ、わたしが好きだったのは道化師の人形だけだったわ」彼女は彼にいった。「だからわたしの部屋はサーカスみたいだった」

「いや、道化師以外にもいろんなことをしてきた。保険の勧誘をしたこともある」

「そうなの？」シルヴィアはがっかりしていった。「それでいまは？」

オライリーはおかしそうに笑ってボールをいちだんと高く投げた。落ちてくるボールをつかんだあとも、彼の頭はまだ上を向いたままだった。「空を見ている」彼はいった。「スーツケースを持って青空を旅している。他に行くところがないときは、空を旅するんだ。しかし、この地上ですることとなると？　盗み、物乞《ものご》い、それに夢を売る。——それもこれもウイスキーが欲しいからさ。酒壜《さかびん》なしに青空を旅するなんて出来ないからね。酒で思い出した。どうだろう、一ドル貸してくれっていったら驚くかい？」

「驚かないわ」シルヴィアはいった。それから次に何といったらいいかわからずに黙った。彼らはあてもなくゆっくり歩いた。雨が強く降りしきり、全《すべ》てのものから二人を切り離すように彼らを包んだ。彼女は子どものころの人形といっしょに歩いているような気がしてきた。奇跡的に成長し、何でも出来るようになった人形だ。彼女は手を伸ばして彼の手を握った。青空を旅する親愛なる道化師。「でも、わたし、一ドルなんて持っていないわ。全財産は七十セント」

「気を悪くしないで聞いてくれよ」オライリーはいった。「あの男が最近払っている金はそれっぽっちか？」

シルヴィアは彼が誰のことをいったかわかった。「違うわ、そうじゃないの——本当は、わたし、彼に今日、夢を売らなかったの」。彼女はくわしく説明しようとはしなかった。自分でもなぜ夢を売らなかったかわからなかったからだ。ミスター・レヴァーコームの灰色にかすんで見えない姿と向かいあうと（欠点などひとつもなく、ものさしのように厳格な姿が、病院の匂《にお》いを思わせるオーデコロンの匂いに包まれていた。生気のない灰色の目が植物の種子のように、個性の感じられない顔に埋めこまれている。その目を鉄のように鈍い眼鏡のレンズが封印するようにおおっていた)、彼女は見た夢のことを思い出せなくなってしまった。仕方なく彼女は、あの、公園を抜けて運動場のブランコのところを歩いていく彼女のあとを追ってきた二人組の強盗の話をした。「もういい。あの人、わたしに話をやめるようにいったわ。いろいろな夢がある、しかし、いまの話は本当の夢じゃない、っていうのよ。きみが作った話だ。どうしてあの人にそれがわかったのかしら。それからわたしはもうひとつ、べつの夢の話をしたの。彼が出てくる夢よ。夜、あの人がわたしをつかまえる。風船がいくつも空に上がっていき、月がいくつもあたりに落ちてくる。でも、彼は、自分の夢なんかに興味はない、といったわ」。そして彼は、夢の話を速記でとっていたミス・モーツアルトに、次の人間を呼ぶようにいった。「もう二度とあんなところに行きたくない」彼女はいった。

「いや、行くことになるよ」オライリーはいった。「私を見てごらん。私だってまた行くんだから。私なんかとっくに用済みにされているのにね、あのマスター・ミザリーに」

「マスター・ミザリー？　どうしてそう呼ぶの？」

ふたりは、あの機械仕掛けのサンタクロースが身体《からだ》を揺らしたり、大声で怒鳴ったりしている町角まで来ていた。笑い声は雨に濡《ぬ》れた通りにキーキーとこだまし、その影は舗道の色とりどりの光のなかで揺れていた。オライリーは、サンタクロースに背中を向けると、笑いを浮かべていった。「なぜってそのとおりだからマスター・ミザリーって呼ぶのさ。不幸という名のご主人様だ。きみは他の名前で呼ぶかもしれないが、いずれにせよ、あの男はあの男だ。きみにもあいつの正体がわかったろ。母親が子どもにあいつのことを話すじゃないか。木のうろのなかに住んでいて、夜遅くなると煙突を降りてくる。墓場に住んでいる。屋根裏を歩く足音が聞える。あのろくでなしは、泥棒《どろぼう》、おどし屋さ。あいつはきみの持っているものをみんな奪い取ってしまう。最後にはきみの手もとには何も残らない。たったひとつの夢さえもね。畜生！」彼はそう叫ぶと、サンタクロースよりも大きな声で笑った。「これできみにもあいつの正体がわかったろ？」

シルヴィアはうなずいた。「わかったわ。わたしのうちでは他の名前で呼んでいた。何と呼んだか忘れてしまったけど。ずっと昔のことよ」

「でもそいつのこと憶《おぼ》えているだろ？」

「ええ、憶えている」

「じゃあ、そいつをマスター・ミザリーと呼べばいい」彼はそうっと、ボールをはずませながら彼女のそばから離れていった。「マスター・ミザリー」彼の声は、小さな虫のように次第に小さくなっていった。「マス、ター、ミザ、リー」


エステルを正面からまともに見るのは難しかった。というのは、彼女は窓の前に立っていたからだ。窓には光があふれていて、その光はシルヴィアにはまぶしすぎた。風が強く、窓がかたかた鳴る音で彼女は頭が痛くなった。そのうえ、エステルはお説教をしていた。その鼻声を聞いていると、エステルの喉《のど》には、錆《さ》びついたカミソリの刃が貯《たくわ》えられているように思えた。「あなたに自分の姿が見えたらいいんだけど」彼女はそういっていた。それとも、それはもっと前にいったことだったか？　どちらでもいい。「いったい何があったの。その身体じゃ、きっともう百ポンドもないわね。骨と血管が見えるみたい。それにその髪！　まるでプードルね」

シルヴィアは額に手をやった。「いま何時、エステル？」

「四時よ」エステルは、腕時計を見るためにしばらくお喋《しゃべ》りをやめてからそういった。

「でも、あなた、時計はどうしたの？」

「売っちゃった」シルヴィアはいった。疲れていて嘘をつく気にもなれない。それにそんなことはたいしたことではない。彼女はすでにたくさんのものを売ってしまっていた。ビーバーの毛皮のコートも、ゴールド・メッシュのイヴニング・バッグも。

エステルはあきれたように首を振った。「お手上げだわ、ハニー。わたし、もう、完全にお手上げよ。あの時計は、お母さんが卒業記念にくれたものだったでしょ。まったく恥知らずだわ」彼女はいった。そしてオールドミスがするように舌打ちをした。「憐《あわ》れで、恥知らずよ。なぜ、わたしたちのところを出たのか理解出来ないわ。もちろん、そんなこと、あなたの勝手だけど、うちを出たあとに、こんな……こんな……」

「ゴミ溜《た》めみたいなところっていいたいんでしょ？」シルヴィアは、相手の言葉を補ってやった。そこは、二番街と三番街のあいだの東六十丁目にある家具付きの部屋だった。ベッドにもなる長椅子がひとつと、曇ってよく映らない鏡の付いた、ささくれた古い整理ダンスがひとつ置けるくらいの広さで、広い空地に向いた窓がひとつある（空地から、やけになったように走りまわる子どもたちの荒っぽい声が午後の町に聞える）。遠くには、工場の黒い煙突がスカイラインに感嘆符を打ったように立っている。この煙突はよく彼女の夢にあらわれる。その話をすると、ミス・モーツアルトは必ず刺激を受けて「男根の象徴ね、男根の象徴ね」と速記からちらっと目を上げて呟《つぶや》く。部屋の床には、読みかけたものの最後まで読んだことのない本が入ったゴミ箱、古新聞、それにオレンジの皮、果物の芯《しん》、下着、中身のこぼれた化粧箱が散らばっている。

エステルはそうしたゴミを蹴《け》とばしながら歩いて行き、長椅子に坐《すわ》った。「ハニー、あなたにはわからないでしょうけど、わたし、心配で気が変になりそうだったわ。わたしにだって、プライドとかそういったものはあるわ。だから、あなたがわたしを嫌いなら、それでもいいの。でも、あなたには、こんなふうにわたしから離れていって、一カ月以上も連絡しないでいる権利はないわ。今日、ブーツィにいったの。ブーツィ、わたし、シルヴィアに何かおそろしいことが起ったんじゃないかと思うの、って。あなただってわかるでしょ。会社に電話して、あなたが四週間も会社に出て来ていないって聞いて、わたしがどんな気持だったか。何があったの、クビになったの？」

「そう、クビになったの」シルヴィアは起き上がろうとした。「おねがい、エステル——着がえなくちゃならないの。約束があるのよ」

「だめよ。何があったかわかるまで、どこにもいかせない。下の下宿のおばさんの話だと、あなたが夢遊病のように歩いているところを見たって……」

「彼女と話をするなんて、どういうつもり？　どうして私生活に首を突っこむのよ？」

エステルは、いまにも泣きそうに顔をしかめた。彼女はシルヴィアの手の上に、自分の手を重ね、やさしくそれをなでた。「いって、ハニー、男のせい？」

「そう、男のせいよ」シルヴィアはいった。声の端にあざけるような笑いがあった。

「もっと前に、わたしに相談しに来たらいいのに」エステルが溜め息をついた。「男のことならよく知ってるわ。何も恥じることなんかないのに。男には不思議と、女がほかのすべてを忘れてしまうようなことが出来るのよ。ヘンリーがもし将来立派な、有能な弁護士にならなくても——、彼は、そうなると思うけど、それでもやっぱり、わたし、彼のことを愛するわ。そして、彼のために、なんでもする。男と暮らすのがどういうことか知らなかったころだったら、ショックを受けるような、おそろしいことだってするわ。でも、ハニー、その、あなたがいま付き合っている男は、あなたにつけこんでいるだけよ」

「そういう関係じゃないの」シルヴィアはそういって、立ち上がり、何もかもが乱雑に入った整理ダンスの引出しのなかからストッキングをひっぱり出した。「恋愛とは何の関係もないの。この話はもう忘れて。ほんとにもう、家に帰って。わたしのことなんて忘れて」

　エステルは、じっと彼女を見た。「あなたを見ていると怖くなるわ、シルヴィア。ほんとに怖くなる」シルヴィアは声をたてて笑った。そして、着がえを続けた。「ずいぶん前に、あなたに結婚したほうがいいっていったときのこと憶えている？」

「まあね。じゃあ、聞いて」シルヴィアは振り向いた。口に、ヘアピンを何本もくわえている。それを一本ずつ取りながら、彼女はいった。「結婚がすべての答えのような話しかたね。まあ、いいわ、ある程度まで、わたしも認めるわ。そりゃ、わたしだって愛されたいわ。誰だってそうでしょ？　でも、たとえ一歩譲って結婚したいと思っても、どこに結婚したくなるような男がいる？　きっと、その男、マンホールに落ちちゃったのよ。わたし、まじめにいっているのよ。ニューヨークには、男なんかいないって。――それに、たとえいたとしても、どうやったら男に会えるの？　これまで会った男はみんな、ちょっとでも魅力のある男はみんな、結婚しているか、貧乏で結婚できないか、それともゲイかよ。それにともかくこの町は、恋をするような町じゃないわ。恋から逃げたいと思っているときに来る町よ。いつかは、わたしだって誰かと結婚できるとは思うけど、いまは、結婚したくないの、ともかくそうなのよ」

　エステルは肩をすぼめた。「それじゃ、何をしたいの？」

「それ以上のものが起ろうとしているの」彼女は最後のヘアピンを髪にさすと、鏡の前で眉毛《まゆげ》をなでつけた。「わたし、約束があるの、エステル。もう帰って」

「このままあなたをここに置いてくわけにはいかないわよ」エステルは、どうしようもないという感じで手を振りながらいった。「シルヴィア、あなた、子どものときからの友だちでしょ」

「そこが問題なのよ。わたしたち、もう子どもじゃないわ。少なくとも、わたしは違うわ。だから、もう家に帰って欲しいの。二度とわたしのところに来てもらいたくないの。もう、わたしのことなんか忘れて。それだけよ」

エステルはハンカチを目に当てた。ドアのところに来たときには、大声で泣いていた。シルヴィアには、良心の痛みを感じる余裕はなかった。いったん意地悪したら、もっと意地悪にするしかなかった。「帰って」彼女はエステルのあとから廊下に出て、そういった。「わたしのこと、好きなだけくだらないこと書いて、故郷《くに》に手紙を出せばいいわ！」

エステルは、ほかの下宿人が驚いてドアのところに出てくるほど大きな声で泣きながら、階段を逃げるように降りていった。

そのあとでシルヴィアは部屋に戻ると、口のなかの酸《す》っぱい感じを取り除くために、砂糖をひとかけら口に入れた。祖母がやっていた、不機嫌《ふきげん》を直す方法だった。それから彼女は、床に跪《ひざまず》いて、ベッドの下から隠しておいた葉巻の箱を引っぱりだした。箱を開けると、〝朝、起きるのって大嫌《だいきら》い〟という曲の、自家製で少し調子っぱずれの演奏がはじまった。彼女の兄がそのオルゴールを作って、十四歳の誕生日にくれたのだ。砂糖をかじりながら彼女は祖母のことを思い出し、音楽を聞きながら兄のことを思い出した。むかし住んでいた家が目の前に回転しながら現れた。まわりは暗かったが、彼女だけが光のように彼らのあいだを動きまわった。階段を上がる、降りる、外に出る、部屋を通り抜ける、春の甘い香り、ライラックの影、ポーチのブランコの揺れる音。みんな消え去ってしまった。彼らの名前を呼びながら彼女はそう思った。わたしは、もう完全にひとりぼっちだ。音楽が終った。しかし、彼女の頭のなかではまだ続いていた。その音は、空地で遊んでいる子どもの叫び声より大きくなっていき、彼女の読書の邪魔をした。彼女は箱のなかにしまっておいた小さな日記のような手帳を読んでいた。その手帳のなかに見た夢を要約して書きとめている。それは際限のないものになっていた。憶えているのも難しかった。今日は、ミスター・レヴァーコームに三人の盲目の子どもの話をしよう。きっと気に入るだろう。夢の値段はそのつど違ったが、この夢はきっと少なくとも十ドルにはなるだろう。葉巻の箱の音楽が、階段を降りるときも、通りを歩くときも、まだ鳴っていた。彼女は、音楽が遠くへ行ってくれることを願った。

以前サンタクロースが置いてあった店には、新しい、しかし前と同じようなぱっとしない玩具《おもちゃ》が飾ってあった。そのために、今日のように、ミスター・レヴァーコームの家に遅れそうなときでも、シルヴィアはショウウィンドウのところに思わず立ちどまらずにはいられなかった。燃えるようなガラスの目をした石膏《せっこう》の女の子が自転車に乗って、猛烈なスピードでペダルを踏んでいる。車輪のスポークが、催眠術をかけられたように回っているにもかかわらず、もちろん自転車はまったく動かない。こんなに一生懸命こいでいるのにこの可哀《かわい》そうな女の子はどこにも行けない。それは哀れにも人生そのものだった。シルヴィアは、自分もこの女の子にそっくりだと思うといつも胸が痛んだ。あのオルゴールの音楽が頭のなかで巻き戻された。音楽、兄、家、高校のダンス、家、音楽！　ミスター・レヴァーコームにこの音が聞えるだろうか？　彼の鋭い視線は、彼女の話をどこかで疑っているようだった。しかし、彼は彼女の夢を喜んでいるようだ。屋敷を出るとき、ミス・モーツアルトが十ドル入った封筒をくれた。

「夢が十ドルで売れたわ」彼女はオライリーにいった。オライリーは、両手をこすりながらいった。「それは素晴しい！　素晴しいじゃないか！　でも、こっちは、今日は、ついていないよ、ベイビー。もう少し早く来てくれればよかったのに。実は、さっきとんでもないことをしてしまった。この先のリカーショップで、一クォート壜《びん》を盗んで逃げてきたんだ」。シルヴィアは、はじめその話を信じなかったが、彼は、ピンでとめたオーバーのなかからバーボンをひと壜取り出した。もう半分なくなっている。「そのうち捕まっちゃうわよ」彼女はいった。「そうなったらわたしはどうなるの？　あなたがいなくなったら、わたし、どうしたらいいかわからないわ」。オライリーは笑って、ウイスキーをコップに注《つ》いだ。ふたりは終夜営業のカフェテリアに坐っていた。ブルーの鏡とまだ絵の具の乾いていない壁画のある、美しく光り輝く食堂だった。シルヴィアには冴《さ》えない場所に思えたが、彼らはよく夕食にそこで会った。もっといい店に行けるだけの余裕があるときも、彼女には、他にどこに行けばいいか思い当らなかった。というのは、ふたりいっしょにいると奇妙な組合せに見えたからだ。若い女の子と老いぼれの酔払い。このカフェテリアでも彼らは人目をひいた。あまりじろじろ見られると、オライリーはよく威厳を正して、こういった。「よう、そこのおねえちゃん《ホット・リップス》、お前さんのことは昔っから知ってるぜ。まだ男便所で働いてんのか？」しかし、ふつうは誰も彼らのことを気にしなかった。ときどきふたりは朝の二時、三時までその店で話しこむこともあった。

「マスター・ミザリーのところにやって来るあの連中が、きみが十ドルももらったなんて知ったらたいへんだ。そんなこと知られたら、誰かが、きみが夢を盗んだっていい出すよ。私も一度、そういわれたことがある。あの連中は、なんでも食いつくしてしまう。あんなサメみたいな連中、見たことがない。俳優や道化師やビジネスマンよりひどい。たしかに、夢を売るなんてことを考えたら頭がおかしくなる。今日はちゃんと眠れるかどうか、夢を見られるかどうか、その夢を憶えているかどうか、心配になってくる。頭がぐるぐる回ってくる。仕方なく、二ドルばかり手に入れると、いちばん近いリカーショップに走っていく――いちばん近い睡眠薬の自動販売機に走っていく。そして気がつくと屋外便所のあるような汚ない路地をふらふらしている。こんな姿、何に似ていると思う？　人生そのものさ」

「違うわ、オライリー。人生になんか似ていない。生きていることなんかと何の関係もない。関係あるのは死よ。夢なんか売っていると、わたし、いろんなものがみんな奪われていくような気がするの。強盗に骨まで奪われたような気がするの。オライリー、正直いって、わたしには野心なんてないわ。むかしはたくさんあったけど。どうしてそうなったのか、わからない。どうしたらいいのかも」

彼は、にやっと笑った。「人生には似ていないというんだね？　でも人生のことなんて誰にもわからないし、どうしたらいいかなんて誰にもわからないだろ？」「真面目《まじめ》に話してよ」彼女はいった。「真面目になって。ウイスキーをどけて、冷めないうちにスープを飲んで」彼女は煙草に火をつけたが、煙が目にしみて、いっそう顔をしかめた。「他人が話す夢をみんなタイプしてファイルに整理して、あの人、それをどうするのかしら。夢をどうするのかしら？　あなたのいうとおりね、あの人、マスター・ミザリーそのものよ。……ただのつまらない山師の筈《はず》はないし。それほど無意味なことというわけではないわ。でもどうして夢が欲しいのかしら？　オライリー、あなたも考えてよ。どうしてだと思う？」

片方の目を細めるようにして、オライリーは、コップにもう一杯ウイスキーを注いだ。道化師のように口を歪《ゆが》めていたが、きりっと学者のように真一文字に口を結んだ。「それは百万ドルの価値がある質問だよ。どうしてもっと簡単な質問をしてくれないのかね。風邪《かぜ》を治すにはどうしたらいい？　とか。そうだな、他人の夢を欲しがるなんてどういうことなんだろう？　わたしも、そのことをずいぶん考えた。ある女とセックスしているときも考えたし、ポーカーをやっているときにも考えた」彼は、ウイスキーをぐっとあおると身体を震わせた。「それで考えたんだが、音が夢を作るということがある。夜中に一台の車が通り過ぎていく音だけで、百人もの眠っている人間が、自分のなかの深いところへ落ちていく。暗闇《くらやみ》のなかを通り過ぎていく車のあとを、そんなにたくさんの夢が追いかけていくなんて面白い話だよ。セックス、突然の光の変化、そんなものもわれわれの心の扉《とびら》を開く小さな鍵《かぎ》になる。しかし、たいていの夢は、われわれの心のなかにすべての心の扉を押し開く怨霊《おんりょう》のようなものがいるから生まれるんだ。私は、イエス・キリストは信じないが、人間の魂は信じる。だから、ベイビー、こう考えるんだ。夢というのは魂のひとつの状態で、われわれの隠された真実の姿だって、ね。マスター・ミザリーという男は、たぶん、自分の魂を持っていないんだ。だから、彼は、魂を少しずつ他人から借りる。きみの人形や皿から鶏の手羽を盗むように、きみの魂を盗む。何百という魂があの男を通り抜けて、ファイル・ケースのなかにおさめられていく」

「オライリー、真面目に話してよ」彼女は、彼が冗談ばかりいっていると思ったので、いらいらしてまたいった。「それに、スープが……」そこまでいって彼女は急に口をつぐんだ。オライリーが表情を変えたので驚いたのだ。彼は、入口のほうを見ていた。そこには三人の男がいた。警官がふたりと、店員の服を着た男がひとり。その店員がふたりのいるテーブルを指さしていた。オライリーは罠《わな》にかかった動物のようにがっかりして店のなかをぐるっと見まわした。それから溜め息をつき、椅子《いす》にもたれて、これ見よがしにもう一杯ウイスキーを注いだ。「今晩は、みなさん」警官が彼の前に立つと、彼はいった。「一杯どうです?」

「誰もこの人を逮捕なんか出来ません」シルヴィアは叫んだ。「道化師を逮捕するなんて出来ないわ!」彼女は、彼らに十ドル紙幣を投げつけたが、警官は見向きもしなかったので、テーブルを叩き始めた。店中の目が彼女に集まった。支配人がもみ手をしながら走ってきた。警官がオライリーに立つようにいった。「わかりましたよ」オライリーはいった。「ただ、もっと大物の泥棒が大手を振っているというのに、私がやったようなつまらない犯罪にわざわざみなさんが出てくるというのは、驚きですがね。たとえば、ここにいる可愛《かわい》い女の子は」――彼は警官のあいだに割って入ると、シルヴィアのほうを指さした。――「彼女は、最近、大泥棒にやられたんですよ。可哀そうに、そいつに魂を盗まれてしまった」

オライリーが逮捕されてから二日のあいだ、シルヴィアは自分の部屋から一歩も外へ出なかった。窓に日がさし、それから暗くなった。三日めに煙草が切れてしまったので、彼女は思い切って角のデリカテッセンまで行った。そこでカップケーキ一箱、サーディンの缶詰《かんづめ》をひとつ、新聞、それに煙草を買った。三日間、何も食べていなかったので、それはささやかな御馳走《ごちそう》、食欲を刺激する出来事になった。しかし、階段をのぼって部屋に戻り、ドアを閉めてほっとすると、それだけでもう疲れきってしまい、ベッドの支度が出来なくなっていた。彼女は床に倒れてしまい、翌日まで動かなかった。あとになって自分では床にいたのは二十分ほどだったと思った。ラジオをつけ、音量をいっぱいまで上げると、椅子を窓のところに引き寄せて膝の上に新聞を広げた。「**ラナ否認**」＊「**ソ連拒否**」「**炭鉱労働者和解**」といった見出しが目に入った。あらゆるものごとのなかでいちばん悲しいことは、個人のことなどおかまいなしに世界が動いていることだ。もし誰かが恋人と別れたら、世界は彼のために動くのをやめるべきだ。もし誰かがこの世から消えたら、やはり世界は動くのをやめるべきだ。しかし実際には、決してそんなことは起らない。多くの人間が朝起きる本当の理由はそこにあった。つまり、ひとは重大な意味があるからそうするのではなく、意味がないからそうするのだ。しかし、もしミスター・レヴァーコームが最後にあらゆる人間の頭からすべての夢を集めることが出来たら、——彼女はそこまで考えたが、その考えは横道にそれ、ラジオや新聞と混じり合ってしまった。「**温度下がる**」。吹雪がコロラド州を通り過ぎ、小さな町すべてに降り、あらゆる光を黄色にし、あらゆる足跡を埋め、いまここに降っている。それにしてもこの吹雪はなんと早くやって来たのだろう。屋根、空地、遠くの景色、すべてが羊のように真白に、深くおおわれていく。彼女は新聞を見て、次に雪を見た。雪は一日じゅう降っているに違いない。降りはじめたばかりということはないだろう。車の音はまったく聞えない。空地の、渦巻《うずま》くように降る雪のなかで、子どもたちがたき火を囲んでいる。車が一台、歩道の縁石のところで雪に埋まっていて、ヘッドライトを点滅させている。まるで心臓が急に痛くなって、言葉ではなく光で助けて、助けて！　といっているようだ。彼女はカップケーキをひとつくずしてそれを窓の下枠《したわく》にふりまいた。そうやっておけば北国の鳥がやってきて、彼女の相手をしてくれるだろう。彼女は鳥のために窓を開けっぱなしにしておいた。雪が部屋のなかに吹きこんできて、床の上でエイプリル・フールの宝石のように溶けていった。『いまの人生を楽しく』をお送りします」。ラジオの音を小さくして！森の魔女がドアを叩《たた》いていた。はい、ミセス・ハロラン、そういって彼女はラジオを消してしまった。雪のためにあたりは静かだった。眠りの静けさがあった。聞えてくるのは、はるか遠くでたき火を囲んでいる子どもたちの歌声だけだった。部屋のなかは寒さのために青白くなり、おとぎ話の寒さよりもっと寒くなった。わたしの心を、雪のなかでも咲くというイグルー・フラワーのなかに横たえよう。ミスター・レヴァーコーム、どうして戸口のところで待っているんです？　さあ、なかに入って。外は寒いでしょ。

しかし、彼女が目ざめたとき、部屋のなかは暖かく、彼女は誰かに抱かれていた。窓は閉まっている。そして男の腕が彼女を抱いていた。彼は、彼女のために歌を歌っていた。その声はやさしく、しかし、陽気でもあった。「チェリーベリー、マネーベリー、ハッピーベリー・パイ、しかしいちばんいい古いパイはラブベリー・パイ」

「オライリー、あなたなの？」

彼は彼女を抱きしめた。「ベイビー、おめざめだね。気分はどう？」

「わたし、自分が死んでいるんだと思ってた」彼女はいった。幸福な気持が彼女の心のなかで、足が悪くなってもまだ飛んでいる鳥のように羽ばたいた。彼女は彼を抱きしめようとしたが、身体《からだ》が弱っていた。「愛しているわ、オライリー。あなたは、わたしのたったひとりの友だちだわ。わたし、とても怖かった。もう二度とあなたに会えないと思っていた」彼女はそこで、何が起きたか思い出し、言葉を切った。「でも、どうして刑務所じゃないの？」

オライリーの顔はおかしくてたまらないという表情でピンク色になっていた。「刑務所なんかには入ってないよ」彼は、何かわけがありそうにいった。「しかし、その前にまず何か食べよう。今朝、デリカテッセンから食料を持ってきといたから」

彼女は突然、身体が浮いているような感じがした。「いつからここにいるの？」

「昨日からだよ」彼は食料を入れた包みや紙の皿をがさささせながらいった。「きみが自分でなかに入れてくれたじゃないか」

「嘘。わたし、何も憶《おぼ》えていない」

「そうだろうな」彼は、その話はそのままにしていった。「さあいい子だからミルクを飲むんだ。そうしたら、ほんとにおかしな話をしてあげるよ。まったくおかしな話さ」彼はうれしそうに脇腹《わきばら》を叩きながらそう約束した。いままで以上に道化師そっくりだった。「それじゃ話してやろう。さっきいったように、刑務所には入れられなかったんだ。なぜそんな幸運がころがりこんできたかっていうと、あの連中につかまって通りを引きたてられていたとき、誰に会ったと思う？　あのゴリラ女がお尻《しり》を振りながらやってきたんだ。そう、ミス・モーツアルトさ。よお、床屋にひげそりに行くところか？　といってやると、向うは、あんたもやっと逮捕されたのね、といって、警官のひとりに笑いかけて、おまわりさん、職務をちゃんと果してね、ときた。それで、こういい返してやった。逮捕なんかされちゃいない、これから警察に行ってお前さんの秘密の情報を話しにいくところさ、この薄汚ないコミュニスト。そしたら、彼女、すごい叫び声をあげた。どんなか想像できるだろう。彼女が私をとっつかまえ、警官が彼女をとっつかまえた。いや、ちゃんと警官には警告しておいたよ。気をつけろ、この女には胸毛があるんだぞ、ってね。案の定、彼女、猛烈に暴れ出した。それで、私は、そこから逃げ出したというわけさ。この町の連中がやるように、殴り合いを見物するのがいいことだなんて信じていないからね」

オライリーは週末ずっと彼女の部屋に泊った。シルヴィアにとっていままでにない、もっとも楽しいパーティのようだった。ひとつには、これまで彼女はこんなに笑ったことはなかったし、また、これまで誰ひとりとして、家族の者でさえ、彼女にこんなに人に愛されていると感じさせてくれる人間はいなかったからだ。オライリーは素晴しいコックだった。小さな電気ストーヴで御馳走を作ってくれた。一度、窓枠の雪をすくいとって、イチゴ・シロップ味のシャーベットまで作ってくれた。日曜日にはシルヴィアは、ダンスが出来るくらい元気になった。彼らはラジオをつけた。彼女は、息をきらし笑いながら膝《ひざ》をついて倒れるまで踊った。「もう二度と怖がったりしないわ」彼女はいった。「それに、いったい、わたし、何を怖がっていたのかしら」

「でも、またこの次も同じことを怖がるだろうな」オライリーは静かにいった。「それがマスター・ミザリーの本質なんだ。誰も彼の正体を知らない——子どもでもね。

ふつう子どもは何でも知っているもんだが」

シルヴィアは窓のところへ行った。北極のような白さが町をおおっていたが、雪はすでにやんでいた。夜空は氷のように澄んでいた。河の上の空に、宵《よい》の明星が見えた。

「いちばん星みつけた」彼女は、願いごとをするように人さし指と中指を組み合わせた。

「いちばん星にどんな願いごとをする?」

「もうひとつ別の星を見たい」彼女はいった。「いつも、最低、そのことだけは思うの」

「じゃあ、今夜の願いは?」

彼女は床に腰をおろし、彼の膝に頭をもたせかけた。「今夜は、夢を取り戻せたらってお願いしたわ」

「みんなそう願うだろうな?」オライリーは、彼女の髪の毛をなでながらいった。

「でも、それからどうする? つまり、夢を取り戻したらそのあとは?」

シルヴィアはしばらく何もいわなかった。口を開いたとき、彼女の目は、真剣な目つきで、遠くを見ているようだった。「故郷《くに》に帰る」彼女はゆっくりといった。「これって、怖《おそ》ろしい決心なの。だって、他の夢をみんなあきらめてしまうんだから。でもミスター・レヴァーコームが夢を返してくれたら、明日にでも故郷に帰るわ」

オライリーは何もいわずに戸棚《とだな》に行き、彼女のコートを取ってきた。「どうするの？」彼がコートを着せようとすると彼女は聞いた。「気にすることはない」彼はいった。「いうとおりにするんだ。これからミスター・レヴァーコームを訪ねる。そしてきみの夢を返してくれるように頼む。これは賭《か》けだ」

シルヴィアはドアのところで立ちどまった。「お願い、オライリー、わたしを行かせないで。出来ないわ、お願い、怖いわ」

「さっきもう二度と怖がらないっていったじゃないか」

しかし、通りに出て、風に向かってせきたてられると、彼女には怖がっている余裕などなくなってしまった。日曜日で、店は閉まっていた。交通信号は彼らふたりのためだけにまたたいているようだった。雪が降り積もった通りを走っている車は一台もなかったからだ。シルヴィアはこれからどこへ行こうとしているのかも忘れ、つまらないお喋《しゃべ》りをしていた。ちょうどこの角のところでガルボの姿を見かけたわ。お婆《ばあ》さんが車にひかれたのはあそこよ。しかし、やがて、彼女は息切れがして話をやめた。突然、これから何をしようとしているか思い出して、くじけそうな気分になった。「無理よ、オライリー」彼女は尻ごみしながらいった。「あの人に、なんていえばいいの？」

「ビジネスライクに話すんだ」オライリーはいった。「夢を返して欲しいって正直にいうんだ。もし夢を返してくれたら、これまでもらった金は返すって——もちろん分割払いになるが。簡単なことじゃないか。返せないっていうことはないだろ？　夢はみんなファイル・ケースのなかにしまってあるんだから」

この言葉になんとなく納得したので、シルヴィアは冷たくなった足を踏みならしながら、少し勇気を出して前進した。「それでこそきみだ」彼はいった。ふたりは三番街で別れた。オライリーが、ミスター・レヴァーコームの家の近所はいまの自分の身には安全とはいえないと考えたからだ。彼はある家の戸口に身を潜めた。ときどきマッチをすったり、大声で「しかしいちばんいい古いパイはウイスキーベリー・パイ！」と歌って自分の居場所を彼女に知らせた。胴長のやせた犬が一匹、高架鉄道の下の月の形をした石の上を狼《おおかみ》のように足音をたてずに歩いている。通りの向うには、バーのまわりにたむろする男たちのぼんやりとした影が見える。あそこに行って一杯ねだってみようか。そう考えただけで彼は酔った気分になった。

ちょうどそんなことをやってみようかと彼が決心したときに、シルヴィアが姿を現わした。彼女が彼の腕のなかに倒れこんではじめて、確かに彼女だとわかった。「大丈夫だよ、お嬢さん」彼は出来るだけ強く彼女を抱きしめて、ゆっくりといった。「泣くなよ、ベイビー。こんな寒いときに。ほら、ひどい顔になっちゃう」。何かいおうと息をつまらせているうちに、彼女の泣き声は、震えるような、不自然な笑い声に変った。あたりの空気は、彼女の笑いの息でいっぱいになった。「あの人、なんていったと思う?」彼女は息を切らしながらいった。「夢を返してっていったら、あの人、なんていったと思う?」彼女は頭をのけぞらせて笑った。笑い声は大きくなり、糸の切れた、派手な色の凧《たこ》のように通りの上を風に運ばれていった。とうとうオライリーは、落着かせようと彼女の肩をつかんで身体を揺さぶった。「あの人、こういったのよ。——夢をお返しすることは出来ません、なぜって——そう、あの人、夢をみんな使ってしまったんですって」

彼女はまた黙った。その顔は、落着いた表情に戻っていった。彼女はオライリーの腕をつかむと、いっしょに通りを歩いていった。お互いに相手の列車を待ってプラットホームを歩いている友人のようだった。通りの角まで来ると彼はせき払いをしていった。「ここで私は消えたほうがよさそうだ。別れるにはおあつらえむきの場所だ」

シルヴィアは彼の袖《そで》をつかんだ。「でも、これからどこへ行くの、オライリー?」

「青空を旅するよ」彼はそういって笑顔を作ろうとしたが、うまくいかなかった。

彼女はハンドバッグを開いた。「酒壜がなければ青空を旅出来ないでしょ」そういって彼女は彼の頬《ほお》にキスし、ポケットに五ドルすべりこませた。

「ありがとう、ベイビー」

その金は彼女の最後の金だったし、これから彼女はひとりで自分の家まで歩かなければならなかったが、そんなことはどうでもよかった。積った雪は、白い海の白い波のようだった。彼女は、その上を、風と月の潮に運ばれて歩いていった。何が欲しいのか、わからない。おそらくこれからもわからないだろう。でも星を見るたびに願うことは、ただ、もうひとつ別の星を見せて欲しいということだけ。それに、ほんとうにもう怖くなんかない、と彼女は思った。男の子がふたり、バーから出てきて、彼女をじろじろ見た。ずっと昔、どこかの公園で見かけたふたりの男の子と同じ人間かもしれない。ほんとうにもう何も怖くない。あとをつけてくる彼らの雪を踏む音を聞きながら、彼女はそう思った。ともかく、もう、盗まれるものなんか何もないのだから。

最後の扉《とびら》を閉めて

Shut a Final Door

「ウォルター、聞いて。たとえ、みんながあなたのこと嫌《きら》っても、仕事のうえであなたに反対しても、勝手な連中だと思ってはだめよ。こうなったのはあなたのせいなんだから」

アンナが以前そういったことがある。もちろんアンナは悪意でそういったわけではない。心の健康的な部分では彼もそう思っていた(彼女が友だちでなかったら、彼に他に友だちがいただろうか?)。にもかかわらず、そういわれて彼はアンナのことを軽蔑《けいべつ》した。どんなにアンナを軽蔑しているか、彼女がどんなにひどい女か、みんなに触れまわった。あんな女、と彼はいった。アンナなんか信用するな。たしかにあの女は正直そうな話し方をする。でも、あれは、彼女の心の奥底にある敵意を隠すものでしかないさ。それに嘘《うそ》つきだ。彼女のいうことなんかひとことも信用出来ない。危ないったらない、まったく! そしてもちろん、彼がいったことはすべてアンナの耳に入った。だから、彼が、いっしょに見に行くことにしていた芝居の初日のことで電話すると、彼女はこういった。「悪いけど、ウォルター、あなたにはもう会いたくないの。あなたのことはよくわかっているし、かなり同情もしている。でもあなたにはひどい悪意があるわ。あなたのことばかり責めるわけじゃないけど、あなたにはもう会いたくないの。身体《からだ》の調子がよくないし、そんな余裕はないわ」。彼女はなぜこんなことをいったのか？　彼女に何をしたっていうのか？　確かに、彼は、彼女の悪口をいいふらした。しかし、あれは本気でいっているようには聞えなかった筈《はず》だ。それに結局のところ、以前ジミー・バーグマン（あの男こそ裏表のある人間だった）にいったように、友人のことを客観的に人に話すことが出来ないとしたら、友人を持つ意味があるだろうか？

彼がああいった、きみがこういった、彼らがああいった、われわれがこういった。噂《うわさ》はぐるぐる回っていく。まるで頭の上で回転する、大きな羽根のある扇風機のように。ぐるぐる、むっとする空気を無駄《むだ》に引っかきまわし、時計の針の音のような音を出して、静寂のなかで時を刻んでいく。ウォルターは、ベッドの上のひんやりとした部分へ身体を少しずらし、暗い小さな部屋のなかで目を閉じた。その夜七時に、彼はニューオリンズに着いた。七時半に、この裏通りの名もないホテルに部屋をとった。

八月だった。赤い夜空に、たいまつが何本も燃えているようだった。汽車のなかで彼はずっと南部の異様な風景を見つめていた。ベッドの上で彼は、他のいっさいのことを忘れようと、その風景を思い出してみた。しかし、南部の異様な風景は、ついに地の果てに来てしまった、奈落《ならく》の底へ来てしまったという思いを強めるだけだった。

しかしそれにしても、なぜ、こんな遠く離れた町の、息がつまるようなホテルにいるのか。彼には、自分でもわからなかった。部屋には窓がひとつあったが、開けられそうもなかった。ボーイを呼ぶのも怖かったし（あの若者はひどく妙な目をしていた！）、ホテルの外に出るのも怖かった。道に迷ったら？　少しでも道に迷ったら、それきりになってしまいそうに思えた。腹が減っていた。朝食を食べてから何も口にしていない。彼は、サラトガ＊で買った包みのなかに食べ残しのピーナッツ・バターのクラッカーを見つけると、少しばかり残っていた〝フォア・ローゼズ〟でそれを無理に流しこんだ。それで気持悪くなってしまった。屑《くず》かごに吐いて、ベッドにくずれるように仰向けになった。そして枕《まくら》が濡《ぬ》れるまで泣いた。そのあとしばらく暑苦しい部屋で横になっていた。震えながらただ横になり、ゆっくりと回る扇風機を見つめていた。扇風機の動きには始まりも終わりもない。ただ円を描いているだけだ。

目、地球、木の年輪。あらゆるものが円形をしている。そして、どの円にも中心がある、とウォルターはいった。みんなあなたの責任よとアンナはいったが、彼女は頭がどうかしているのだ。彼に落度があったとしても、それは彼にはどうしようも出来ない、周囲の環境のせいだ。教会にばかり行っている母、ハートフォードの保険関係の役所にいる父、四十歳も年上の男と結婚した姉のセシル。「ただ家から出たかっただけよ」それが姉の言い分だった。そして、卒直なところ、ウォルターにもそれは納得のいく説明だった。

しかし、彼は自分のことになると、どこから考えたらいいか、中心がどこにあるのか、わからなかった。あの最初の電話が始まりといえるだろうか？　いや、あの電話はせいぜい三日前のことだし、あれは、事態の始まりというより終わりというほうが正確だ。そう、そもそもの始まりはアーヴィングだ。なぜなら、アーヴィングは、彼がニューヨークで会った最初の人間なのだから。

アーヴィングは可愛《かわい》らしいユダヤ人の少年だった。他の才能はないが、チェスの才能だけは素晴しい。絹のような髪をして、頰《ほお》は赤ん坊のようにピンク色をしている。十六歳くらいにしか見えないが実際は、二十三歳で、ウォルターと同じ年齢だった。ふたりはヴィレッジのあるバーで会った。ウォルターはニューヨークでひとりだったし、非常に寂しい思いをしていた。だから美少年のアーヴィングに優しくしてもらうと、彼も、この少年とは親しくするのがいいだろうと決めた。なぜだかは正確にはわからなかったが。アーヴィングは知り合いが多く、誰からも好かれていた。そして彼はウォルターを友人すべてに紹介してくれた。

そのなかにマーガレットがいた。マーガレットはアーヴィングのガールフレンドといってよかった。彼女は外見はまあまあだったが（目は飛び出ているし、歯にいつも口紅をつけている、そして十歳の子どものような服を着ている）、頭は異様なほどよく、ウォルターにはそれが魅力に思えた。彼には、彼女がなぜアーヴィングなどと付合っているのかわからなかった。「なぜなんだ？」と彼は、ふたりでセントラル・パークを散歩するようになったあるとき聞いてみた。

「アーヴィングは優しいの」彼女はいった。「わたしのこと純粋に愛してくれているし。もしかしたら彼と結婚するかもしれない」

「そんな馬鹿《ばか》なこと」彼はいった。「アーヴィングはきみの夫には無理だよ。彼はきみの弟というタイプだからね。アーヴィングは、誰にとっても弟だよ」

賢明なマーガレットに、この言葉の真意が見抜けないわけはなかった。だから、ある日、ウォルターがきみと寝たいというと、彼女は、いいわ、構わない、といった。そのあとふたりはよくセックスをするようになった。

ついに、そのことがアーヴィングの耳に入った。そして、ある月曜日、気まずいことが起った。彼らが出会ったバーと同じバーで起ったのは、奇妙な一致だった。その夜は、マーガレットの会社の社長、クルト・クーンハルト（クーンハルト広告社）のためのパーティがあり、彼女とウォルターはそれに出席した。そのあと、ナイトキャップを飲もうとそのバーに寄った。そこにはアーヴィングと、スラックスをはいた女の子が二、三人いるだけで、他には客はなかった。アーヴィングはカウンターのところに坐《すわ》っていた。頰はピンクに染まり、目は少し生気を失なっている。足が短かすぎてストゥールの足掛けに届かず、両足を人形のようにぶらぶらさせているので、大人の真似《まね》をしている子どものように見える。マーガレットは彼に気づくと、向きを変えて出て行こうとした。しかしウォルターはそうさせなかった。どうせもうアーヴィングに見られてしまったのだ。ふたりから目をそらさずに、ウイスキーを置くと、彼はゆっくりとストゥールから降り、哀れな、虚勢を張ったタフガイのように、気取って前に歩き出した。

「ねえ、アーヴィング」とマーガレットはいったが、彼があまりにけわしい目で見つめるので、黙ってしまった。

彼の顎《あご》は震えていた。「お前らなんか、出ていけ」と彼はいった。まるで子どものころのいじめっ子を非難するような口ぶりだった。「憎いんだ、お前らが」それから、ひどく緩慢な動きで身体に勢いをつけると、ナイフをつかんでいるような格好をしてウォルターの胸を突いた。しかし、それはたいした力はなかった。ウォルターは手出しせずただ笑っているだけだったので、アーヴィングはジュークボックスにもたれかかり、大声で叫んだ。「かかって来い、この卑怯者《ひきょうもの》。さあ、来い。殺してやる。絶対に殺してやる」。ふたりは彼を置いて店を出た。

家に帰る途中、マーガレットは疲れたような声で静かに泣きはじめた。「あの子、もう、二度と優しい子には戻れないわ」と彼女はいった。

ウォルターはいった。「どういう意味だかわからないな」

「わかっている筈よ」彼女はいった。ささやくような声だった。「そうよ、わかっている筈よ。わたしたちふたりが、あの子に、ひとを憎むことを教えてしまったのよ。あの子はこれまで憎しみなんか知らなかったのに」

ウォルターがニューヨークに来てから四カ月たっていた。最初手もとに持っていた五百ドルも十五ドルに減っていた。彼はブレヴォートに部屋を借りていたが、一月分の家賃をマーガレットにたてかえてもらった。なぜ、もっと安いところに引越さないの？　と彼女は知りたがった。住所は高級なところにしておいたほうが何かと便利だからね、と彼はいった。仕事はどうするの？　いつ仕事に就くつもり？　それとも？もちろん仕事はするつもりさ、と彼はいった。実際、彼は、仕事のことを真剣に考えていた。しかし彼には、向うから来るつまらない仕事などに飛びつく気はなかった。もっといい仕事を考えていた。将来性のある仕事、たとえば、広告の仕事なんかがいい。わかったわ、とマーガレットはいった。それなら何かしてあげられる。ともかく一度、社長のクーンハルトさんに話してみるわ。

2

Ｋ・Ｋ・Ａと呼ばれるその会社は、規模は中くらいだったが、それなりに、いや、最高にうまくいっている会社だった。一九二五年にこの会社を設立したクルト・クーンハルトは、評判の、変った人物だった。やせた、好みのやかましいドイツ人で独身だった。サットン・プレイスの優雅な黒い家に住んでいる。家には珍しいものがたくさんあった。ピカソの絵が三枚、最高級のオルゴール、南洋の島の仮面、そしてハウスボーイとして働いている、たくましいデンマーク人の若者。彼は、ときおり、自分の部下のうちから、そのつどお気に入りの者を夕食に招いた。そうやって彼はいつも特別な部下を選んでいた。夕食に招待されるのは危険なことだった。こういう関係というものは、通常、気まぐれで、当てにならないからだ。つい前の晩に社長と楽しく夕食を共にしたお気に入りの部下が次の日には求人広告を調べなければならなくなる。K・K・Aに入社して二週間めに、マーガレットの助手として雇われたウォルターは、クーンハルト氏から昼食をいっしょにというメモを受取った。当然、彼は、非常に興奮した。

「しらけるようなことといってる、わたし？」マーガレットは、彼のネクタイを直し、襟《えり》の折り返しについた糸くずを取りながらいった。「そんなことじゃないのよ。つまり——そう、クーンハルトは、こちらが深入りしない限り、働くには素晴しい人よ——でも、深入りするとクビになるかもしれない——わたしがいいたいのはそれだけ」

ウォルターは彼女が何をいおうとしているのかよくわかった。彼女は真剣だった。彼は彼女にそういおうと思ったが、思いとどまった。まだその時期ではない。しかし、いずれは彼女と別れなければならない。近いうちに。マーガレットの下で働くのは、彼のプライドが許さなかった。しかも、このままだと、ずっと彼女の下で働くことになる。誰にもそんなことはさせない。クーンハルト氏の海のように青い目をのぞきこみながら彼は思った。このウォルターを人の下で働かせるなんてことは誰にもさせない。

「馬鹿よ、あなた」マーガレットは彼にいった。「クルト・クーンハルトの友情なんて長続きしないわ。これまで何度も例を見てきてるのよ。そんな関係、なんの意味もない。電話の交換手と親しくしていたことだってあったわ。彼はただ誰かに道化になってほしいだけよ。わたしのいうこと聞いて、ウォルター、出世の近道なんかないのよ。大事なのは自分の仕事をどうやるかだけ」

彼はいった。「ぼくの仕事のやり方に不満があるのか？　ぼくは、期待されている範囲でうまくやっているよ」

「あなたがどう期待されていると思っているのかによるわね」と彼女はいった。

それからしばらくたった土曜日、彼は、彼女とグランド・セントラル・ステーションで会う約束をした。ハートフォードに行って、彼の家族と午後を過ごす予定だった。そのために彼女は新しいドレスと帽子と靴《くつ》を買った。しかし彼は約束の場所に現れなかった。彼女とのデートをすっぽかして、彼はクーンハルト氏と車でロングアイランドへ出かけ、ローザ・クーパーの社交界へのデビュー舞踏会に出席し、三百人もの出席者のなかでもっとも注目される客になった。ローザ・クーパー（旧姓クッパーマン）というのは、クーパー乳業の女相続人だった。黒い髪の、太った、陽気な娘で、ミス・ジューイットの学校に四年もいたためにわざとらしいイギリス風のアクセントで話す。彼女は、パーティのあと、アンナ・スティムソンという名前の友だちに手紙を書いた。のちにアンナはその手紙をウォルターに見せてくれた。「とっても素敵な男の人に会ったわ。六回もダンスをしたの。とってもダンスがうまい人。広告会社の重役で、とってもいい男。デートするのよ——食事とお芝居！」

マーガレットはこの件についてひとこともいわなかったし、ウォルターも何もいわなかった。まるで何ごともなかったかのようだった。ただそのあとふたりは、会社の仕事のこと以外は、口をきかなかったし、会うこともなくなった。ある日の午後、彼女の留守を見はからって、彼は彼女のアパートに行き、以前もらった合鍵《あいかぎ》を使ってなかに入った。残してきたものがあったからだ。服、本、パイプ。あちこちひっかきまわして自分の物を集めているうちに、彼は自分の写真を見つけた。口紅で書いた赤い落書きがある。それを見ているうちに、彼は、一瞬、夢のなかに落ちて行くような興奮を覚えた。それから彼女にあげたたったひとつの贈り物を見つけた。リュール・ブルューの香水の罎《びん》で、まだ口が開いていていない。彼はベッドに坐り、煙草《たばこ》を吸い、彼女が頭を枕に乗せていた姿を思い出しながら、ひんやりとした枕を手でなでた。それから日曜の朝、よくベッドに坐って、バーニイ・グーグル、ディック・トレイシー、ジョー・パルーカなどの漫画を声を出して読んだことを思い出した。

彼は小さな、緑色の箱のラジオを見た。ふたりはいつも、音楽に合わせてセックスをした。ジャズ、交響曲、教会音楽、どんな音楽でもよかった。音楽は合図だった。彼女は彼を抱きたくなるといつもいった。「ねえ、ラジオを聞きましょうよ、ね？」。ともかく、ふたりの仲は終わった。彼は彼女のことを憎んでいた。憶《おぼ》えておく必要があるのはそのことだった。彼はまた香水の壜を見つけると、それをポケットに入れた。ローザにこれをあげたら気に入るかもしれない。

次の日、会社で、彼が冷水器のところに立ち寄ると、そこにマーガレットが立っていた。彼女はじっと彼を見て微笑《ほほえ》んだ。「あなたが泥棒《どろぼう》とは思わなかった」。ふたりのあいだの敵意がはじめて公然となった。そのとき突然、ウォルターは、会社に味方はひとりもいないという事実に思いあたった。クーンハルト？　あんな男は当てに出来ない。あとはすべて敵だった。ジャクソン、アインシュタイン、フィッシャー、ポーター、ケイプハート、リッター、ヴィラ、バード。いや、彼らはみんな賢い連中だから、クーンハルトの寵愛《ちょうあい》が続いている限り、誰も彼にほんとうの意見などいわない。ともかく、嫌いということは少なくともひとつのはっきりした態度ではある。彼が我慢出来ないのは、あいまいな関係だった。というのは彼自身の感情が、いつもどっちつかずで、はっきりしないものだからだ。たとえば彼は、Xという人間が好きなのか、嫌いなのか、はっきりわからない。自分はXに好かれたいと思っているのに、Xを好きになることは出来ない。Xに対して誠実にもなれない。ほんとうのことは半分もいえない。それでいてXが自分と同じ不完全さを持つことは許せない。そんな人間ならいずれXは自分を裏切るだろうとウォルターは確信した。彼はXを怖《おそ》れた。恐怖した。昔、高校時代、彼はある詩を剽窃《ひょうせつ》して、校内誌に載せたことがある。その詩の最後の行を忘れることが出来ない。〝すべての行為は、恐怖から生まれる〟。教師が剽窃を見破ったとき、彼には、それが不当なことに思えた。

3

その夏のはじめ、週末のほとんどを彼は、ローザ・クーパーのロングアイランドの家で過ごした。そこには、いつもイェール大学やプリンストン大学の陽気な学生たちが押しかけた。彼は学生たちにいらいらさせられた。彼らは、ハートフォードあたりでは鼻持ちならない連中だったし、彼のことを決して自分たちと同じように扱おうとしなかったからだ。ローザ自身は、可愛い女の子だった。みんながそういった。ウォルターでさえそういった。

しかし、可愛い女の子というものは本気でひとを好きになったりはしない。ローザもウォルターを本気で好きだったわけではなかった。彼はそのことをあまり気にしなかった。ともかくローザのところで過ごした週末に、彼は金持連中と知り合いになれた。テイラー・オヴィングトン、ジョイス・ランドルフ（新人女優）、E・L・マッケヴォイはじめ、一ダースばかりの人間たち。彼らの名前は彼の住所録のなかでかなり光彩を放った。ある晩、彼はアンナ・スティムソンといっしょにそのランドルフという娘が主演する映画を見に行った。ふたりが席に着くか着かないうちに彼はアンナにいった。通路側の席の人間たちはみんなもう、ランドルフがぼくの特別な友達だって知っているよ、それに、彼女が大酒飲みで、男にだらしがなく、ハリウッド女優というわりには美しくないということだってね。それを聞いてアンナは彼に、そんなことをいうなんて、あなたって女の子みたいだといった。「男だとしたら、あの点でだけね、坊や」と彼女はいった。

彼がアンナ・スティムソンに会ったのはローザを通じてだった。ファッション雑誌の編集者で、背は六フィート近くある。黒のスーツを着て、片めがねとステッキを愛用し、メキシコ銀のアクセサリーをじゃらじゃらいわせている。彼女は二度結婚していた。一度は西部劇のアイドル・スター、バック・ストロングと。十四歳になる男の子がいた。その子は、彼女が〝感化学院〟と呼ぶ学校に押しこまれていた。「手のつけられない子だったわ」彼女はいった。「二十二口径の銃で窓から手あたり次第に撃つし、ものは投げるし、ウールワースで万引きまでやる。あなたそっくりの不良よ」

それでもアンナは彼にやさしかった。気分が落ち込んでいないときや苛立《いらだ》っていないときには、彼が自分の問題で不平をいったり、どうしてこんな状態になったのかと説明したりするのをいやな顔をせずに聞いてくれた。これまでの人生でずっとぼくは騙《だま》されてひどいカードばかりつかまされたんだ。彼は、アンナは愚かさ以外の悪徳すべてを持った女だと悪口をいいながらも、懺悔《ざんげ》を聞いてくれる司祭のような役割として彼女を利用するのを好んだ。彼女はどんな話でも黙って聞いてくれる聞き役だった。たとえば彼はよくこんなことを話した。「たしかにぼくはクーンハルトに、マーガレットのことでたくさん嘘《うそ》を話した。汚ないと思う。でも、彼女だってぼくに同じことをするよ。ともかくぼくは、彼女をクビにするようにといったわけじゃない。ただ彼女をシカゴの支店に転勤させたらいいと思っただけなんだ」

あるいはこんなこともいった。「ある本屋にいたとき、ひとりの男がそばに立っていた。ぼくたちは話をはじめた。中年男で、外見はまあいいし、非常にインテリだ。ぼくが外に出ると、少しうしろからあとをつけてくる。ぼくが通りを渡ると彼もそうする。足を早めると彼も足を早める。そうやって六、七ブロック歩いた。ようやくそれがどういうことなのかわかるとぼくは面白くなった。その男をからかってやれと思った。それで角のところで立ちどまってタクシーをとめた。それから振返って、この男を、長いことじっと見つめた。彼は満面に笑みを浮かべて走って来た。僕はタクシーに飛び乗ってドアをばたんと閉めると、窓から身体《からだ》を乗り出して、大声で笑ってやった。そのときの男の顔ったら、ひどいもんだった。キリストみたいだった。あれは忘れられない。ぼくがどうしてこんなクレイジーなことをしたのか、アンナ、わかる？　いままでぼくを傷つけた人間ぜんぶに仕返しをしているような気持だったんだ。でも、それだけが理由じゃない」。彼はよくこんな話をアンナにしては、家に帰って、眠りについた。すべてを話したので彼の夢は青く澄み切っていた。

それから愛の問題が彼の関心事になった。それは主として、彼がそれを問題と考えていなかったからだ。にもかかわらず彼は、自分がひとに愛されていないと気づいていた。そう考えると、もうひとつの心臓が身体のなかで鼓動しているかのような気持になった。彼は誰にも愛されていなかった。たぶんアンナにも。アンナは彼を愛しただろうか？「あら」アンナはいった。「見かけどおりのものなんて世の中にあった？オタマジャクシはあっというまにカエルになるでしょ。金だって指につければただの緑色の輪よ。わたしの二番目の夫を見ればわかるわ。外見はいい男でも、すぐに、よくあるくずだってわかったわ。この部屋をご覧なさい。あの暖炉じゃ香もたけないわ。暖炉なんて見かけだけ。鏡にしたって、この部屋はうつすけど、嘘をつくでしょ。ウォルター、見かけどおりのものなんて何もないのよ。クリスマス・ツリーはセロファン、雪はただの石けんのくず。魂というものがわたしたちの身体のなかを飛びまわっているのよ。だから見かけは死んでもほんとうは死んでいない。逆に見かけは生きていてもほんとうは生きていない。わたしがあなたを愛しているかどうか知りたい？しっかりしてよ、ウォルター、わたしたち友だちでさえないわ……」

4

扇風機の回る音に耳を傾ける。ひそひそ話のように回転しつづける扇風機。彼がああいった、きみがこういった、彼らがああいった、われわれがこういった。噂話《うわさばなし》は早く、ゆっくりとまわり続ける。限りないお喋《しゃべ》りのなかでときおり時間がたったのを思い出す。古ぼけた、壊れた扇風機が静寂を破る。八月三日、三日、三日！

八月三日、金曜日。ウォルター・ウィンチェル*の名物コラムに彼の名前が載った。

「大物の広告会社重役ウォルター・ラニーと乳業会社女相続人ローザ・クーパー、親親しい友人に、近く結婚ともらす」。この記事は、ウォルター自身が、ウィンチェルの友人の友人に話したものだった。彼はその記事を、朝食を食べに入ったホエランの店のカウンター・ボーイに見せた。「これはぼくのことさ」彼はいった。「この記事の男はぼくなんだ」。ボーイの顔に浮かんだ表情は消化によかった。

　会社に着いたのはその朝だいぶ遅くなってだった。デスクのあいだの通路を歩いていくと、先ざきでタイピストたちのあいだからひそひそ声が突風のように聞えた。彼にはそれが心地よかった。しかし、誰も口に出しては何もいわない。一時間ほど仕事を何もせずいい気分にひたってから、十一時ごろになって、コーヒーを飲みに階下のドラッグストアに行った。会社の人間が三人いた。ジャクソン、リッター、それにバード。ウォルターが店に入ると、ジャクソンがバードをこづき、バードがリッターをこづいた。そして三人そろって振向いた。「景気はどう、〝大物〟君？」ピンク色の頬《ほお》をして若いのに禿《は》げているジャクソンがそういうと、あとのふたりが声を立てて笑った。聞えなかったふりをして、ウォルターは急いで電話ボックスに入った。「いやなやつらだ」、ダイアルしているふりをしながら彼はいった。連中が店を出ていくのをじっと待った。やっと出て行くと、彼はこんどはほんとに電話した。「ローザ、もしもし、起したかな？」

「いいえ」

「ウィンチェルのコラム見た？」

「ええ」

ウォルターは笑った。「あの記事、彼、どこで手に入れたと思う？」

沈黙。

「どうしたの？　いつもと違うみたい」

「そう？」

「怒っているの？」

「がっかりしただけよ」

「なにが？」

沈黙。それから、「汚ないやり方よ、ウォルター、汚ないわ」

「どういうことかわからないな」

「さよなら、ウォルター」

外に出ながら彼は飲み忘れたコーヒーの代金を払った。建物のなかに床屋がある。ひげを剃《そ》ってくれと彼はいった。いや――髪を切って――いや、マニキュア。そのとき突然、鏡にうつった、床屋の前掛のように青ざめた自分の顔を見て、彼は、ほんとうは床屋で何をしてもらいたいのかわかっていないことに気がついた。ローザのいうとおり、自分は汚ないことをした。彼はいつも自分の失敗を喜んで告白した。告白してしまえば、失敗がもう存在しないように思えたからだ。階上へ戻り、机のところに坐《すわ》った。身体の内部で出血しているような感じだった。そして彼は神を信じたいと強く思った。鳩《はと》が一羽、窓の外の柵《さく》の上を歩いている。彼は、しばらく、日の光を浴びてきらきら光っている鳩の羽根を見つめた。鳩の動きはよろよろしているようでいて落ち着いている。それから彼は、無意識にガラスのペーパーウエイトを取り上げて投げつけた。鳩はあわてることなく飛び上がった。ペーパーウエイトは大きな雨粒のように傾きながら飛んでいった。もしかして、遠くで叫び声がしないか、耳をすましながら彼は思った。もしかして、誰かにぶつかって、殺したりしないだろうか？　しかし、何事も起らなかった。ただタイピストの指がたてるかたかたという音がするだけだった。そのとき、ドアを叩《たた》く音がした！「おい、ラニー。K・Kが呼んでるよ」

「気の毒だが」とクーンハルト氏は金のペンでいたずら書きをしながらいった。「ウォルター、きみのためなら推薦状を書くよ。いつでも」

エレベーターのなかはいまや敵だらけだった。彼らは、いっしょに沈んでいきながら、ウォルターをもみくちゃにした。マーガレットもそのなかにいた。青いリボンをつけている。彼女は彼を見た。彼女の顔は他の連中とは違っていた。うつろでもないし、そっけなくもない。どこかにまだ同情が感じられた。しかし、彼女は彼を見ながらその心のなかも見抜いていた。これは夢なんだ。夢だと信じなくてはいけない。そうはいっても彼は腕に、夢ではないという証拠、机にたまっていた私有物を押しこんだマニラ紙の封筒をかかえていた。エレベーターに乗っていた連中がみんなロビーに出たとき、彼は、マーガレットに話をし、許しを乞《こ》い、彼女の保護を求めなければと思った。しかし、彼女は急いで出口のほうへ歩いて行き、敵のあいだに姿を消してしまった。愛している、彼女のあとを追いながら彼はいった。愛している、といったつもりだったが、実は何もいっていなかった。

「マーガレット！　マーガレット！」

彼女は振りかえった。青いリボンが彼女の目によく似合う。その目がじっと彼を見つめた。穏やかな目になる。友情さえ感じられる。あるいは憐《あわれ》みかもしれない。

「お願いだ」彼はいった。「いっしょに一杯どうかな。ベニーの店あたりで。ぼくたちベニーの店が好きだったろ。憶えている?」

彼女は首を横に振った。「デートがあるの。遅れてるのよ」

「そうか」

「ええ――遅れてるの」そういって彼女は走りだした。彼はそこに立ちどまって、彼女が、暗くなっていく夏の光に輝くリボンをなびかせ、通りを走っていくのを見つめた。やがて、その姿も見えなくなった。


彼のアパートは、グラマシー・パーク近くのエレベーターのない建物にあるワンルームだった。新鮮な空気を入れて、掃除をする必要があったが、ウォルターは、コップに酒を注《つ》ぐと、そんなことは糞くらえだといってソファに身体を投げ出した。掃除なんかしたってなんの役に立つ? 何をしようが、どんなに努力しようが、最後にはゼロになってしまう。毎日、あらゆるところで、あらゆる人間が騙されている。誰を責めたらいい? しかし、不思議なことに、夕闇《ゆうやみ》のせまる部屋でウイスキーをなめながら横になっていると、彼は、もう長いあいだ感じたことのない落着きを感じた。代数の試験に失敗して、かえって、解放されて自由になったと感じたときに似ている。

失敗はそれなりに完璧《かんぺき》な確実さだ。そして確かなことにはいつも平穏がある。こうなったらニューヨークを出て、休暇の旅に出よう。手元には数百ドルある。秋まではこれで充分だ。

どこに行こうか考えながら、彼は突然、頭のなかで映画が始まったかのように、桜色やレモン色をした絹の帽子をかぶり、優雅な水玉模様のシャツを着た、小さな賢そうな顔をした競馬の騎手たちの姿を思い浮かべた。目を閉じると、彼は急に五歳の子どもに帰っていた。観客の歓声、ホットドッグ、父の大きな双眼鏡。そんなものを思い出すと楽しくなってきた。サラトガだ！　沈んでいく光のなかで彼の顔を影がおおった。彼は電燈《でんとう》を点《つ》け、もう一杯ウイスキーを注ぐと、蓄音機にルンバのレコードをかけ、ダンスをはじめた。靴の底がささやくようにカーペットの上を滑る。彼はよく、少し訓練を積めばプロのダンサーにもなれたと思ったものだった。

音楽が終った瞬間、電話が鳴った。彼は、返事をするのが怖いような気がして、立ちつくした。電燈の光、家具、部屋のなかのすべてのものが生気を失なったように思えた。電話は鳴りやんだと思ったら、また鳴りはじめた。さっきより大きく、しつこい。彼は、足のせ台につまずき、いったん受話器を取ったが、取り落し、また取って、返事をした。「もしもし？」

長距離電話だった。ペンシルヴェニア州のどこかの町からだったが、町の名前は聞き取れなかった。ひとしきり痙攣《けいれん》したような機械音が聞え、それから、乾いた、男とも女ともわからない、これまで聞いたことのある声とはまったく違う声が聞えてきた。

「もしもし、ウォルター」

「どなたですか？」

向うからの答えはない。ただ強く、規則的な呼吸の音だけが聞える。接続の状態はいいので、だれかが彼のすぐ横に立って唇《くちびる》を彼の耳に押しつけているように感じられる。「冗談はやめてくれ。誰なんだ？」

「わたしが誰か、わかっているだろ、ウォルター。長い付き合いじゃないか」。そこでカチャッと音がして、あとは何も聞えなくなった。

5

汽車がサラトガに着いたのは夜で、雨が降っていた。途中、彼は、むし暑い汽車のなかで汗だくになりながらほとんど眠っていた。そして、年とった七面鳥しか住んでいない古い城の夢や、父、クルト・クーンハルト、顔のない人間、マーガレットとローザ、アンナ・スティムソン、それにダイアモンドの目をした奇妙な太った女性などさまざまな人間が出てくる夢を見た。彼は長い、人影のない通りに立っている。ゆっくりと近づいてくる黒い葬式の車の行列のほかは、生きものの気配はない。それでも彼には、あらゆる窓から目には見えない人の目が、無防備な彼をじっと観察しているのがわかっている。彼は、気が狂ったように先頭のリムジンに声をかける。お父さん、と車に向かって走っていきながら大きな声で叫ぶ。その瞬間、ドアが閉まって、指がつぶれてしまう。父は、大笑いして窓から身を乗り出すと、大きなバラの花束を投げる。二台めの車には、マーガレット。三台めの車にはダイアモンドの目をした女性（これは、子どものころの代数の先生だったミス・ケーシーではないか？）、四番めの車には、クーンハルト氏と顔のない、新しいお気に入り。どのドアも開いたと思うと閉じられる。みんな大声で笑い、バラを投げる。車の行列は滑らかに静まりかえった通りを走り去って行く。ウォルターは、おそろしい叫び声をあげて山のように積み上げられたバラのなかに倒れてしまう。刺《とげ》が身体を引き裂き、傷だらけになる。突然の雨、暗い土砂降りの雨が、バラの花を散らし、葉の上に流れ出た青白い血を洗い流す。

向かいの座席に坐っている女性がじっと彼を見ていた。それで、彼はすぐに、夢を見ながら大声で叫んだに違いないと思った。彼は、バツが悪そうに彼女に微笑《ほほえ》んだ。

すると彼女は、とまどったように——と彼には思えた——目をそらした。彼女は足が悪かった。左足に大きな靴《くつ》をはいている。そのあと、サラトガ駅で、彼は彼女の手荷物を持ってやり、タクシーに相乗りした。車のなかではお互いに何も話さなかった。それぞれ座席の両端に坐って、雨と、ぼんやりとかすんだ街の灯《ひ》を見ていた。数時間前、ニューヨークで、彼は銀行から貯金をすべて引き出した。アパートのドアに鍵をかけ、何のメッセージも残さなかった。そのうえ、この町には彼のことを知っている人間はひとりもいない。そう思うと、気分がよかった。

ホテルは満員だった。競馬の客が押しかけていることはいうまでもないが、フロント係によると、それに加えて、医者の学会が開かれているということだった。そんなわけで申しわけございませんが、どこにも空いている部屋の心あたりはありません。たぶん明日になればなんとか。

そこでウォルターはバーを探した。どうせひと晩じゅう起きているのなら、酔払ったほうがいい。バーは非常に広く、むし暑く、やかましかった。夏の観光シーズンにこの町にやってくるグロテスクな連中で騒々しいかぎりだった。銀ギツネの襟巻《えりまき》をぶらぶらさせている女たち。発育不全の背の低い騎手たち。安っぽい奇妙なチェックの服を着た、顔色の悪い、声の大きな男たち。しかし、二杯も飲むと、騒音は遠くに消えたように思えた。それからあたりを見回して、あの足の悪い女がいるのに気づいた。ひとりでテーブル席について、気取った様子でクレーム・ド・マーント（はっかの香味をもったリキュール）をちびちびやっている。彼らは笑顔をかわした。ウォルターは、立ち上がると彼女の席に行った。「知らない者どうしではないようね」彼が坐ると彼女はいった。「競馬を見に来たんでしょ？」

「いや」彼はいった。「ただの休暇ですよ。あなたは？」

彼女は唇をすぼめた。「お気づきと思うけど、わたし、片方が内反足なの。そんな驚かなくたっていいわ。気がついていたでしょ。誰だってそうよ。それで」彼女は、グラスのなかのストローをもてあそびながらいった。「わたしがかかっている医者がこの学会で話をする予定なの。わたしは特殊な例なんで、医者はわたしとわたしの足について話をするのよ。ちょっと怖いわ。人前で足を見せなければならないんだから」

ウォルターは、お気の毒です、といった。彼女は、気の毒に思ってくれなくていい、そのおかげで少しばかり休暇が取れたんだから、そうでしょ？　といった。「六年間ずっと町から出ていなかったの。ベア・マウンテン・インで一週間過ごしたのはもう六年も前」。彼女の頬は赤く、少し斑点《はんてん》が出ている。目は左右がかなりくっついている。ラヴェンダー色のきつい目だ。まるでまばたきひとつしないように見える。左手の薬指に金の結婚指輪をしているが、結婚しているふりをしているのは明らかだ。そんなことに騙される人間はいない。

「メイドの仕事をしているの」質問に答えて彼女はいった。「不都合なことなんか何もない仕事よ。まともだし、わたし、気に入っているの。その家にはロニーっていう、とっても可愛《かわい》い男の子がいてね、わたし、母親よりわたしのほうがずっと彼にやさしくしているから、彼、わたしのほうが好きだって。母親はしょっちゅう酔払っているんだから」

そんな話を聞いていると気が滅入《めい》ったが、ウォルターは、ひとりになるのが突然怖くなり、そこに坐って酒を飲んだ。そして以前アンナ・スティムソンに話したように、彼女にいろいろなことを話した。話の途中、彼女はシーッといった。彼の声が大きすぎて、まわりの客が何人もこちらを見たからだ。あんな奴《やつ》ら糞くらえ、かまうもんか。まるで脳がガラスで出来ていて、飲んだウイスキーがすっかりハンマーに変ってしまったみたいだった。粉々になったガラスの破片が頭のなかでからからと音をたて、焦点を狂わせ、ものの形を歪《ゆが》めている。目の前の足の悪い女が、ひとりではなく複数の人間に見える。アーヴィング、母親、ボナパルトという名の男、マーガレット、その他いろいろな人間。経験というものは、どの一瞬も切り離したり、忘れ去ったりすることの出来ない、ひとつのつながった円のようなものだと、彼は強く思った。

6

バーが閉店になった。ふたりは割勘で勘定を払った。釣銭《つりせん》を待つあいだ、ふたりとも黙っていた。まばたきひとつしないラヴェンダー色の目で彼を見つめながら、彼女は平静そのものに見えたが、心のなかでは、微妙に興奮しているのが彼にはわかった。ウエイターが戻ってくると彼らは釣銭を分けた。そのとき彼女がいった。「よかったら、わたしの部屋へ来ない？」顔が吹き出ものでも出来たように赤くなっている。「だって、あなた、寝るところがないっていってたでしょ……」。ウォルターは手を伸ばして、彼女の手を取った。彼女はいじらしいほどはにかんだ微笑《ほほえ》みを見せた。

スーパーで買ったような安物の香水の匂《にお》いをさせながら、彼女はバスルームから出て来た。身につけているのは、薄い肌色《はだいろ》のキモノと、ひどく大きな黒い靴だけだ。とてもうまくやれそうもないと彼が気がついたのは、そのときだった。これほど自分が哀れに思えたことはなかった。アンナ・スティムソンだって彼がこんなことをしたら許してくれないだろう。「見ないで」彼女はいった。声が少し震えている。「ひとに足を見られるのは嫌《いや》なの」

　彼は窓のところに戻った。雨のなかで茂った楡《にれ》の葉がかさかさと音をたてている。その音のずっと遠くで、稲妻が白く光った。「いいわ」彼女がいった。ウォルターは動かなかった。

「いいわ」彼女は不安気に繰返した。「電気を消しましょうか？　あなたも支度したいでしょう――暗いところで」

　彼はベッドのはじに近寄ると、かがんで彼女の頬にキスをした。「きみは、とてもやさしい人だね、でも……」

　そのとき電話が鳴って、会話がとぎれた。彼女は黙って彼を見た。「驚いたわ」彼女はそういって、受話器を手でおさえた。「長距離よ！　ロニーがどうかしたんだわ！　きっと病気になったのよ……もしもし――えっ？　ラニー？　違います。番号が違っているわ……」

「待った」ウォルターが受話器を取りながらいった。「ぼくだ、ウォルターだ」

「やあ、ウォルター」

　あのけだるい、男とも女ともいえない、遠い声が、まっすぐに彼の胃の底にまで届いた。部屋がシーソーのように揺れ、歪んでいるように見える。汗が口ひげのように上唇のところに吹き出た。「誰だ?」と彼はいった。ゆっくりといったので、言葉がつながっていないようだった。

「知ってるくせに、ウォルター。長い付き合いじゃないか」そして沈黙。誰からかわからない電話はすでに切れていた。

「驚いた」女がいった。「どうしてあなたがわたしの部屋にいるってわかったのかしら? きっと——ねえ、悪い知らせ? あなた、顔色が……」

ウォルターは彼女の身体に倒れこむと、彼女を抱きしめて、濡《ぬ》れた頰を彼女の頰にすり寄せた。「抱いてくれ」自分にもまだ泣くことが出来るのだと思いながら彼はいった。「抱いてくれ、お願いだ」

「かわいそうな坊や」彼女は、彼の背中を軽くたたきながらいった。「わたしのかわいそうな坊や。わたしたち、ひとりぼっちなのね?」やがて彼は、彼女の腕のなかで眠りに落ちていった。

しかし、あのとき以来、彼は眠っていなかったし、いまもまた眠れなかった。扇風機のけだるい音を聞いても眠れない。扇風機の音を聞いていると、汽車の車輪の音を思い出した。サラトガからニューヨーク、ニューヨークからニューオリンズ。ニューオリンズを選んだのは特別な理由があったからではない。ただ見知らぬ者ばかりの町で、遠く離れていたからだ。四枚の扇風機の羽根、車輪と声、それがぐるぐるとまわっている。いまようやく彼にはわかった。この悪意のネットワークには終りがないのだ。絶対に。

トイレの水が壁の水道管を勢いよく流れ落ちる、上の部屋を足音が通り過ぎる、廊下で鍵《かぎ》ががちゃがちゃいう、ニュース解説者がどこか遠くで大声で喋《しゃべ》っている、隣りの部屋では小さな女の子が、なぜ？　なぜ？　なぜ？　といっている。それだけいろいろな音が聞えているのに、部屋のなかは、静まりかえっている感じだ。彼の足は、明かり取りから来る光を受けて輝き、切断された石のように見える。きらきら輝いている足の爪《つめ》は、十個の小さな鏡のようだ。どれも緑色に反射している。彼は、身体を起すとタオルで汗をふいた。いま彼は、何よりも暑さが怖かった。暑さのなかで自分の無力が明らかになるからだ。彼はタオルを部屋の向うへ投げた。タオルは電燈の笠《かさ》の上に引っかかり、前後に揺れた。そのとき電話が鳴った。また鳴った。大きな音だったのでホテルじゅうに聞えているだろうと彼は思った。このままにしておいたら軍隊が部屋のドアを叩きかねない。そう思ったので彼は顔を枕《まくら》に押しつけ、両手で耳をふさいだ。そして思った。何も考えまい。ただ風のことだけを考えていよう。

無頭の鷹《たか》

The Headless Hawk

また光明《ひかり》に背く者あり。光の道を知らず、光の路《みち》に止《とど》まらず。また夜分家を穿《うが》つ者あり、彼等は昼は閉じこもり居て光明《ひかり》を知らず。彼らには晨《あした》は死の蔭《かげ》のごとし。是《これ》死の蔭の怖《おそ》ろしきを知ればなり。(「ヨブ記」第二十四章十三、十六、十七節)

ヴィンセントは画廊の電気を消した。外に出てドアに鍵《かぎ》をかけると、品のいいパナマ帽のつばを直し、傘《かさ》の先で舗道をかたかた鳴らしながら、三番街のほうへ歩き出した。その日は明け方から空は暗く、いまにも雨が降り出しそうだった。厚い雲が空をおおい、夕方五時の太陽をさえぎっていた。しかし、あたりはむし暑く、熱帯の霧のように湿っぽい。灰色の七月の通りには、くぐもった不思議な人声がさまざまに響き合い、低い音になって聞えてきて、人をいらだたせる。ヴィンセントは海のなかを歩いているような気分になった。五十七丁目を通って市内を循環するバスは、腹が緑色の魚のように見えるし、人々の顔は波のあいだを漂う仮面のようにぼんやりと現れては左右に揺れる。彼は通りを歩く人間をひとりひとりじっと見つめては、ひとつの顔を探した。やがて彼は緑色のレインコートを着た女の子を見つけ出した。五十七丁目と三番街の角に立っている。そこに立って煙草《たばこ》を吸っている。何か歌を口ずさんでいる。レインコートは透明で、黒っぽいスラックスをはいている。素足でかかとの低いサンダルをはき、男ものの白いシャツを着ている。髪は淡い黄褐色《おうかっしょく》で、男の子のように短く切っている。彼女はヴィンセントが交差点を横切って自分のほうに近づいて来るのに気づくと、煙草を捨て、急ぎ足で一ブロック先のアンティーク・ストアの店先まで行った。

ヴィンセントは足をゆるめた。ハンカチを出して、額を軽く叩《たた》いた。出来ることなら、このむし暑い町を逃げ出し、ケイプ・コッドあたりに出かけ、日光浴でもしたいものだ。彼は夕刊紙を買ったが、釣銭《つりせん》を落としてしまった。小銭は舗道の溝《みぞ》にころがった。そして、下水の蓋《ふた》から音もなく下に落ちていき、見えなくなった。「たかがニッケル一枚じゃないですか、お若いの」と新聞売りが慰めるようにいった。ヴィンセントが、傷ついたように見えたからだ。しかし、彼は自分では小銭を落としたことに気づいていなかった。最近、こういうことがよくある。心ここにあらずで、歩き出したはいいものの、前に進んだらいいのか後ろに行ったらいいのか、アップタウンの方へ行くのかダウンタウンの方へか、わからなくなってしまうのだ。傘の柄《え》を腕に引っかけ、目を新聞の見出しに集中させながら——この見出しはなんといっているんだろう？　彼は何も考えずにダウンタウンの方向へ歩き続けた。ショッピング・バッグを持った色の浅黒い女が、彼にぶつかった。女は彼をにらみつけ、激しい身振りでかん高いイタリア語を何かつぶやいた。彼女の耳ざわりな声は、何枚も重ねられた毛織物を通して聞えてくるようだった。緑色のレインコートを着た女の子が待っているアンティーク・ストアに近づくにつれて彼は足をゆるめ、一歩、二歩、三歩、四歩、五歩、六歩と数え、六歩で店のショウウィンドウの前にとまった。

ショウウィンドウのなかはまるで屋根裏の片隅《かたすみ》のようだった。一生のあいだにたまってしまったガラクタが、なんの価値もないピラミッドのように積みあげられている。絵の入っていない額縁、ラヴェンダー色のかつら、ゴシック風のひげそり用マグ、ビーズ飾りのランプ。天井の紐《ひも》にはオリエント風の仮面がぶらさがっていて、扇風機の風を受けてくるくるまわっている。ヴィンセントはゆっくりと視線を上げていき、彼女をまっすぐに見た。彼女はドアのところに立っていたので、その緑色の姿がショウウィンドウの二重ガラスを通して歪《ゆが》んで、波打っているように見えた。頭上で高架鉄道が轟音《ごうおん》を響かせ、ショウウィンドウが揺れた。彼女の姿は銀食器に映った影のようにぼんやりと広がり、やがてまたゆっくりと確かなものになった。彼女は彼をじっと見つめていた。

彼はオールド・ゴールドを一本口にくわえ、マッチを探したが見つからないので、溜《た》め息をついた。女の子が入口から出てきて、安物の小さなライターを取り出した。ぼっと火がつくと、彼女の青白く、深みのない、猫《ねこ》のような緑色の目が、人を不安にさせるくらい熱心に、彼を見すえていた。その目には、何か大きな衝撃を受けたかのように、驚きの色が見える。まるで、以前、おそろしい事件を目撃し、それきり見開かれたままになっているかのようだ。無造作に短く切った前髪が額に垂れている。彼女の顔は、ほっそりとして、頬《ほお》がこけ、少年のような、どこか詩的な感じさえしたが、その印象は、男の子のような髪型でいっそう強められていた。中世の若者たちを描いた絵のなかにときおり見られる種類の顔だ。

煙草の煙を鼻から吐き出しながら、ヴィンセントは、そんなことを聞いても無駄《むだ》だとはわかっていたが、いつものように、彼女はなんの仕事をしているのか、どこに住んでいるのかと考えた。彼は煙草を投げ捨てた。はじめから煙草を吸う気などなかったからだ。それからくるりと向きを変えると、急いで高架鉄道の下を横切った。歩道の縁石に近づいたとき、ブレーキのきしる音が聞えた。突然、綿の耳栓《みみせん》が耳からはじけとんでしまったように、町の騒音が一斉《いっせい》に耳に飛び込んできた。タクシーの運転手が怒鳴った。「頼むよ、ねえちゃん、早く行ってくれよ！」。しかし女の子は、そちらを振り向こうともしない。トランス状態に入った目をして、夢遊病者のように周囲のことを忘れている。彼女は、驚いているヴィンセントを見すえると、通りを横切ってきた。派手な紫色のスーツを着た黒人の少年が彼女の肘《ひじ》をつかんだ。「どこか具合が悪いのか、ミス？」彼は、彼女が歩くのに手を貸したが、彼女は何も答えない。「様子がおかしいよ、ミス。具合が悪いんなら、俺《おれ》が……」そういって、彼女の視線の先をたどると彼はつかんだ腕をはなした。そこに男が立っているのを見て、彼は納得した。「そうか――そうなんだ」と呟《つぶや》くと、彼は、歯石だらけの歯を見せてにやりと笑い、うしろに下がった。

それを見てヴィンセントは本気で歩きはじめた。傘がブロックからブロックへと暗号のような音をたてて歩道を叩いていく。不快な汗でシャツがぐっしょりと濡《ぬ》れてくる。いまやはげしくなった町の騒音が頭のなかでがんがん鳴る。車の警笛がふざけて「アメリカ国歌」の一節を吹き鳴らす。轟音を響かせる線路から青白い電気の火花が飛び散る。気の抜けたビールの匂《にお》いのするバーの貧相なドアからは、しゃっくりに混じってウイスキーに酔った笑い声が聞えてくる。バーのなかでは薄紫色のジュークボックスがアメリカ音楽を流している――「俺の拍車がカチッ、カチッ、カチッと鳴っている……」。ときどき彼は、彼女の姿を確認した。一度は、彼女の姿は、〝ポールのシーフード・パレス〟のショウウィンドウに映っていた。ショウウィンドウのなかでは、砂浜をあしらったかき氷の上にロブスターが並べられ、日なたぼっこをしているように見える。彼女は、両手をレインコートのポケットに入れて、彼のすぐうしろを歩いてきている。映画館の入口《マーキー》のひさしの派手な電燈《でんとう》がまたたいているのを見ると、彼は、彼女が映画好きだったことを思い出した。犯罪映画、スパイスリラー、西部劇。彼は、イースト・リヴァーに通じる横道に入った。あたりは静かで、日曜日の町のようにひっそりとしている。アイスクリームを食べながら歩いている水兵。縄《なわ》とびをしている元気な双生児。レースのカーテンを持ちあげ、雨で暗い町をもの憂《う》げにのぞいている、クチナシの花のように白い髪をした、ビロードのように柔らかな感じの老婦人――それが七月の町の風景だ。そして彼のうしろからはたえず彼女のサンダルの音が聞えてくる。二番街の信号が赤に変った。交差点のところでは、あごひげをはやした小人の〝ポップコーン売りのルビィ〟が哀れな声で叫んでいる。「出来たてのポップコーンの大袋はいかが?」ヴィンセントはいらないと首を振った。小人はひどく気取った様子を見せ、「ほら、見てなよ?」と小馬鹿《こばか》にしたようにいい、ろうそくの光で照らし出された容器のなかに大さじを突っこんだ。なかでは、ポップコーンが、狂った蛾《が》のように威勢よくはじけ飛んでいる。「ほら、こっちのおねえちゃんは、ポップコーンが栄養満点だってご存知さ」。彼女は十セントぶん買った。緑色の袋に入っていて、その袋は、彼女のレインコート、彼女の目によく合っている。

ここがわたしの町、わたしの通りだ。あの玄関の付いた家がわたしが住んでいるところだ。こうした単純な事実を思い出すことが彼には必要だった。時間と場所を確認することで、現実感覚を取り戻すことが出来るからだ。彼は感謝するようにあたりを見やった。気むずかしい顔をした、初老の女性。ブラウンストーンの玄関前の階段に坐《すわ》ってパイプをふかしている男たち。青白い顔をした九人の女の子が、街角に店を出している花屋の屋台のまわりで、髪にさすデイジーを頂戴《ちょうだい》と騒いでいる。しかし、花屋は、「シーッ」といって追払う。ちぎれたブレスレットのビーズのようにばらばらになって逃げて行った彼女たちは、通りに戻って輪を作る。お転婆《てんば》な子たちは大声で笑いながら跳びはねている。おとなしい子たちは黙りこんで彼女たちから離れ、夏やせした顔を空に向ける。雨は降らないかな?

アパートの地下の部屋に住んでいるヴィンセントは階段を何段か降り、鍵のケースを取り出した。それから、なかに入るとドアのうしろに立ちどまり、振り返って羽目板の覗《のぞ》き穴から外を見た。女の子は、上の歩道で待っている。ブラウンストーンの階段の手すりに寄りかかっている。両腕をだらりと垂らすと、ポップコーンが雪のように彼女の足もとにちらばった。それを拾おうと、薄汚ない格好をした小さな男の子がリスのようにこっそりと彼女に近づいた。

2

ヴィンセントにとってその日は休日のようなものだった。午前中、画廊にやって来る人間はひとりもいなかった。それも、この北極のような天気を考えれば、不思議なことではなかった。彼は机の前に坐り、ミカンをいくつも食べながら、古い「ニューヨーカー」に載っているジェイムズ・サーバーの短篇を楽しんだ。大声で笑ったので、彼にはその女の子が入ってくる音も聞えなかったし、彼女が黒っぽいカーペットをこちらに歩いて来る姿も目に入らなかった。実際、電話が鳴るまで彼女にまったく気づかなかった。「ガーランド画廊です、もしもし」。彼女は変っていた。それは確かだった。あの見苦しい髪型、あの深みのない目――「ああポールか。まあまあだね。きみのほうは？」――それにまるでフリークのような服装をしている。コートはなし、ランバージャックのシャツにネイビーブルーのスラックス、それに――冗談《コムシ・コムサ》だろう？――くるぶしまであるピンクのソックスにかかとの低いサンダル。「バレエ？　誰が出るの？　彼女か！」彼女は腕に、漫画新聞で包んだ平たい包みをかかえている。

「ねえ、ポール、こちらからかけ直すよ。いまお客さんが見えたんで……」それから受話器を置くと、彼は、営業用の微笑を浮かべて立ち上がった。「何か？」

彼女の唇《くちびる》は、ひびわれてかさかさになっている。何と切り出したらいいのかわからずに震えていて、まるで言語障害にかかっているようだ。目は、ゆるくはめこんだおはじきのように眼窩《がんか》のなかでくるくる動いている。その、おどおどして内気な様子は子どもを思わせる。「絵を持ってきたんです」彼女はいった。「ここは、絵を買って下さるんでしょう？」

それを聞いてヴィンセントの微笑はこわばった。「うちは絵を展示するところです」

「自分で描《か》いたんです」彼女はいった。その耳ざわりな、不明瞭《ふめいりょう》な発音の仕方は、南部の人間に特有なものだった。「わたしの絵です――わたしが描いたんです。ある女性に、このあたりに絵を買ってくれるところがあると聞いて来たんです」

ヴィンセントはいった。「ええ、もちろん、買いますよ、でも実をいいますと」、そして彼は、困ったというしぐさをした――「実はわたしにはなんの権限もないんです。ガーランドさんが――、ここは彼の画廊でして、あいにく彼はいま町にいないんです」。広々としたカーペットの上に立っている彼女の身体《からだ》が、かかえている包みの重さで横に揺れた。ぼろきれで出来た人形のように見える。「たぶん」彼はいいはじめた。「たぶん六十五丁目のヘンリイ・クルーガーさんのところなら……」。しかし彼女は聞いていなかった。

「この絵、わたしが自分で描いたんです」彼女は柔らかい声で繰返した。「火曜日と木曜日がわたしたちの絵の教室がある日で、わたし、丸一年、勉強しました。他の人は、いい加減なことばかりしてました、そして、デストロネッリさんが……」そういってから、突然、うっかり秘密をもらしてしまったことに気づいたかのように、彼女は話をやめて唇をかんだ。それから目を細めた。「あの人、あなたのお友達では?」

「だれがです?」ヴィンセントは当惑していった。

「デストロネッリさんです」

彼は首を横に振り、奇妙なことだが、自分はどうしていつも風変りな人間を見ると、彼らを賛美したくなるのだろうと不思議に思った。それはちょうど子どものころカーニヴァルのフリークたちに抱いた感情と同じものだった。彼が愛してしまう人間はいつもどこか少しおかしなところ、壊れたところがあるのは事実だった。ただ彼の場合、そうした性質のために、はじめは風変りなもののなかに魅力を見つけ出しはするのだが、結局、最後にはその魅力を壊してしまうのだ。それは不思議な事実だった。「もちろん、わたしには権限はありません」彼はミカンの皮を拾ってくず籠《かご》に入れながら繰返した。「でも、もしよかったら、あなたの作品を見せてもらってもいいんですが」

少しためらってから、彼女は、床に跪《ひざまず》いて、漫画新聞の包みを破りはじめた。ヴィンセントはその新聞紙がニューオリンズの「タイムズ・ピカユーン」紙の一部であることに、気がついた。「南部のご出身ですか？」と彼は聞いた。彼女は彼のほうを見なかったが、彼は彼女の肩が固くなったのに気づいた。「いいえ」彼女はいった。彼は、笑顔を浮かべながらしばらく考えてこんな見えすいた嘘《うそ》をあばいたりするのは利口なやり方ではないと考えを決めた。それとも、彼女はこちらがいったことを聞き違えたのだろうか？　突然、彼は彼女の頭に手を触れてみたい、少年のような髪に指を触れてみたいという思いに駆られた。しかしそうはせず、両手をポケットに入れ、窓のほうに目をやった。窓は二月の霜できらきら光っている。誰か通りがかりの人間がガラスの上に下品ないたずら書きを残している。

「これです」彼女はいった。

首のない女性が、修道士のような服を着て、薄汚れたヴォードヴィル・トランクの上に満足そうに寄りかかっている。片方の手にはくすぶっている青いろうそくを持ち、もう一方の手にはミニチュアの黄金の鳥籠を持っている。そして、足もとには切り離された彼女の首が血を流してころがっている。首は彼女のものだが、絵のなかでは髪の毛は長い。非常に長い。そして情熱的な水晶の目をした、雪の玉のような子猫が、毛糸玉と思って、乱れた長い髪の先にじゃれている。頭のない、胸のところの赤い、銅の爪《つめ》を持った一羽の鷹が翼を広げている。その翼が、たそがれの空のように背景をおおっている。粗削りな絵だった。強烈な、原色のままの色が男性的な荒々しさで塗りこめられている。技術的な価値などどこにもない。にもかかわらず、その絵には、技巧など何もほどこされていないためにかえって何か深いものを感じさせる作品によく見られるあの力があった。ときおり、音楽のある一節が彼の心の奥底にある気持を呼びおこしてくれるときがある。あるいは、ある詩の言葉が彼の心のなかの秘密に触れるときがある。ヴィンセントは、彼女の絵を見て、それと同じような感動をおぼえた。彼は、喜びが強い震えとなって背筋を伝わるのを感じた。「ガーランドさんはいいまフロリダです」彼は注意深くいった。「しかし、この絵を彼にも見せたいと思います。絵をお預りできますか、一週間ほど？」

「わたし、指輪をひとつ持っていたんですが売ってしまったんです」彼女はいった。彼には、彼女がトランス状態で話しているように思えた。「とても素敵な指輪でした。結婚指輪です——わたしのではありません——字が入っていて。コートも持っていました」彼女はシャツのボタンのひとつをねじってひっぱった。ボタンは取れて、カーペットの上を真珠の目のようにころがった。「そんなにたくさんはいりません——五十ドルでは。無理ですか？」

「高すぎます」ヴィンセントは、自分の気持よりずっと素気なくいった。彼はその絵が欲しくなっていた。画廊のためにではなく、自分自身のために欲しかった。作品よりもそれを描いた画家のほうに興味をかきたてられるという芸術作品があるものだ。それは、ふつう、見る側の人間が、その種の作品のなかに、それまでは自分にしかない、他人には説明出来ないものと思われていた特別な何かが描かれていることに気づくからである。そして、自分のことを知っているこの画家は誰だろう、どうして知っているのだろうと不思議に思うからだ。「三十ドル、お出ししましょう」

一瞬、彼女は驚いたように彼を見た。それから息を吸いこむと、手を開いて彼のほうに差しだした。怒る気にもなれないほど無垢《むく》な素直さだった。彼はそのしぐさを見て警戒心をといた。いくぶんとまどいながら彼はいった。「大変申し訳ないのですが、小切手をお送りすることになります。それで……」そのとき電話が鳴った。彼が電話のほうへ歩いて行くと、彼女も手を出したままあとをついてくる。興奮した表情のために顔がひきつって見える。「ポールか、こちらからかけ直していいかい？　ああ、そう、ちょっと待って」受話器を肩にあてながら彼はメモ用紙と鉛筆を机の向うに押しやった。「ここにあなたの名前と住所を書いて下さい」

しかし彼女は首を振った。茫然《ぼうぜん》とした、不安げな表情をいっそう深くした。

「小切手です」ヴィンセントはいった。「小切手をお送りしなければならないんです。どうか名前と住所を」彼は彼女を励ますように笑顔を作った。やっと彼女は名前と住所を書きはじめた。

「悪いな、ポール……誰のパーティ？　えっ、あのひどい女か、彼女はぼくを招待してくれなかったんだぜ……ちょっと！」彼は大声を出した。女の子がドアのほうへ歩きはじめたからだ。「ねえ、ちょっと！」冷たい外の空気が画廊をこごえさせた。そしてドアが、ガラスの音をさせながらバタンと閉まった。もしもし。ヴィンセントは電話に答えずに、彼女がメモ用紙に書き残していった奇妙な文字を不思議そうに見つめながらそこに立ちつくしていた。D・J――Y・W・C・A。もしもし。

その絵は、暖炉の飾り棚《だな》の上に掛けられた。眠れない夜、彼はよく、ウイスキーをグラスに注《つ》ぎ、頭のない鷹《たか》に話しかけた。自分の人生のことを話した。ぼくは、一度も詩を書いたことのない詩人だ、と彼はいった。絵を描《か》いたことのない画家、恋をしたことのない（一度も）恋人――つまり、方向を持たない、頭のない人間なのだ。努力をしなかったというのではない――いつも、始めのうちはいい。しかし、いつも終りが悪い。ヴィンセント、白人、男性、三十六歳、カレッジ卒。岸から五十マイル沖の海に住む男。犠牲者。生まれつき殺される運命にある男。自分の手か他人の手で。仕事のない俳優。そうしたことすべてがこの絵のなかにある。すべてはまとまりがなく歪んでいる。これほどわたしのことを知っている彼女は何者なんだろう？　彼は、彼女のことを調べてみたが何もわからなかった。他の画商たちも彼女のことは知らなかった。どこかのY・W・C・Aに住んでいるかもしれないD・Jという女性を探してみるのは、愚かなことに思えた。彼は、彼女がまた画廊に現れないかと期待もしていた。しかし二月が過ぎ、三月も過ぎた。ある夜、プラザ・ホテル前の広場を横切っているとき、彼は奇妙な経験をした。そのあたりに列を作って客待ちしている古風な辻馬車《つじばしゃ》の御者たちは、暗くなっていたので馬車のランプに灯《ひ》をともしていた。ランプの光が風に揺れる木の葉を照らしている。一台の辻馬車が、歩道の縁石のところから動き出し、たそがれのなかにかたかたと走り去って行った。客がひとり乗っている。顔は、彼には見えなかったが、淡い黄褐色《おうかっしょく》の短い髪をした女の子だった。そこで彼はベンチに腰をおろした。そして、兵隊や、詩を引用してみせる美しい黒人の少年や、ダックスフントを散歩させている男と話をしながら時間をつぶした。夜の町にいる人間たちと話をしながら、彼は辻馬車が戻ってくるのを待った。——しかし、待ち人を乗せた馬車は戻ってこなかった。そのあとまた、彼は彼女を見た（見たと思った）。彼女は地下鉄の階段を降りてくるところだった。このときは、あちこちにペンキの矢印やスペアミント・ガムの自動販売機が目につくタイル張りの地下道で彼女を見失なった。彼女の顔が彼の心のなかにしっかりと押しつけられたかのようだった。たとえば、死者は最後に見たイメージを、死後もその目から取り除くことが出来ないという。それと同じように彼は彼女の顔を心から消すことが出来なかった。四月のなかごろ、彼は、結婚している姉と週末を過ごすためにコネチカットへ出かけて行った。気持が高ぶり、とげとげしかった。姉がこぼしたようにまったくいつもの彼とは違っていた。「どうしたの、ヴィンセント、お金がいるんなら……」「ああ、うるさいな！」彼はいった。「恋をしているに違いない」義理の兄がからかった。「さあ、ヴィニー、いえよ、どんな子なんだ？」。そんなことすべてにいらいらさせられたので、彼は次の汽車で家に帰った。グランド・セントラル・ステーションの電話ボックスから電話をしてあやまろうとしたが、耐えがたいほどいらいらがつのってきたので、彼は、交換手が回線をつなごうとしているのに電話を切ってしまった。酒が飲みたかった。コモドア・ホテルのバーでダイキリを四杯飲みながら一時間ほど過ごした。——土曜日の九時。ひとりで酒を飲む以外にすることがなかった。彼は自分が悲しかった。市立図書館の裏の公園に行くと、恋人たちが木々の下でささやき合って歩いていた。水飲み場の水が恋人たちの声のように静かに吹き出ている。しかし、この白い四月の夜がどんなに意味があろうとも、少し酔払って公園をさまよい歩いているヴィンセントは、ベンチに坐って痰《たん》をからませている老人と同じように、老《ふ》け込んでしまっているといってよかった。

田舎では、春は、ひっそりと静かにやってくる。庭ではヒヤシンスが土を押しのけて芽を出す、柳が突然霜をおいたような緑色の芽を出す、午後の日が長くなる、そして真夜中の雨がライラックを開かせる。しかし、町では、街頭のオルガン弾きがファンファーレをならす。冬の風でも薄められなかった悪臭があたりの空気を淀《よど》ませる。長いあいだ閉ざされていた窓が開く。部屋から聞えてくる会話が、行商人が鳴らすけたたましいベルの音とぶつかる。町の春は、玩具《おもちゃ》の風船やローラースケート、中庭で聞えるバリトンや、びっくり箱から飛び出したばかりの男のようなおかしなことをする人間たちの騒々しい季節である。老人がひとり、望遠鏡と「二十五セントで月を見よう！　二十五セントで星を見よう！」と書かれた看板を持っている。町は明るすぎて空の星はひとつも見えない。しかし、ヴィンセントには、丸い、ぼんやりと白い月が見えた。次にネオンの輝きが見えた。〝フォア・ローゼス〟〝ビング・クロ……〟。彼はカラメルの匂いのする、すえた空気のなかを通り抜け、チーズのように青白い顔とネオンと暗闇《くらやみ》の海のなかを泳ぐように歩いた。ジュークボックスの音の上に銃の音が轟《とどろ》き、ボール紙で出来たアヒルが倒れる。誰かが金切声で叫ぶ。「おい、イギー！」。そこはブロードウェイの遊戯場、娯楽アーケードだ。土曜日の客でごったがえしている。彼は一セント映画（「靴磨《くつみが》きは何を見たか」）を見、ガラス越しに横目でこちらを見る、ろう人形の魔法使いに運勢を占ってもらった。「あなたの運勢は、とてもいいものです」……しかし、彼はその先をいわなかった。というのはジュークボックスの近くで面白そうな騒ぎが起ったからだ。子どもたちが、ジャズに合わせて手を叩《たた》きながら、ふたりのダンサーのまわりを取り囲んでいる。ダンサーはふたりとも黒人の女の子だ。ふたりは、恋人どうしのように、いっしょに、ゆっくりと楽しそうに踊っている。身体を揺すったり、足を踏みならしたり、きつく野性的な目をくるくるまわしたりする。彼女たちの筋肉は、さざなみのようなクラリネットの音や、高なるドラムの音に合わせてリズミカルに動く。ヴィンセントは観客をぐるっと見渡した。そしてあの女の子を見つけたとき、ぞくっとするような震えがきた。踊りの激しさが彼女の顔にも反映されていたからだ。彼女は、背の高い、醜い顔の男の子と並んで立っている。そうしているとまるで眠っている人間のようで、黒人のダンサーたちは彼女の夢のなかの人間のようだった。ダンサーたちのカエルのような声のうしろから聞えてくるトランペットとドラムとピアノのやかましい演奏が、感動的なフィナーレを迎えた。拍手が鳴りやみ、ダンサーは去っていった。彼女はひとりきりだった。ヴィンセントは本能的に、彼女に気づかれないうちに立ち去ろうとしたが、思わず前に進み出てしまった。そして、眠っている人間をやさしく起すように、彼女の肩に軽く手を触れた。「やあ」と彼はいった。声が高すぎた。彼女は振返ると彼を見つめたが、目がうつろだった。生気のない無表情な顔に、はじめは恐怖が、次に当惑が見えた。彼女は一歩うしろに下がった。ジュークボックスが、また鳴りはじめた瞬間、彼は彼女の手首をつかんだ。「僕のこと、憶《おぼ》えているね」彼は促すようにいった。「画廊も？　きみの絵のことも？」。彼女はまばたきすると、次に眠そうにまぶたを閉じた。彼女の腕から緊張がゆっくりと解けていくのが感じられた。彼女は、彼が記憶しているよりやせていて、きれいになっていた。髪は以前より少し伸びて、伸びるにまかせて垂らしている。髪の毛には、小さなクリスマスのリボンが悲しげにぶらさがっている。彼は「一杯おごろうか？」といいかけたが、彼女は、子どものように頭を彼の胸につけてもたれかかってきた。彼はいった。「いっしょに家に来る？」彼女は顔を上げた。聞えてきた返事は溜《た》め息だった。ささやくような声だった。「お願い、連れてって」と彼女はいった。

ヴィンセントは着物を脱いで、きちんと戸棚にしまった。そして鏡をはめこんだドアの前で自分の裸体にほれぼれと見とれた。彼は自分が思っているほど美男ではなかったが、それでも美男といえた。背は高くはないが、均整がとれている。髪はくすんだ黄色。繊細でややしし鼻の顔は、健康的で血色がいい。水が流れる音が沈黙を破った。彼女はバスルームで風呂《ふろ》に入る支度をしていた。彼は、だぶだぶのフランネルのパジャマを着、煙草《たばこ》に火をつけてからいった。「みんな揃《そろ》っている？」水がとまり、長い沈黙があってから返事がした。「ええ、ありがとう」。家に帰る途中のタクシーのなかで、彼はなんとか話をしようとしたが、彼女は何もいわなかった。彼の部屋に入ったときでさえそうだった――これには彼もむっとした。というのは彼は自分の部屋に女性と同じように誇りを持っていたので、お世辞のひとつも期待していたからだ。天井の高い部屋、バスルーム、キチネット、それに裏庭。家具はモダンなものと古いものが組合わさり、格調高い感じになっている。壁には三枚組みのトゥールーズ・ロートレックの版画、額に入れたサーカスのポスター、D・Jの絵、それにリルケとニジンスキーとエレオノーラ・ドゥーゼの写真が飾ってある。机の上の、細く青いろうそくを立てた燭台《しょくだい》には火がともっている。部屋のなかは、ろうそくの幻想的な光に洗われ、ゆらめいている。フレンチ・ドアが裏庭に通じている。月の光のなかに黒々と見える枯れたチューリップの茎、発育の悪い天国の樹《ヘブン・トリー》、前の住人が置いていった古い、風雨にさらされた椅子《いす》。彼は、冷たい空気のなかで酔いの興奮が冷めるのを期待しながら、庭の板石の上を行ったり来たりした。近くでひどく下手なピアノの音が聞えてきた。上の窓に子どもの顔が見える。彼は親指で草の葉をもてあそんだ。そのとき彼女の影が長く庭に落ちた。彼女がドアのところに立っている。「外へ出ちゃだめだ」彼は、彼女のほうへ近づきながらいった。「少し寒くなったから」

人の心をとらえるような柔らかさが彼女のなかに生まれていた。少し身体に丸みが出て、ふつうの女と比べて風変りなところも少なくなっている。ヴィンセントはシェリーのグラスを差し出した。それを唇《くちびる》につける彼女の優雅なしぐさを見て彼はうれしくなった。彼女は彼のパイル地のローブを着ている。少し長すぎる。裸足《はだし》で、足を横に出してソファに坐《すわ》っている。「グラス・ヒルを思い出すわ。あのろうそくの光」彼女は微笑《ほほえ》んだ。「私のお祖母《ばあ》ちゃん、グラス・ヒルに住んでいたの。ときどきだったけどとても楽しかった。お祖母ちゃんがいつもよくいっていたことわかる？『ろうそくは魔法の杖《つえ》。ひとつともせば世の中はお話の本になる』」

「きっと寂しいおばあちゃんだったんだね」ヴィンセントはいった。すっかり酔っていた。「会ったらぼくたちきっと憎み合っていたよ」

「お祖母ちゃん、きっとあなたが好きになったわ」彼女はいった。「どんな人でも、男の人はみんな好きになったから。デストロネッリさんだって」

「デストロネッリ？」前に聞いたことがある名前だった。

彼女はいたずらっぽく流し目をした。わたしたちのあいだにはごまかしはなし、よく知り合っているんだからそんな必要はない、といっているような目つきだった。

「知ってるくせに」彼女は確信を持っていった。もっとふつうの場合だったら、彼女がそんなに確信を持っているのに驚いていただろう。しかし、いま彼は一時的に、驚くという機能を失なってしまったようだった。「あの人のことはみんな知っているわ」

彼は、腕を彼女の身体《からだ》にまわして、近くに引き寄せた。「ぼくはちがう、知らないよ」彼は、彼女の口に、首にキスをしながらいった。彼女はとくに反応を示さなかったが、彼は続けた——その声は少年のように震えている——「ぼくはそのなんとかさんに会ったことはないよ」彼は手を彼女のローブにすべりこませ、ローブを彼女の肩からずらした。片方の乳房の上にあざがあった。小さくて、星の形をしている。彼は鏡をはめこんだドアに目をやった。鏡のなかでは彼らの影がろうそくの光でさざ波のように揺れている。影は青白く、形がはっきりしない。彼女は微笑んでいた。「そのなんとかさんは」彼はいった。「何に似ているんだ?」かすかな微笑みが消え、小猿《こざる》のようなしかめつらが彼女の顔にちらついた。彼女は暖炉の飾り棚の上に掛けられた自分の絵を見た。彼女がそのときはじめて自分の絵に気づいたのがわかった。彼女は絵のなかの特別なあるものをじっと見ているようだったが、それが鷹なのか首なのかはわからなかった。「そうね」彼女は、彼にさらに身体をくっつけながらいった。「彼、あなたに似ているわ。わたしにも、ほかのみんなにも」

雨が降っていた。濡《ぬ》れた昼の光のなかで、二本のろうそくの芯《しん》がまだ燃えていた。開いた窓のところでは灰色のカーテンがひっそりと揺れている。ヴィンセントは腕を引いた。彼女の身体の重みでしびれている。物音をたてないように注意しながら、彼はベッドからそっと出ると、ろうそくを吹き消し、バスルームへ爪先立《つまさき》ちで歩いていった。そして、冷たい水で顔を洗った。キチネットに行く途中で腕を曲げたり伸ばしたりした。久しく感じていなかった自分の力に対して、健康な身体に対して、男として強い喜びを感じた。オレンジジュースとトーストと紅茶のポットを用意して盆に載せた。慣れていないので盆の上のものをかたかた鳴らしながら、彼はその朝食を部屋に運び、ベッドの脇《わき》のテーブルの上に置いた。

彼女は動いた様子はなかった。乱れた髪が扇のように枕《まくら》の上に広がっている。片方の手はさっきまで彼が頭をのせていた枕のくぼみのところに置かれている。彼は身体をかがめて彼女の唇にキスをした。眠りのために青みがかったまぶたが少し震えた。

「はい、はい、起きてるわ」彼女はつぶやいた。風に吹上げられた雨が波しぶきのように窓にかかった。彼女には技巧を使う必要はない。彼には、なんとなくそう感じられた。目をそらす、内気な顔を作る、相手を非難するために間をとる。ふたりのあいだにはそんなことをする必要はない。彼女は、片肘《かたひじ》をついて身体を起こし、彼を見た。ヴィンセントは、自分が彼女の夫になったように感じた。そして、オレンジジュースを手渡しながら、感謝するように微笑んだ。

「今日は何曜日？」

「日曜日」彼は、掛け布団《ぶとん》にもぐり込み、脚の上に盆を置きながらいった。

「でも教会の鐘が聞えない」彼女はいった。「それに、雨が降っている」

ヴィンセントはトーストをふたつにちぎった。「雨は気にならないだろ？　雨って――とても平和な音がする」彼は紅茶を注いだ。「砂糖は？　クリームは？」

彼女はそれを無視していった。「今日は、いつの日曜日？　何月の？」

「いったいいままでどこにいたんだい、地下鉄のなか？」彼は、からかうように笑っていった。しかし彼女が真剣だとわかってとまどった。「四月だよ……四月の何日か」

「四月なの」彼女は繰返した。「私、ここに長いことといるの？」

「せいぜい昨日の晩から」

「まあ」

ヴィンセントは自分の紅茶をかきまわした。カップのなかでスプーンが鈴のように鳴った。トーストのくずがシーツのあいだにこぼれた。ドアの外に配達されている「トリビューン」と「ニューヨーク・タイムズ」のことを思い出したが、今朝は、新聞を読む気にはならない。暖かいベッドのなかで彼女の隣りに横になり、紅茶をすすりながら雨音を聞く。それがいちばんだった。よく考えれば変なことだった。確かにとても変だった。彼女は彼の名前を知らないし、彼も彼女の名前を知らないのだ。それで彼はいった。「きみにまだ三十ドル、借りがある。わかっている？　もちろん、きみが悪いんだ──あんなでたらめの住所を書くんだから。それにＤ・Ｊという名前、あれはどういう意味？」

「名前は教えないほうがいいと思うの」彼女はいった。「名前なんて勝手につけられるでしょ。ドロシー・ジョーダンとかデリラ・ジョンソンとか、ね？　どんな名前だって考えられるわ。もしあの人がいなかったら、あなたにわたしのほんとうの名前を教えてあげる」

ヴィンセントは盆を床におろした。彼は、寝返りをうって彼女と向き合った。心臓の鼓動が早まった。「あの人って、誰のこと？」。表情は穏やかだったが、彼女の声は怒りで濁っていた。「あの人のこと知らないっていうんなら、教えてよ、どうして私がここにいるの？」

沈黙があった。外では雨が突然あがったようだった。河から船の汽笛が悲しげに聞えた。彼は、彼女を強く抱きしめると指で彼女の髪をすいた。そして、このことはどうしても信じてもらいたいと思いながらいった。「どうしてって、きみを愛しているからさ」

彼女は目を閉じた。「その人たちどうなったの？」

「その人たちって？」

「前にあなたがいまの言葉をいった人たちのことよ」

雨がまた降りはじめた。灰色の雨が窓に降りしきり、静かな日曜日の通りに落ちた。雨音を聞きながらヴィンセントは思い出した。まず、いとこのルシール。哀れな、美しい、愚かなルシール。一日じゅう坐ってリネンの布切れに絹の花の刺繡《ししゅう》をしている。それからアレン・T・ベイカー――、ハヴァナでいっしょに過ごした冬、いっしょに住んだ家、バラ色の石で出来たくずれかけた部屋。哀れなアレン、彼はそんな生活が永遠に続くと思ったのだ。ゴードンもそうだ。縮れた黄色い髪の毛をした、頭のなかが古いエリザベス朝時代のバラードでいっぱいのゴードン。彼がピストル自殺したというのは本当だろうか？　それからコニー・シルヴァー、女優になりたがっていた耳の聞えない女の子――、彼女はその後、どうなっただろう？　あるいは、ヘレンは、ルイーズは、ローラは？「愛した人間はひとりしかいなかったよ」彼はいった。自分でも、その言葉は真実味があるように聞えた。「たったひとり、その彼女も死んだ」

彼女は、同情するかのように、やさしく彼の頰《ほお》に手を触れた。「あの人がその女の人を殺したんだと思う」彼女はいった。彼女の目がすぐ近くにあったので、彼は彼女の緑の目に映った自分の顔を見られるほどだった。「あの人はミス・ホールを殺したのよ。ミス・ホールって世界じゅうでいちばんやさしい人だった。とてもきれいで、息が出来なくなるくらい。私、彼女にピアノのレッスンを受けていたの。彼女がピアノを弾くときとか、こんにちはやさよならをいうとき――私、心臓がとまりそうになった」。彼女の声には感情がこもっていなかった。まるで別の時代の、自分には直接の関係がないことを話しているかのようだった。「彼女があの人と結婚したのは夏の終りだったわ――九月だったと思う。アトランタに行って、そこでふたりは結婚したの。それきり彼女は戻って来なかった。まったく突然のことだったわ」彼女はそこで指をぱちんと鳴らした。「こんなふうにね。私、新聞であの男の写真、見たことがある。ときどき、私がどんなに彼女が好きだったか彼女にわかってもらえていたらって考える――どうして自分の気持を伝えられない相手がいるんだろう？――そうしたら、彼女、結婚なんかしなかったと思う。たぶんそうしたら、いろんなことがみんな違っていたわ。きっと私が望んでたようになったわ」。彼女は枕に顔をうずめた。泣いていたのかもしれないが、声は聞えなかった。

五月二十日に彼女は十八歳になった。信じられないことだった――ヴィンセントはもっとずっと年上だと思っていた。彼は友人たちに彼女を誕生パーティで紹介したいと思ったが、結局は、それはいい考えではないと認めざるを得なかった。まず第一に、D・Jのことを、いつも舌の先まで出かかったが、これまで一度も友人に話したことがなかった。次に、公然と同じ部屋で暮しながら、名前さえ知らない女の子をパーティに連れていったら、どんなにみんなが面白がるか、その光景を想像しただけで、気がくじけてしまった。それでも誕生日なのだから何か祝ってやらなければならない。ディナーと劇場は望み薄だった。彼の責任ではなかったが、彼女はドレスというものを一着も持っていなかったからだ。彼は服を買うようにと彼女に四十何ドルか渡したことがあるが、その金で彼女が買ったのは、レザーのウィンドブレーカー、軍隊用ブラシ一セット、レインコート、ライターだった。彼女は自分のスーツケースを部屋に持ちこんでいたが、そのなかには、ホテルの石けん、髪の毛を切るのに使っていたハサミ、聖書が二冊、それに質の悪いカラー写真があるきりだった。その写真には、ぎこちなく笑っている、醜い顔の中年女性が写っていた。写真にはこんな文章が付いていた。ご多幸とご幸運を、マーサ・ラブジョイ・ホールより。

彼女は料理が出来ないので、ふたりは外で食事をした。彼の給料と彼女の数少ない服ではたいていオートマットに行くか——そこは彼女のお気に入りの場所で、マカロニがとてもおいしかった！――あるいは三番街によくあるバー・グリルのひとつに行くかに限られていた。誕生日のディナーも、あるオートマットですることにした。彼女は皮膚が赤くなるまで顔をこすり、髪を整えてシャンプーをし、大人の真似《まね》をする六歳の女の子のような不器用な手つきで爪《つめ》にマニキュアをした。レザーのウィンドブレーカーを着て、その胸に彼にもらったスミレの花束をピンでとめた。よほどおかしな格好に見えたに違いない。同じテーブルにいた行儀の悪い女の子がふたり、頭がおかしくなったかと思われるほどくすくす笑った。ヴィンセントは、彼女たちに、おとなしくしないと……といった。

「何様のつもり、あんた」

「スーパーマンのつもりよ。馬鹿《ばか》がスーパーマンだと思っているのよ」

ひどいいい方だった。それを聞いてヴィンセントは頭に来た。テーブルを押しやったとたん、ケチャップの壜《びん》がひっくりかえった。

「こんな店、出よう」彼はいったが、D・Jはその騒ぎになんの関心もなくブラックベリイのパイをスプーンで食べつづけている。怒ってはいたが、彼は、彼女の超然とした態度に敬意を表して、彼女が食べ終わるまでおとなしく待った。それでも、彼女はいったいいつの時代に生きているのか不思議な気がした。彼女に過去を質問しても無駄《むだ》だとはわかっていた。それでも現在のことはときどきしか意識していないようだし、未来はなんの意味もないようだった。彼女の心は、からっぽの部屋のなかの青い空間を映している鏡のようだった。

「こんどは何をしたい？」通りに出ると彼は聞いた。「タクシーで公園を走ろうか」

彼女は口の端についているブラックベリイのかけらを、ウィンドブレーカーの袖口《そでぐち》で拭《ぬぐ》ってからいった。「映画を見たい」

また映画か。この一カ月、彼は映画を何本も見た。ハリウッド映画のセリフの断片が夢のなかにまで響いてくるほどだった。ある土曜日など、彼女が見たいというので、三つの映画館の切符を買った。どこもトイレの消毒薬の臭《にお》いが鼻につく安っぽい映画館だった。毎朝、仕事に出かける前に、彼は暖炉の飾り棚《だな》の上に五十セント置いていった——雨の日も晴れた日も彼女はそれで映画を見に行った。しかし、敏感なヴィンセントには、彼女が映画を見に行く理由がわかっていた。彼自身の人生を思い返しても、毎日映画館に行き、よく同じ映画を何回も繰返して見ていた、無意味な時期があった。それは宗教に似ていた。黒と白の動く映像を見ているときに感じる良心の解放感は、神父に告白したときに感じる気持と似ているからだ。

「あの手錠だけど」。彼女は「三十九夜」のあるシーンに触れていった。彼らはその映画をビバリー劇場のヒッチコック・リバイバル特集で見た。「あのブロンドの女の人と男の人はいっしょに手錠をかけられたでしょ——あれを見てわたし、他のことを考えたの」彼女はヴィンセントのパジャマのズボンをはき、スミレの花束を枕の端にピンでとめ、ベッドの上で身体を折り曲げた。「人間はみんなあんなふうに捕まって、いっしょに手錠をかけられるのね」

ヴィンセントはあくびをした。「あ、あ」と彼はいって、灯《あか》りを消した。「もう一度、誕生日おめでとう、ダーリン、楽しい誕生日だった？」

彼女はいった。「一度、わたし、あそこにいたことがあるの。女の子がふたり踊っていたけど、ふたりともとても自由だった——あの人たちだけで、他に誰もいなくて、夕焼けみたいにきれいだった」彼女は長いこと黙っていた。それから言葉を長くひきずる南部人特有の喋り方でいった。「スミレを、ほんとうに有難う」

「うれしいよ——気に入ってくれて」彼は眠そうに答えた。

「スミレが枯れてしまうのは、悲しいわ」

「そうだね、お休み」

「お休みなさい」

クローズ・アップ。ああ、でも、ジョン、わたしのためにいうんじゃないのよ。結局、わたしたち子どものことを考えなければ。離婚したら子どもたちの人生を壊すことになるわ！　スクリーンが揺れる。ドラムが鳴る。トランペットが華麗に鳴り響く。RKO映画社提供……。

ここは出口のないホール、終りのないトンネル。頭の上にはシャンデリアがきらめき、風に揺れるろうそくの火が空気の流れに漂う。彼の前にはロッキング・チェアに坐った老人が身体を揺らしている。黄色く染めた髪、白粉《おしろい》をつけた頰、キューピー人形のような唇。ヴィンセントはその老人がヴィンセント自身であることに気づく。あっちに行け、と若くハンサムなヴィンセントがいう。しかし、年老いた醜いヴィンセントはよつんばいになって近づき、クモのように彼の背中によじのぼる。脅したり、頼んだり、殴ったりしても、追い払うことが出来ない。そのために彼は自分の影と競争する。背中の自分が上下に揺れる。稲妻が蛇《へび》のように光る。と、突然、トンネルは、白いネクタイと燕尾服《えんびふく》の男たちや色とりどりのガウンを着た女たちであふれかえる。彼は恥しくなる。こんな上品な集まりに、背中に、シンドバッドのように薄汚ない老人を乗せて来るとは、なんと気が利《き》かない人間だろうと思われるに違いない。客は二組になって、石のようにじっと立っている。話し声はまったくない。彼はそのとき、客の多くも、自分自身の邪悪な分身を背中に背負っていることに気づく。それは身体の内部の腐敗が外にあらわれたものだ。ちょうど彼の横では、トカゲのような男が、白子の目をした黒人の背中に乗っている。ひとりの男が彼に近づいてくる。パーティのホストだ。背は低く、顔は血色がよく、頭ははげている。彼は、ぴかぴかに光っている靴《くつ》をはき、軽やかに歩いてくる。片方の手は、固く肘を曲げ、そこに大きな、頭のない鷹《たか》をとまらせている。鷹の爪はホストの手首にくいこんでいて、そこから血が流れ出ている。主人が威張って歩くたびに、鷹の翼が大きく広げられる。胸像を置く台の上には、旧式の蓄音機が置かれている。ホストはハンドルを回し、レコードを載せる。ブリキの音のような、すり切れたワルツが朝顔型のラッパを震わせる。ホストは片手をあげて、ソプラノの声でいう。「お静かに！　ダンスが始まります」。客が軽く膝《ひざ》を曲げてダンスの相手にお辞儀をしたり、身体を回転させたりする。そのあいだ、鷹をとまらせたホストは、みんなのあいだを縫うように歩いていく。壁が広がり、天井が高くなる。ひとりの女の子が、ヴィンセントの腕にすべりこんでくる。彼の声を真似た、しわがれた、残忍な声がいう。「ルシール、なんて美しいんだ。その素晴しい香りはスミレ?」。いとこのルシールだ。しかし、ふたりで踊りながら部屋のなかを回っていくうちに、彼女の顔が変ってしまう。彼は、べつの女性と踊っている。

「あれ、コニー、コニー・シルヴァーじゃないか！　きみに会えるとは、なんて素敵なんだ」叫び声になっている。コニーはまったく耳が聞えないからだ。突然、銃弾で頭を打ち抜かれた男が、踊りに割り込んでくる。「ゴードン、許してくれ、そんなつもりじゃなかったんだ……」。しかし、ゴードンとコニーは、いっしょに踊りながら向うへ行ってしまう。また、新しいパートナー。D・Jだ。彼女の背中にも、しがみついている人間がいる。魅力的な、赤褐色《せっかっしょく》の髪をした子どもだ。その子どもは、無垢《むく》の象徴のように、胸に雪の玉のような子猫《こねこ》を抱いている。「わたし、見かけより重いのよ」と子どもがいう。するとと彼の背中でおそろしい声がいい返す。「でも私がいちばん重い」。D・Jの手に触れた瞬間、彼は自分の上にかかった重みが消えていくのを感じはじめる。年取ったヴィンセントの姿が消えてゆく。彼の両足が床から上がり、抱き合っていたD・Jから離れて上へ浮き上がっていく。蓄音機が相変らず大きな音をたてて回っているが、彼は高く上へ上がっていく。客の白い顔が遠去かっていき、下のほうで、暗い牧草地のキノコのように光っている。

ホストは鷹を放ち、高く舞い上がらせる。ヴィンセントは、どうせ鷹は目が見えないのだから、怖いことなどないと考える。目が見えない人間のなかでは邪悪な人間も安全なのだ。しかし、鷹は彼の頭上を旋回し、爪を立てながら、舞い降りてくる。ついに彼は、もう逃れられないと知る。

開いた目に最初に入ったのは部屋の暗闇《くらやみ》だった。片方の脚はベッドの端から垂れている。枕は床に落ちてしまっている。彼は本能的に腕を伸ばして、横に寝ている女の子に、母親のような慰めを求めた。しかしシーツは、なめらかで冷たい。シーツの下には誰もいない。乾いたスミレの強い香りだけが残っている。彼は飛び起きた。「きみ、どこにいるんだ？」

フレンチ・ドアが開いていた。灰色の月の影が戸口で揺れている。まだ明るくなっていないからだ。台所では冷蔵庫が、大きな猫が喉《のど》を鳴らすような音をたてている。机の上で新聞紙がかさかさ鳴る。ヴィンセントは、また、彼女を呼んだ。こんどはそっと、あたかも聞えないことを望んでいるかのように。立ち上がると、彼はふらふらする足でよろめきながら歩いていき、庭をのぞいてみた。彼女はそこにいた。なかば跪《ひざまず》き、天国の樹《ヘブン・トリー》に寄りかかっている。「どうしたんだ？」その声で彼女は振向いた。彼には、彼女の姿がはっきり見えなかった。ただ暗い影が見えるだけだ。彼女は彼に近寄った。指を唇《くちびる》にあてている。

「どうしたの？」彼は小声でいった。

彼女は爪先立った。呼吸が彼の耳に鈴の音のように聞えた。「来ちゃだめよ、なかに入って」

「馬鹿なことはやめろよ」彼はこんどはふつうの声でいった。「裸足《はだし》でこんなところに……風邪を……」しかし、彼女は手で彼の口をふさいでしまった。

「あの人を見たの」彼女はささやいた。「ここにいるの」

　ヴィンセントは彼女の手を払いのけた。引っぱたいてやりたいと思ったほどだった。

「あの人！　あの人！　あの人！　いったいどうしたんだ、きみは？　きみは」その先はいうのをやめようとしたが、口にしてしまった。「頭がおかしい《クレイジー》のか？」彼女の頭がおかしいことは彼にはもうわかっていたことだった。ただ、彼の心がそれを口にするのをこれまで抑えていた。そしていま彼は思った。口にしないのと口にしてしまうのと、どれほどの違いがあるだろうか？　ひとはいつも愛する者に責任をとることはできないというが、それは違う。別れたあとにはうしろめたさが残る。才気のないルシールはいまも絹の布にモザイクを織りこんだり、スカーフに彼の名前を刺繍《ししゅう》したりしている。コニーは、耳の聞えない静かな世界のなかで、彼の足音に耳をすませている。間違いなくその音は彼女に聞えている。アレン・T・ベイカーはいまもヴィンセントの写真を手にしている。彼はいまもまだ愛を必要としている。しかし、もう彼も年を取っているし、希望を失なっている――彼らはみんな彼に裏切られた。そして彼自身も自分を裏切ってきた。才能を磨《みが》くことをしなかったし、旅に出ることもなかった。約束を果すこともなかった。彼にはもう何も残されていないように思えた。そしてようやく彼女が――ああ、それなのになぜ、彼はいつも愛した人間のなかに自分自身の壊れたイメージを見てしまうのか？　いま、明るくなっていく闇のなかで彼女を見つめながら、彼の心は、また愛が消えていくのを感じて冷たくなった。

彼女は彼から離れて木の下に行った。「ひとりにして、ここで」彼女はいった。目はアパートの窓をじっと見ている。「ほんの少しのあいだだけ」

ヴィンセントは待った。待った。四方の窓が夢のドアのように下を見下している。見上げると、四階のあたりで、どこかの家の洗濯物《せんたくもの》が物干しの綱を叩《たた》いている。沈んでいこうとしている月は、夕暮れの昇ったばかりの月のようだ。湿った一ドル銀貨のようにも見える。暗闇を失なっていく空は、灰色に洗われている。日の出とともに吹く風が、天国の樹《ヘブン・トリー》の葉を揺さぶる。白んでくる光のなかで、庭はその形を、物はその位置をはっきりとさせていく。あちこちの屋根からは、鳩《はと》の低い朝の鳴き声が聞えてくる。灯りがひとつついた。またひとつ。

とうとう彼女は頭を下げた。探しているものがなんであれ、彼女はそれを見つけたことがなかった。それとも――彼女が唇を曲げて彼の方を振り向いたとき、彼は、彼女はそれを見つけたのだろうかと思った。

「お早いお帰りですね、ウォーターズさん？」ブレナン夫人だった。管理人の妻で、足ががにまただ。「それに、ウォーターズさん――、いい天気じゃないですか――ちょっとお話があるんですけど」

「ブレナンさん」――息をするのも、口をきくのもつらい。言葉が痛む喉を刺激して、雷のように大きく響く。「ちょっと身体《からだ》の調子がよくないんです。よかったら失礼して……」そして彼は彼女の脇《わき》を通り抜けようとした。

「まあ、それはお気の毒に。プトマイン、きっとプトマインによる食中毒ですね。身体には充分気をつけたほうがいいですよ。そりゃ、ユダヤ人のせいですよ。なにしろデリカテッセンはみんな連中がやっていますからね。いえ、私は、ユダヤ人の食べるものなんか食べませんよ」彼女は入口に立ちはだかって、道をふさぐと、さとすように指を出しながらいった。「ウォーターズさん、まともな暮しをして下さらないと困りますよ」

痛みのかたまりが頭の芯《しん》に質の悪い宝石のようにはめこまれていた。痛みが起るたびに色のついた宝石の鋭い針が燃えあがる。管理人の妻はしきりに何か喋《しゃべ》っているが、幸いにも彼には何も聞えない。空白の時間だった。彼女のお喋りはラジオのようだ――ヴォリュームが下がったかと思うと、また突然大きく聞えてくる。「そりゃ、彼女がきちんとしたクリスチャンの女性だということはわかっていますよ、ウォーターズさん。そうでなければ、あなたのような紳士がいっしょにはならないでしょう――。でもねえ、ほんとういいますと、クーパーさんは嘘《うそ》なんかいいませんよ。あの人はとても冷静な方だし。この地区のガスの検針を、ずっと昔からやっているんですよ」トラックが水をまき散らしながら通りを走り抜けた。彼女の声はその音にいったんかき消されたが、またサメのように浮上した。「クーパーさんはちゃんと理由があって、彼女が自分を殺そうとしたっていってるんですよ――あなたにだって想像出来るでしょ、彼女が鋏《はさみ》を持ってそこに立って、大声で叫んだんですよ。クーパーさんをなんとかいうイタリア人の名前で叫んだの。クーパーさんを見れば、イタリア人じゃないってことはすぐにもわかるのに。ともかく、ウォーターズさん、こんな騒ぎを起されたらアパートの評判が……」

鋭い太陽の光が彼の目の奥に射《さ》しこんできたので涙が出た。指をしきりに動かしている管理人の妻の顔が、部分部分に分解していくようだ。鼻、あご、赤い、赤い目。

「デストロネッリさん」彼はいった。「失礼、ブレナンさん、間違えてすみません」彼女は、わたしが酔っている、と思っている。そうじゃない、わたしは病気なんだ。わたしが病気だということが彼女にはわからないのか?「あの客は帰るところです。彼女は今日、出て行きます。もう戻って来ないでしょう」

「まあ、そこまでしなくても」ブレナン夫人は、舌をニワトリが鳴くように鳴らしながらいった。「彼女には休養が必要ね、かわいそうに。顔色が悪いようだし。私は、イタリア人なんかと関《かか》わりを持ちたくないんですからね。でも、クーパーさんをイタリア人だと思いこむなんて。あの人、私たちと同じように白人じゃないですか」彼女は心配そうに彼の肩を叩いた。「病気だなんてお気の毒だわ、ウォーターズさん。プトマインによる食中毒ですよ。身体には充分気をつけた方が……」

　玄関ホールには料理と焼却炉の灰の臭いがたちこめていた。そこには上の階に行く階段があった。彼の部屋は一階なのでこれまで一度も使ったことはない。マッチがぱっと燃え上がった。手さぐりで部屋に行こうとしていたヴィンセントは小さな男の子――三歳か四歳くらいの――が階段の吹き抜けの下にしゃがんでいるのに気がついた。台所用の大きなマッチ箱をもてあそんでいる。ヴィンセントの姿を見ても気にする様子はない。男の子はまた無造作にマッチをすった。ヴィンセントは叱《しか》ろうとしたが、頭がはっきりと働かない。そして舌をこわばらせてそこに立っていると、ドアが、彼の部屋のドアが開いた。

隠れなければ。もし彼女が彼の様子を見たら、何かがおかしい、と思うだろう。疑うだろう。もし彼女が話しかけたら、ふたりの目が合ったら、もう彼女を追い出せなくなってしまう。そう考えて彼は、男の子のうしろの暗いホールの隅《すみ》に身体を押しつけた。男の子が、「おじさん、何をしているの?」といった。彼女が近づいて来る――彼女のサンダルがぺたぺたいう音、緑色のレインコートがこすれる音が聞えた。「おじさん、何をしているの?」心臓をどきどきさせながら、ヴィンセントは、すばやくかがみこむと、男の子を抱きかかえ、声を出さないようにその子の口を手でふさいだ。彼女が通り過ぎる姿は見えなかった。彼女が行ってしまったのがわかったのは、しばらくたって、玄関のドアがかちっと音をたてたときだった。男の子は床に尻《しり》もちをついた。「おじさん、何をしているの?」

アスピリンを四錠、次々にのみこみ、彼は部屋に戻った。ベッドをもう一週間も掃除していない。ひっくりかえった灰皿が床を汚し、脱ぎ散らかした服があちこち思いもかけないところ、電燈《でんとう》の笠《かさ》のようなところも飾っている。しかし、明日、気分がよくなったら、部屋じゅう掃除しよう。壁のペンキを塗りかえ、庭を片づける。明日になれば、また友だちのことも考えはじめることが出来る。招待されたり、したりも出来る。しかしそんな期待も、前もって味わってしまうと、風味がおちた。あらかじめわかっていることは彼には、つまらない、見せかけだけのものに見えた。玄関ホールで足音が聞える。彼女がこんなに早く帰って来るなんて、こんなに早く映画が終り、午後も終わってしまうなんてあるだろうか？　熱のせいで、時間が奇妙に過ぎていくように感じられる。一瞬、身体のなかで骨がばらばらになって浮かんでいるように感じた。ことん、ことん、ことん。子どものよちよち歩きの音がする。足音は階段をのぼってくる。ヴィンセントは、身体を動かし、鏡をはめた戸棚のほうへ漂うように進んだ。急ぎたかったし、急がなければならないこともわかっていたが、空気には、ねばねばした液体がぶあつく張りついているようだった。彼は戸棚から彼女のスーツケースを引っぱり出して、ベッドの上に置いた。錠は錆《さ》び、革はそりかえっている哀れな安物のスーツケースだった。彼は、うしろめたい気持でそれを見た。ここから追い出されたら彼女はどこに行くだろう？　どうやって暮していくだろう？　コニーやゴードンははじめ、他のみんなと別れたときは少なくともその別れに威厳があった。だが――彼はよく考え抜いたのだが――別れる他に方法がないのだ。そう考えて、彼は彼女の持物をまとめた。ミス・マーサ・ラブジョイ・ホールがレザーのウィンドブレーカーの下からこちらを覗《のぞ》いている。彼女の音楽教師の顔は、遠まわしに彼を非難するような微笑《ほほえ》みを浮かべている。ヴィンセントは、彼女の顔が見えなくなるように写真を引っくり返し、二十ドル入れた封筒を額縁にはさんだ。それだけあればグラス・ヒルかどこか知らないが彼女の故郷までの切符を買えるだろう。彼はスーツケースを閉じようとしたが、熱で弱っていたので、ベッドの上に倒れ込んだ。黄色い羽根が窓からさっと入ってきた。蝶々《ちょうちょう》だった。彼はこれまで町で蝶々など見たことがなかった。蝶々は、空中に浮かぶ不思議な花のようだった。何かが起る前兆のようだった。彼は、蝶々が空中でワルツを踊るのを、一種の恐怖の念で見つめた。外のどこからか、物乞《ものご》いがまわす手回しオルガンの音が聞えてきた。壊れた自動ピアノのような音で、「ラ・マルセイエーズ」を演奏している。蝶々は彼女の絵の上に軽やかにとまり、水晶の目を横切っていった。そして、髪の乱れた頭の上で、リボンのように羽根を広げた。彼はスーツケースを引っかきまわして、鋏を見つけ出した。はじめ蝶々の羽根を切ろうとしたが、蝶々は天井へ螺旋《らせん》状に舞い上がり、星のようにそこにぶらさがった。鋏は鷹の心臓を突き刺し、強暴な鉄の口のようにキャンバスを食い荒らした。絵の切れ端が、切られた固い髪の毛のように床に散らばった。彼は跪いて、ばらばらになった絵をひとつに集め、それをスーツケースに入れて、ふたをばたんと閉めた。彼は泣いていた。涙で濡《ぬ》れた目で見ると、天井の蝶々は実際より大きく見えた。鳥のように大きい。一匹以上いる。軽快にはばたく黄色の群れになっている。浜辺に打ち寄せる波のように、寂しげにささやいている。蝶々の羽根が起す風が彼の部屋を宇宙へと吹き飛ばす。スーツケースを足で蹴《け》りながら、彼はなんとか前に進んで行き、ドアを開けた。マッチが一本燃え上がった。小さな男の子がいった。「何をしているの、おじさん？」ヴィンセントは、スーツケースを廊下に置くと、臆病《おくびょう》そうに笑った。泥棒《どろぼう》のようにドアを閉め、安全錠を掛けた。そして、椅子《いす》を引き寄せると、それをノブの下につっかい棒のように立てかけた。静まりかえった部屋のなかには、かげっていく日の光と、這《は》いまわる蝶々の微妙な動きがあるだけだった。蝶々はクレヨンで本物そっくりに描かれた絵の切抜きのように舞い降りて来て、燭台《しょくだい》の上にとまった。ときどき、あの人、大人の人間とは違うものになるの――彼女はベッドに縮こまり、夜明け前の数分間、早口で話した――ときどき、あの人、違うものになるの、鷹とか子どもとか蝶々とか。それから彼女はこんなことを話した。あの人たちがわたしを連れていったところには、何百人というお婆《ばあ》さんや若い男がいたわ。ある若い男によると、あの人は海賊だって。お婆さんのひとりは――九十歳近かった――よくわたしにおなかを触らせた。「感じてごらん」彼女はいうの。「あの子が強く蹴《け》っているか感じるだろ?」。このお婆さんも絵の教室に通ってたわ。彼女の絵はおかしなキルトの布団《ふとん》みたいだった。もちろんあの人もそこにいた。デストロネッリさんよ。ただあの人、自分のことをガムって呼んでいた。ドクター・ガム。でも、わたしはだまされなかった。あの人、灰色のかつらをかぶって年寄りらしく、親切らしく見せていたけど、わたしには、あの人だってわかっていた。ある日、わたしは逃げ出したの、走って逃げた。そしてライラックの茂みに隠れたの。そこに男の人が小さな赤い車に乗って現れた。小さなネズミの毛のような口ひげをつけて、小さな残忍そうな目をしていたけど、あの人だった。あなたでしょっていったら、あの人、わたしを自動車から降ろしたわ。次に現れた男は、あれはフィラデルフィアでだったけど、わたしをカフェで拾って、横丁に連れこんだわ。イタリア語で話し、身体じゅうに刺青《いれずみ》をしていた。でも、その男もあの人だった。その次の男は、ペディキュアをしていた。わたしのこと男の子だと思って、映画館でわたしの隣りに坐《すわ》ったの。わたしが男の子じゃないってわかっても、怒らずにわたしを部屋に置いてくれて、おいしいものを作ってくれた。でもその人、銀のロケットをつけていて、ある日、それを見たら、ミス・ホールの写真が入っていたわ。それでこの男もあの人だってわかったし、ミス・ホールは死んだということも感じでわかった。

あの人がわたしを殺そうとしていることもわかったの。あの人、きっとわたしを殺すわ。きっと。夕暮れが来て、夜になった。沈黙と呼ばれる音の糸が、光り輝く青い仮面を織っていく。彼は目をさますと、薄目をあけてあたりをうかがった。腕時計が狂ったような音をたてている。鍵《かぎ》に錠がさしこまれる音がする。この夕闇のどこかで、殺人者が影から抜け出し、ロープを手に、絹の足がひらめくように呪《のろ》われた階段を上がっていくのを追いつめている。そして部屋のなかでは、夢見る男が、仮面ごしにあたりを見つめ、裏切ることを夢見ている。調べてみなくても、スーツケースがなくなっていること、つまり、彼女が戻ってきて、また行ってしまったことが、彼にはわかっている。それなのに、なぜ彼はやっとひとりきりになれる喜びを感じないのだろう。ただ裏切られたような、自分が小さくなったように感じられるだけだ。小さく、まるで老人の望遠鏡を覗いて月を探した夜のように小さく。

3

古い手紙の断片のように散らばったポップコーンが、踏まれて平べったくなっている。彼女は、警備員のような態度でそり返り、ポップコーンのあいだに目をやっている。あたかも暗号の言葉、答えをあちこち探し求めているかのようだ。彼女の目は、階段を上がってくる男の方へ、そっと移った。ヴィンセントだ。シャワーをあび、ひげをそり、コロンを振りかけているので、さわやかな感じがする。しかし目のまわりには暗く、青い隈《くま》が出来ている。新しい、ぱりっとしたシアサッカーの服は、もっと太った男の着る服だ。一カ月もの間、肺炎で燃えるような眠れない夜が続いたために、彼の体重は十二ポンド以上も軽くなっていた。毎朝、毎晩、部屋の入口や画廊の近くで、あるいは、昼食をとるレストランで彼は彼女に会った。その結果、言いようのない精神の混乱におちいり、時間と自意識の感覚が麻痺《まひ》してしまった。彼女は無言で彼のあとを追ってくる。その無言のしぐさが彼の心臓を縮めさせ、昏睡《こんすい》状態にあるような日が続いた。そんな日には、彼女が一人ではなく、何人も、複数いるように思えた。通りにいる彼女の影が、追ったり追われたりするすべての影のように見えた。一度エレベーターのなかでふたりきりになったことがあった。そのとき彼は叫び声を上げた。「ぼくは、あの男じゃないんだ！　ぼくだ、ぼくだ！」。しかし、彼女は、ペディキュアをした男のことを話していたときと同じように微笑むだけだった。彼がなんといおうと、彼女には、彼があの男であることがわかっていたからだ。

　夕食どきだった。彼はどこで食事をしたらいいかわからなかったので、通りの街灯の下にたたずんでいた。突然、街灯が点《とも》り、石畳の上に複雑な光を扇のように広げた。なおも彼が立っていると、稲妻が光った。通りにいる人間がみんな顔を空に向けた。そうしなかったのは、彼と彼女だけだった。川を渡る一陣の風が、腕を組んで、回転木馬のように飛びはねて遊んでいる子どもたちの笑い声をこちらに投げかける。川風に乗って、窓から身を乗り出して子どもたちに叫んでいる母親の声が聞えてくる。雨よ、レイチェル、雨よ――雨が降ってくるよ！　花売りが、片目で空を見上げながら、雨やどりの場所を探して走っていく。グラジオラスやつたのある花を積んだ荷車が今にも壊れそうな音をたてる。ゼラニウムの鉢《はち》がひとつ荷車から落ちる。小さな女の子たちが落ちた花を拾い集めて、耳のうしろにさす。駈《か》け出していく人間たちの足音と雨の音がまじり合い、舗道で木琴のような音をたてる。――さらに、ドアが急いで閉められる音、窓がおろされる音が聞えてくるが、そのうち、あたりは静かになり、雨の音しか聞えなくなる。やがて、彼女がゆっくりとした足どりで、街灯の下に近づいてきて彼の横に立つ。空は、雷で割れた鏡のように見える。雨がふたりのあいだに、粉々に砕けたガラスのカーテンのように落ちて来たからだ。

誕生日の子どもたち

Children on Their Birthdays

　昨日の午後、六時のバスがミス・ボビットを轢《ひ》き殺した。それについてはどんな感想をいったらいいかぼくにはわからない。結局、彼女もまだ十歳の女の子だったのだ。それでもぼくには、町のだれもが彼女のことを決して忘れないだろうということはわかる。ひとつには、彼女のすることはすべて普通とは違っていたからだ。ぼくたちがはじめて彼女を見たときからそうだった。あれは一年前のことだった。ミス・ボビットと母親は、その日、モービルの町から来る同じ六時のバスで町にやってきた。その日はたまたまぼくのいとこのビリイ・ボブの誕生日だったので、町の子どもたちはほとんどぼくたちの家に集まっていた。みんなが表のポーチに思い思いに坐《すわ》ってアイスクリームやチョコレート・ケーキを食べていると、バスがすごいスピードで〝死人の曲り角〟をまがって通りに入ってきた。その夏は雨がまったく降らず、何もかも乾ききっていた。車が通り過ぎたあと、土埃《つちぼこり》が一時間かそれ以上も空中に浮かんだままになっていることもあるくらいだった。エル叔母さんは、すぐに通りを舗装してくれないなら海岸に引越すと文句をいったが、それは叔母さんのいつもの口癖だった。ともかくぼくたちは、アイスクリームが皿の上で溶けるのもかまわずポーチに坐っていた。何かが起らないかなと思っていたちょうどそのとき、突然、その何かが起った。赤い土埃のなかからミス・ボビットがあらわれたのだ。糊《のり》のよくきいたレモン色のパーティ・ドレスを着た針金みたいにやせた小さな女の子で、片手を腰にあて、もう一方の手で独身の女の人みたいに日傘《ひがさ》をさし、気取った歩き方をしてこちらに近づいてきた。彼女の母親は安物のスーツケースふたつと手巻式の蓄音機をひきずるようにして、彼女のあとからゆっくり歩いてきた。やせた、毛深い女の人で、おとなしそうな目をして、おなかをすかせたみたいな微笑を浮かべている。

　ポーチにいた子どもたちはしいんとしてしまったので、スズメバチの一群がぶんぶんいいはじめても、女の子たちはいつものように悲鳴をあげたりしなかった。彼女たちもミス・ボビットと母親がこちらに近づいてくるのをじっと見ていた。ふたりは門のところまで来ていた。「失礼ですが」とミス・ボビットが声をかけた。その声は、きれいなリボンのように、絹の感触と子どもっぽさの両方を持っていた。映画スターか学校の女の先生のように完璧《かんぺき》で正確な喋《しゃべ》り方だった。「ここのうちの大人のかたとお話ししたいんですが」。大人というともちろんエル叔母さんということになる。ぼくも大人にいれてもいいかもしれない。しかし、叔母さんとぼくが門のほうに行きかけると、ビリイ・ボブと他の男の子たちも、十三歳以上はひとりもいないのに、みんなぼくたちのあとについてきた。まるでそれまで女の子を一度も見たことがないかのような顔をしている。たしかにミス・ボビットのような女の子を見るのははじめてといっていいかもしれない。あとでエル叔母さんもいったように、化粧した女の子なんてそれまで誰も聞いたことがなかった。彼女は口紅をつけていたので唇《くちびる》がオレンジ色に輝いていた。髪の毛は赤い巻き毛がいくつも重なりあい、かつらをかぶっているように見える。大人っぽく眉《まゆ》を入れている。それでも彼女には威厳があり、レディのようだった。そのうえ、彼女は男のように相手の目をまともに見た。「わたしはミス・リリイ・ジェーン・ボビット、テネシー州のメンフィスから来たボビットといいます」と彼女は真面目《まじめ》くさっていった。男の子たちは気圧《けお》されてうつむいてしまった。ポーチにいたコーラ・マッコール——そのころビリイ・ボブがさかんにデートに誘っていた子だ——が他の女の子たちの先に立ち、みんなでいっせいにおかしそうに笑い声をたてた。「あら、田舎のお嬢さんたち」ミス・ボビットは余裕のある笑顔を見せ、気取って日傘をくるっと回転させた。「こちらは、わたしの母です」——地味な婦人はそれに応じるように急いでうなずいた――「母とわたしはこの町に部屋を借りたんです。どなたかその家を教えて下さいません？　ミセス・ソーヤーという方の家です」。そうなの、エル叔母さんがいった。ミセス・ソーヤーの家ならうちの向いですよ。この町で下宿といえばあそこの家しかないわ。古い、大きな、暗い家ですよ。屋根には避雷針が二ダースばかりついているわ。ミセス・ソーヤーったら雷が死ぬほど怖いんだから。

ビリイ・ボブがリンゴのように顔を真赤にして、あの、こんなに暑いんですから、よかったらここでひと休みして、アイスクリームでもいかがですか、といった。エル叔母さんも、ぜひ、そうなさったらとすすめたが、ミス・ボビットは首を横に振った。「アイスクリームを食べると太るわ。でもご親切に、メルシー」。そしてふたりは通りの向うに歩きはじめた。母親は手荷物を埃のなかにひきずるようにしている。そのとき、ミス・ボビットは真面目な顔をしてこちらを振向いた。ひまわりの花のように黄色い彼女の目が一瞬暗くなった。そして彼女は、その目を、一篇の詩を思い出そうとする時のように横に動かした。「母は舌の具合が悪いので、わたしがかわりに話さなければならないんです」彼女は早口でそういうと溜《た》め息をついた。「母は裁縫がとても上手なんです。いままでいろんな町で立派な方々のドレスを作ってきました。メンフィスでもタラハッシーでも。私が着ているドレスにお気づきでしょう、いいドレスだなと思われているでしょう？　母のお手製なんです。母はどんなパターンでもコピーできます。つい最近も『レディス・ホーム・ジャーナル』で二十五ドルの賞金を獲得したばかりなんです。母はかぎ針編みも、ふつうの編物も、刺繍《ししゅう》もできます。編物のご用があったらどうぞ母のところにお越し下さい。お友だちやご家族の方にもそうお伝え下さい。ごきげんよう」それだけいうと、彼女は、さらさらと衣《きぬ》ずれの音をたてながら去っていった。

コーラ・マッコールや女の子たちはいらいらしたり、疑わしそうな顔をしたりして、ヘア・リボンを引っぱっていた。彼女たちはひどく腹を立て、不機嫌《ふきげん》そうに見えた。わたしはミス・ボビットです、とコーラが顔をゆがめ、意地悪そうに口真似《くちまね》をしていった。わたしはプリンセス・エリザベスです、ええ、そうよ。それに、とコーラはいった。あのドレス、ひどかったじゃない。いわせてもらいますけどね、コーラはいった。わたしの服はみんなアトランタから取寄せたものよ。靴《くつ》はニューヨーク。それにいうまでもないことだけど、銀とトルコ玉の指輪はメキシコのメキシコ・シティからわざわざ取寄せたものよ。エル叔母さんは、友だちに、とくにこの町にはじめてきた子どもにそんな態度をとるのはよくないといったが、女の子たちはまるで魔女の一団のように悪口をいい続けた。男の子のなかでも、いつも女の子といっしょにいるのが好きな、あまり頭のよくない連中までいっしょになってひどいことをいったので、エル叔母さんは顔を真赤にして、みんな家に送り返し、お父さんにどやしつけてくれるようにいいつけるといった。しかし、叔母さんがそのおどしを実行に移す前に、ミス・ボビットが新しい、驚くような服を着てソーヤーさんの家のポーチを歩きはじめたので、叔母さんの言葉はそのままになってしまった。

ビリイ・ボブやプリーチャー・スターのような年長の男の子たちは、女の子たちがミス・ボビットの悪口をいっているあいだ、何もいわずに坐っていた。ミス・ボビットが姿を消した家を、ぼんやりと、何か期待するような顔で見つめていた。しかし再びミス・ボビットがあらわれたので、彼らは立ち上がってゆっくりと門のところへ歩いていった。コーラ・マッコールはふんと鼻をならし下唇を突き出したが、ぼくたちもかまうことなくソーヤーさんの家に行って、ポーチの階段に坐った。ミス・ボビットはぼくたちを見ようともしない。ソーヤーさんの庭は桑の木が茂って暗くなっている。芝や甘い匂《にお》いのする灌木《かんぼく》が植えられている。ときどき、雨が降ったあとにそのいい匂いがぼくたちの家まで伝わってくる。庭の中央には日時計がある。ミセス・ソーヤーが一九一二年に、サニーという名前のボストン・テリヤの思い出のために作ったものだ。その犬はバケツ一杯のペンキをなめて死んでしまった。ミス・ボビットは蓄音機を重そうに庭に運んでくると、それを日時計の上に置いた。それから手で蓄音機を巻き上げ、レコードを演奏しはじめた。〝ルクセンブルグ伯〟という曲が聞えてきた。もう夜になろうとしていた。あたりは乳白ガラスのように青く、ホタルが飛びかう時間だった。鳥たちは群れになって矢のように降りてくると木のあいだに姿を隠した。嵐《あらし》の前に、木の葉や花は自分の光と色で燃え上がるように見えることがある。ミス・ボビットはいま、白粉《おしろい》のパフのように白い小さなスカートをはき、髪には金色に輝くリボンをつけ、次第に暗くなっていく庭のなかに立っていた。その姿を見ると、彼女自身のなかにも木の葉や花と同じように光り輝く資質が潜んでいるように見えた。彼女は、百合《ゆり》の花のようにしなやかな両手をアーチ状に頭上に組み、爪先《つまさき》でまっすぐに立った。かなり長いあいだ、そうして立っていた。エル叔母さんは、なんてきれいな子だろうといった。それからミス・ボビットはぐるぐるとまわりながらワルツを踊りはじめた。何度も何度もまわったのでとうとうエル叔母さんは、見ているだけで目がまわったわといった。彼女が踊りをやめるのは蓄音機を巻き直すときだけだった。そして、月が山の背に降り、夕食を知らせる最後の鐘が鳴り、子どもたちがみんな家に帰ってしまい、夜のアイリスが花開きはじめても、まだミス・ボビットは暗闇《くらやみ》のなかで独楽《こま》のようにくるくるとまわっていた。

それからしばらくぼくたちは彼女の姿を見なかった。プリーチャー・スターは毎朝ぼくたちの家にやってきて、夕食のときまで帰ろうとしなくなった。プリーチャーは赤い髪をいつもくちゃくちゃにしたやせた男の子で、きょうだいが十一人もいる。きょうだいも彼のことを怖がっている。気性が激しく、また、このあたりでは嫉妬《しっと》深い子どもとして知られているからだ。このあいだの七月四日にはオリー・オヴァートンを鞭《むち》でひどくぶったので、オリーの家族は彼をペンサコーラの病院に運ばなければならなかった。ラバの耳を半分食いちぎり、口のなかでかみくだいて、地面に吐き出したこともあった。ビリイ・ボブがまだ小さいころ、プリーチャーは彼にもひどいことをした。トゲのある草を襟首《えりくび》に突っこんだり、目に胡椒《こしょう》をこすりつけたり、宿題を破ったりした。しかしいまではふたりは町でいちばんの仲良しになり、同じような話し方、同じような歩き方をする。ときどき、誰も知らない場所に何日間も姿を隠すこともある。しかしミス・ボビットが姿をあらわさなくなってからは、ふたりはぼくたちの家のそばを離れようとしなかった。彼らは電柱のスズメをパチンコで撃とうと庭を歩きまわったり、ときにはビリイ・ボブがウクレレを弾き、ふたりで大きな声で歌ったりした。そのためにこの郡の判事をしているビリイ・ボブ叔父さんは、裁判所までふたりの歌が聞えてくるといった。〝手紙をおくれ、郵便でおくれ、バーミンガム拘置所気付で送っておくれ〟。ミス・ボビットはふたりの歌を聞いていなかった。少なくとも一度もドアから顔を出すことはなかった。そんなある日、ミセス・ソーヤーは砂糖を借りに僕たちの家に来ると、新しい下宿人のことを喋りまくった。彼女はニワトリの目のように光った目を細めながら、ねえ、知ってる、あのご主人というのは悪い人らしいよ、いえね、あの子が自分でそういったのよ、あの子は父親のことをこれっぽっちも恥しいなんて思っていないのよ。お父さんは世界でいちばんやさしくて、テネシー州いちばんの歌手なんですって……だから、わたし、聞いてやったの。それでお父さんはいまどこにいるの？　って。そしたら平気な顔で、父はいま刑務所にいます、だからもう便りがないんですっていうの。怖い話だと思わない？　それに、わたし、あの母親は外国人か何かじゃないかと思っているのよ。だってひとことも喋らないし、ときどき相手のいうことがまるでわからないようなんだもの。それにね、あの人たち、なんでも生《なま》で食べるのよ。生の卵、生のカブ、生のニンジン――肉をまったく食べないの。あの子は、健康のためにそうしているっていうけど、そうかしら！あの子、このあいだの水曜日から熱を出してずっと寝たきりなのよ。

その日の午後、エル叔母さんはバラに水をやろうと庭に出ると、バラがなくなっているのに気づいた。そのバラは特別のバラだった。モービルで開かれるフラワー・ショーに出品しようとしていたものだった。だから叔母さんが少しヒステリーをおこしたのも当然だった。彼女は保安官に電話して、すぐにここに来て頂戴《ちょうだい》、といった。だれかが私のレディ・アンを取っていったんですよ。春のはじめから大事に育ててきたのに。保安官の車が僕たちの家の外にとまると、近所の人たちはみんなポーチに出てきた。ミセス・ソーヤーが、コールド・クリームを顔にくっつけたまま、通りを横切ってきた。あらまあ。人殺しがあったんじゃないとわかると、彼女はがっかりしてそういった。誰もバラを盗んだりしないわよ。お宅のビリイ・ボブがさっきバラを持ってきて、ボビットにって置いていったのよ。エル叔母さんはそれを聞くと一言もなかった。彼女は桃の木のところに勢いよく歩いていくと若枝を一本切り落した。ビリイ・ボブ！　彼女は彼の名前を呼びながら通りを歩いていった。そしてスピーディの家のガレージで彼を見つけた。彼とプリーチャーはそこでスピーディがモーターを分解するのを見物していた。彼女はビリイ・ボブの髪の毛をつかんで立ちあがらせると、青あざが出来るほど枝でぶちながら家まで引き立てていった。それでも彼はあやまろうとしなかったし、泣きもしなかった。叔母さんのお仕置きが終ると、彼は裏庭に駈《か》けて行き、塔のようにそびえたつペカンの木のてっぺんまでのぼってもう絶対に下に降りないと心に誓った。それから父親が窓辺に立って、もう怒っていないから降りてきて夕ごはんを食べなさい、と呼びかけた。しかしビリイ・ボブはどうしても動こうとしない。エル叔母さんは庭に出て行き、木に寄りかかった。彼女は、朝の光のようにやさしい声で話した。ごめんよ、お前、彼女はいった。あんなに強くぶつつもりじゃなかったのよ。さあ、おいしい夕ごはんを作ったからね、ポテトサラダとボイルド・ハム、それにデビルドエッグよ。あっちに行ってよ、ビリイ・ボブがいった。夕ごはんなんて欲しくないや。ママなんて大嫌《だいきら》いだ。それを聞いて父親は、お母さんに向かってなんてロのききかたをするんだ、といった。彼女は泣き出した。木の下に立って泣いた。スカートの端を持ち上げてそれで涙を拭《ふ》いた。お前のことを憎んでなんかいないよ、愛していなかったら叩《たた》いたりする筈《はず》がないだろ。ペカンの葉がガサガサいいはじめた。ビリイ・ボブがゆっくりと地面に降りてきた。エル叔母さんは、彼の髪を指でなでながら、強く抱きしめた。ああ、ママ、と彼はいった。ああ、ママ。

夕食のあとビリイ・ボブはぼくの部屋に来てベッドの足もとのところに身体《からだ》を投げ出した。男の子特有の甘酸《あまず》っぱい匂いがした。ぼくは彼がかわいそうになった。彼が心を痛めているように見えたからだ。心配のために目はほとんど開いていないようだった。病気の人間には花を送るもんだろ、と彼は自分のしたことは間違っていないというようにいった。そのとき蓄音機の音が聞えてきた。遠くで軽快な曲が鳴っている。夜の蛾《が》が一匹窓から飛び込んできて音楽のように繊細に空中を舞った。しかし、あたりはもう暗くて、ミス・ボビットが踊っているのかどうかはわからない。ビリイ・ボブはどこか身体が痛むのか、ベッドの上で、ジャック・ナイフのように身体を折り曲げた。しかし突然、彼の顔は明るくなり、汚ならしく見えた少年の目が急にろうそくのように輝き出した。あの子、かわいいんだ、彼はささやいた。あんなかわいい子、見たことがない。かまうもんか、中国のバラなんかみんな取ったってかまやしない。

プリーチャーも彼女のためなら中国のバラをみんな取ってしまうだろう。彼もビリイ・ボブと同じくらい彼女に夢中になっていた。しかしミス・ボビットのほうはふたりの気持に気づいていなかった。唯一《ゆいいつ》、彼女からのメッセージは、エル叔母さん宛《あ》てに来た、バラの花に対するお礼状だけだった。毎日、彼女は驚くような服装をしてポーチに坐り、刺繍をしたり、髪のカールにくしを入れたり、ウェブスターの辞書を読んだりしていた。——かしこまった様子だったが、親しみも感じられた。こんにちはと声をかけると、彼女もこんにちはと答えた。それでもふたりには、彼女のところまでいって話をする勇気はないようだった。そして、たいていいつも、彼女は、彼らが目を引こうと通りを行ったり来たりしても、それを無視した。ふたりはレスリングをしたり、ターザンごっこをしたり、馬鹿《ばか》げた自転車の軽業《かるわざ》をしたりしたが、効果はなかった。町の女の子たちもみんな、ひとめでもミス・ボビットの姿を見ようと、一時間に二回も三回も、ミセス・ソーヤーの家のそばを通った。その女の子たちのなかには、コーラ・マッコール、メリイ・マーフィ・ジョーンズ、ジャニス・アッカーマンもいた。ミス・ボビットは彼女たちにも興味を示さなかった。コーラはもうビリイ・ボブに口をきこうとはしなかった。ジャニスとプリーチャーの関係にも同じことが起っていた。実際、ジャニスはプリーチャーに、レースの縁《ふち》の付いたレターペーパーに赤インクで手紙を書き、あなたは最低の人間です、わたしたちの婚約はもう終ったと思っています、前にもらった剥製《はくせい》のリスはいつでもお返ししますと書いた。プリーチャーは、自分は紳士的に振舞いたいんだといって、その次に彼女がぼくたちの家の前を通り過ぎたとき、彼女を呼びとめて、あのリスは欲しければあげるよといった。そのあとジャニスがなぜあんなふうに泣き叫びながら駈け出していったかは彼には理解出来なかった。

ある日、ふたりはいつも以上に変ったことをした。ビリイ・ボブは父親が第二次世界大戦のときに着たカーキ色の軍服を着て歩きまわった。プリーチャーのほうは上半身裸になり胸にはエル叔母さんの口紅で裸の女の絵を描いた。ふたりは愉快な道化のように見えたが、ミス・ボビットはブランコに寄りかかってあくびをしただけだった。昼下りで通りには黒人の女の子がひとりいるだけだった。赤ん坊のように太った、ボンボンみたいに丸い女の子で、黒いちごのバケツを持って鼻歌をうたいながら歩いていた。ふたりの男の子は、彼女を虫けらのようにからかった。通せんぼをして、関税を払わなければここを通さないといった。カンゼイなんて言葉まだ習っていないわ、と彼女はいった。カンゼイってなんのこと？　納屋《なや》でパーティをやるのさ、プリーチャーが歯をしっかりとかみあわせそのあいだからいった。納屋で面白いパーティをやるんだ。彼女は興味なさそうな顔で肩をすぼめ、納屋のパーティなんか習おうと思わないわ、といった。ビリイ・ボブがいちごの入ったバケツをひっくり返すと、彼女は豚みたいな金切声をあげて、なんとかいちごを取り戻そうと身体をかがめた。いっぽうプリーチャーは、どんな汚ないことでも平気でやれる男なので、彼女のお尻《しり》を蹴飛《けと》ばした。彼女はいちごと埃《ほこり》にまみれて、地べたにゼリイみたいに這《は》いつくばった。そのときミス・ボビットが指をメトロノームみたいに動かしながら、通りを横切ってきた。学校の先生のように両手を叩いて、足を踏みならすと彼女はいった。「紳士というのはレディを守るためにいるものよ。そんなこと誰でも知ってることよ。メンフィスやニューヨークやロンドンやハリウッドやパリで男の子がこんなことをすると思うの?」」。ふたりの男の子はうしろに下がり、両手をポケットに突込んだ。ミス・ボビットは黒人の女の子に手を貸して立ちあがらせた。埃を払い、目を拭いてやり、ハンカチを渡して鼻をかむようにいった。「困ったことね」彼女はいった。「レディが昼間安心して町のなかを歩けないなんて、まったくご立派な話だわ」

それから彼女たちはミセス・ソーヤーの家に戻ってポーチに腰をおろした。それからの一年間、ミス・ボビットと、ロザルバ・キャットという名の、赤ん坊の象のように丸く太った女の子はかたときも離れることがなかった。はじめのうちミセス・ソーヤーはロザルバがしょっちゅう自分の家に来ることに文句をいった。彼女はエル叔母さんに、黒人が自分の家のフロント・ポーチのような人目につくところでうろうろするのは我慢できないといった。しかし、ミス・ボビットにはある魔法の力があった。彼女はどんなことをするにせよ、それを完璧に、はっきりと、厳粛にやってしまうので、最後には彼女のやることを受入れる他なくなってしまうのだ。たとえば町の商人たちは、以前は彼女のことをミス・ボビットと呼ぶときくすくす笑い出したものだが、やがて彼女はミス・ボビットということになってしまい、彼女が日傘《ひがさ》をまわしながらくるっと身体をまわすと、彼らは緊張して軽くお辞儀をするようになった。ミス・ボビットはみんなにロザルバは自分の妹だといった。はじめのうちはみんなそれを冗談の種にしたが、やがて、彼女の考えだすたいていのことと同じように、それも自然なことになってしまい、彼女たちがお互いにシスター・ロザルバ、シスター・ボビットと呼び合っているのを耳にしても誰も笑ったりしなくなった。しかし、シスター・ロザルバとシスター・ボビットはぼくたちの理解を超えるおかしなこともやった。犬の事件がそうだった。町には、ラット・テリヤ、バード・ドッグ、警察犬などたくさん犬がいる。犬は昼間、暑い、人通りのない町を六匹から一ダースくらいの群れをつくって眠そうにうろつきまわる。夜になって月がのぼるのを待っている。夜になると、人の寝静まったあいだずっと吠《ほ》え続ける。死にかかっている犬の吠え声も聞えるし、すでに死んでしまった犬の吠え声のように聞えることもある。ミス・ボビットは保安官に苦情をいった。いつも何匹かが彼女の窓の下に坐《すわ》りこんでいる、と彼女はいった。まず何よりも自分は眠りが浅い。そのうえ、シスター・ロザルバがいうには、彼らは犬ではなく、ある種の悪魔である。もちろん保安官は何もしなかった。そこで彼女は自分の手で解決することにした。犬の吠え声がとくにひどかったある夜のあと、朝になって、彼女がロザルバをひきつれて獲物《えもの》を探すように町を歩いている姿が見られた。ロザルバは石をいっぱい入れたフラワー・バスケットを持っていた。犬を見つけるとふたりは立ちどまる。ミス・ボビットがその犬を見きわめる。首を横に振るときもあるが、たいていは「そうよ、この犬もだわ、シスター・ロザルバ」という。すると、シスター・ロザルバがバスケットから石をひとつ取り出して、残忍そうに狙《ねら》いを定め、眉間《みけん》にぶつけて犬を殺してしまうのだ。

もうひとつの出来事はミスター・ヘンダーソンに関係している。彼はミセス・ソーヤーの家の奥の一室を借りている。タフで小汚ない男で、昔はオクラホマで一発目当ての石油掘りをしていた。年齢は七十歳ほどで、たいていの老人と同じように、身体のあちこちにガタがきてそのことに悩まされていた。彼は、また大酒飲みで、あるとき、二週間もぶっつづけで飲んでいた。そして、ミス・ボビットとシスター・ロザルバが家のなかを歩く足音を聞くたびに、階段の上のところに走り出て、下にいるミセス・ソーヤーに、壁に小人がいる、トイレット・ペーパーの取り置きを盗もうとしていると叫んだ。あいつらもう十五セントぶん盗んだ。ある夜、ふたりの女の子が庭の木の下に坐っていると、寝巻姿のヘンダーソンが彼女たちを追いかけてきた。俺《おれ》のトイレット・ペーパーをみんな盗むつもりか？　と彼は怒鳴った。この小人ども、見てろよ……だれか、助けに来てくれ、さもないと、この小人のメスどもが町じゅうのトイレット・ペーパーを取ってしまうぞ。ヘンダーソンを押しとどめたのはビリイ・ボブとプリーチャーだった。彼らは、大人たちが駈けつけて縛り上げはじめるまで、彼を抑えつけていた。ミス・ボビットはそのときまでみごとに平静を保っていたが、男たちが綱の結び方を知らないといい、自分で縛ってみせた。その縛り方は実にみごとだったのでヘンダーソンの手足の血のめぐりがとまってしまい、再び歩けるようになるまで一カ月もかかってしまった。

ミス・ボビットがぼくたちの家を訪れたのは、それからすぐあとだった。日曜日だったので家にいたのはぼくだけだった。みんな教会に行っていた。「教会の匂いって胸がむかつくわ」彼女は、前に身を乗り出し、両手を手前にきちんと組んでいった。「こんなことというからって、わたしが異教徒だなんて思わないでね、Cさん。わたしには経験があるからわかるの。神様もいるけど、悪魔もいるのよ。教会に行って、悪魔がどんなに罪深くていやしい馬鹿《ばか》かなんて話を聞いたって、悪魔を手なずけることはできないわ。そうじゃなくて、イエスを愛するように、悪魔を愛するのよ。だって彼は力があるもの。彼のことを信じているってことがわかれば、彼はいいお返しをしてくれるわ。これまでわたし、彼にいいお返しをしてもらったことがあるの。たとえばメンフィスのダンス学校でのときがそうだった……いつも悪魔を呼び出して、毎年の公演会でいちばんいい役がもらえますようにってお願いしたの。こんなこと常識よ。だってイエスは子どものダンスになんて関心ないもの。それでね、ついこのあいだも悪魔を呼んだところなの。わたしをこの町から出してくれるのは彼だけだもの。ほんというとね、わたし、この町に住んでいるというわけではないの、正確にいうとね。だってわたしはいつもどこか他の町のことを考えているんだから。その町ではどんな人でもみんなダンスしているの。町の人は通りでダンスをする。なにもかも、誕生日の子どもたちみたいにきれいなの。わたしの大事なパパにいわせると、わたしは空に住んでいるんですって。パパだってもっと空に住んでいたら望みどおりにお金持になれたのよ。パパは困ったことに、自分で悪魔を愛さずに、悪魔のほうにパパを愛させてしまったの。でもわたしはその点では頭がいいから大丈夫。二番めにいいことが一番めになることもあるってわかっている。この町に引越してきたのはそれが二番めにいいことだったから。でもわたしここでいつまでもくすぶっているわけにはいかないから、二番めにいいことを始めるわ。ちょっとしたアルバイトを始めるの。こんどの仕事がそれ。わたしね、雑誌の予約を取る代理店になったの。この郡でわたしだけよ。いい雑誌ばかり。『リーダーズ・ダイジェスト』『ポピュラー・メカニックス』『ダイム・ディテクティヴ』、それに『チャイルド・ライフ』。でもCさん、あなたに何か売りつけようとしてここに来たのじゃなくてよ。考えがあるの。ほらいつもこのあたりをぶらぶらしている男の子がふたりいるでしょ。あの子たちだってもう大人だって考えたの。あのふたり、いい助手になってくれると思う？」

ビリイ・ボブとプリーチャーはミス・ボビットと、そしてシスター・ロザルバのために一生懸命働いた。シスター・ロザルバはデュウドロップという名前の化粧品一式を持歩いていた。注文の品を客に届けるのは少年たちの仕事だった。ビリイ・ボブはこの仕事のせいで夜になると疲れ切ってしまい、夕食を噛《か》むこともできないほどだった。エル叔母さんは、こんなことは恥かしいことだし、憐《あわ》れだといい、とうとうある日、ビリイ・ボブが日射病にかかって倒れると、わかったわ、もうたくさん、ビリイ・ボブはミス・ボビットの仕事をこれでやめにする、といった。しかし、ビリイ・ボブは彼女をののしったので、とうとう父親は彼を部屋に閉じこめてしまった。彼は自殺してやるといった。家のコックが以前こんなことをいったことがあった。糖蜜《とうみつ》を塗りたくったキャベツを一皿食べたら、ピストルを使うのと同じくらい確実に死ねる。彼はそのとおりにした。死んじゃうよ、彼はベッドの上をのたうちながらいった。ぼくは死ぬんだ、それなのに誰もかまってくれない。

ミス・ボビットがやってきて、静かにするようにと彼にいった。「坊や、悪いところなんかないのよ」と彼女はいった。「お腹《なか》が痛いだけよ」。それから彼女はエル叔母さんが大きなショックを受けるようなことをした。ビリイ・ボブの掛けぶとんをはぎとり、頭から爪先《つまさき》まで彼の身体じゅうにアルコールをこすりつけたのだ。エル叔母さんが、小さな女の子がそんなことをするのはよくないとたしなめると、ミス・ボビットはこう答えた。「いいことか悪いことかなんかは知りません。でもこうすると気分がよくなることは確かなんです」。そんなことがあってからエル叔母さんはビリイ・ボブがまた彼女のための仕事に戻らないようにあらゆる手を尽くしたが、父親は好きなようにやらせておけ、男の子には好きなようにさせておくのがいいといった。

ミス・ボビットはお金には非常に正直だった。彼女はビリイ・ボブとプリーチャーに払うべきお金はきちんと払ったし、決して彼らにおごらせたりしなかった。彼らのほうは、ドラッグストアや映画館で、よくおごろうとしたのだが。「貯金したほうがいいわよ」彼女はいった。「大学に行きたいというんならね。だってふたりとも奨学金がもらえるほど頭はよくないし、フットボールの奨学金だってもらえっこないから」。しかし、ビリイ・ボブとプリーチャーが大喧嘩《おおげんか》したのは結局お金のことが原因だった。もちろんほんとうの原因ではない。ほんとうの原因は、ふたりがミス・ボビットをめぐって異常なほど嫉妬《しっと》深くなっていたことだ。ある日、プリーチャーは、勇敢にもビリイ・ボブ本人の目の前でミス・ボビットにこういった。ビリイ・ボブは集金したお金をぜんぶ彼女に渡していない。その点ではっきり疑いがある。だから勘定を注意して調べたほうがいい。そんなの嘘だ、とビリイ・ボブはいうと、みごとな左フックをプリーチャーに浴びせかけ、ソーヤー家のポーチから叩き落した。それから落ちたプリーチャーに飛びかかりキンレンカの花壇に倒れこんだ。しかし、いったんプリーチャーに捕まえられてしまうと、もうビリイ・ボブには勝ち目はなかった。プリーチャーは彼の目に泥《どろ》までこすりつけた。

ふたりの喧嘩を二階の窓から身を乗り出して見ていたミセス・ソーヤーは、鷲《わし》のような悲鳴をあげた。シスター・ロザルバはすっかり陽気になって、どちらにともなく「殺せ！　殺しちゃえ！　殺せ！」と叫んだ。ミス・ボビットだけが冷静で自分のすべきことをわかっていた。彼女は芝生用のホースを水道の栓《せん》にさしこみ、すぐ近くから、ふたりの目が見えなくなるくらい強く水を浴びせかけた。プリーチャーは息を切らせながら、ふらふらして立ち上がると、ずぶぬれの犬みたいに身体を震わせながら、ねえ、ハニー、といった。ハニー、きみが決めてくれよ。「決めるって、何を？」ミス・ボビットは怒って切り返した。プリーチャーはぜいぜいいいながら、ねえ、ハニー、きみだってぼくたちが殺し合いなんかするのいやだろ、といった。どっちがほんとの恋人かきみが決めてよ。「恋人ですって？　ばかばかしい」ミス・ボビットはいった。「こんな田舎の子どもたちのごたごたに巻きこまれるなんて思ってもいなかった。

たわ。あなたたちどんなビジネスマンになるつもり？　ねえ、聞いて、プリーチャー・スター。わたし、恋人なんて欲しくないの。たとえ欲しいとしたって、それはあなたたちじゃないわ。だって、あなたたちったらレディが部屋に入ってきても立とうともしないじゃない」

プリーチャーは地面につばを吐くと肩をいからせてビリイ・ボブのところへいった。さあ来いよ、彼は、なにもなかったようにいった。あの子は気の強い子だよ。ぼくたち親友がいざこざを起すのを見ているのが好きなんだ。一瞬、ビリイ・ボブもこの平和な友情に加わるかのように見えた。しかし、突然、われに帰ると、うしろにさがって身構えた。少年たちはまる一分間もお互いを見つめ合った。それまでのふたりの親密さが醜い色を帯びてきた。こういう強い憎しみは、愛情があればこそ生まれるのだろう。プリーチャーの顔を見ればそれがわかった。しかし、彼にはその場を立ち去ることしかできなかった。そうだ、プリーチャー、あの日、きみは傷ついて見えた。それでぼくははじめてきみのことが好きになったんだ。ひとりで道を歩いていくきみは、とても弱々しく、みじめで、傷ついて見えた。

プリーチャーとビリイ・ボブは仲直りをしなかった。ふたりがそう望まなかったからではない。ふたりの友情がまた生まれるまっすぐな道がどこにもないように見えたからだ。しかし彼らは、友情からのがれることはできなかった。ふたりともいつも相手が何をしようとしているか意識していた。だから、プリーチャーに新しい友だちが出来たのを知ると、ビリイ・ボブは何日もふさぎこんでしまい、ものを拾い上げてはまた落したり、わざと指を扇風機のなかに突っこむような無茶なことを急にやったりした。ときどき、夕方、プリーチャーが門のところに立ちどまってエル叔母さんと話をしていることがあった。ただビリイ・ボブを苦しめるだけのためにそうしたのだと思うが、しかし彼は、ぼくたち家族のものとは相変らず親しくしていて、クリスマスには、僕たちに、殻《から》を取ったピーナッツの大きな箱をくれた。彼はビリイ・ボブへのプレゼントも置いていった。開けてみるとシャーロック・ホームズの本だった。巻頭の見返しにはこんな言葉が書かれていた。「壁のツタのような友だちは落ちてしまわなければならない」。あんなひどい言葉、見たことがない、とビリイ・ボブはいった。まったく、なんてまぬけなんだ。それから、寒い冬の日だったのに、彼は裏庭に行くとペカンの木にのぼった。そして十二月の青い空に広がった枝のなかにその日の午後ずっと身を隠していた。

しかし、その他のときはいつも彼は幸福だった。ミス・ボビットがそばにいたし、彼女はいまではいつも彼にやさしかったからだ。彼女とシスター・ロザルバは彼を一人前の男のように扱った。つまり、彼女たちは彼が自分たちのためにどんなことでもするのを許した。その一方、三人でするブリッジでは、彼に勝たせてやり、彼が嘘《うそ》をついても疑ったりもしなかったし、勝とうとする彼の野心に水を差すこともしなかった。しばらくのあいだしあわせな時がつづいた。しかし、学校が始まるとまた面倒なことが起った。ミス・ボビットは学校に行くのはいやだといったのである。「馬鹿馬鹿しい」ある日、校長のコプランド氏が調査にやって来ると彼女はいった。「わたし、読み書きはできます。お金を勘定することだってできます。それを知っている人だってこの町には何人もいます。いいえ、コプランド先生、ちょっと考えて下さい。そうすればわたしたちにはどちらにもこんなことで時間やエネルギーを使うのは無駄《むだ》だってわかります。結局、どちらの気力が最初にくじけるかということでしょう、先生のか、わたしのか。それに、わたしに何を教えて下さるんです？　先生たちがダンスのことを知っているというのなら、話は別ですが。でも、こんな事情でしたら、そうです、コプランド先生、こんな事情でしたら、このことはお互いに忘れたほうがいいと思います」。コプランド氏も出来ればそうしたかった。しかし町のほかの人たちは、彼女にお仕置きをすべきだと考えた。ホレス・ディアズリイは「悲劇的状況」という題の文章を新聞に発表した。彼の意見では、小さな女の子が、ある理由から彼が合衆国憲法の一部と呼んでいるものに挑戦《ちょうせん》するとは、由々しきことだということだった。この記事は、「彼女は学校から逃げられるか？」という問いかけで結ばれていたが、彼女は、逃げきった。シスター・ロザルバもそうだった。ただ彼女のほうは黒人だったので、誰も気にしなかった。ビリイ・ボブは彼女たちのように幸運とはいえなかった。たしかに彼には学校は必要だったが、家にいたほうが彼にはいいことがあった。彼は最初の通信簿で最低のFを三つももらったが、これはちょっとした記録だった。しかし彼は頭のいい少年だった。ぼくは、彼はただミス・ボビットのいない学校ではどう時間をすごしたらいいのかわからなかっただけだと思う。彼女がそばにいないと、彼はいつも半分眠ったように見えた。彼はまたいつも喧嘩をしていた。目のまわりにあざが出来ていたり、唇《くちびる》が裂けていたり、足を引きずって歩いたりしていた。彼はそうした喧嘩のことは決して口にしなかったが、頭のいいミス・ボビットには喧嘩の理由がわかっていた。「あなたって可愛《かわい》い人ね。わかっているわ、わたし。あなたに感謝してよ、ビリイ・ボブ。ただ、わたしのことで喧嘩したりしないで。いろんな人が私の悪口をいっているのはもちろん知ってるわ。でも、どうして私の悪口をいうか、わかる？　ビリイ・ボブ。悪口って、一種のお世辞なのよ。あの人たちも心のなかでは、わたしがとても素晴しいって思っているんだから」

彼女のいうとおりだった。魅力のない人間には、誰もわざわざ悪口などいわないものだ。しかし、ほんとうのところぼくたちはマニイ・フォックスという名の男があらわれるまで、彼女がどんなに魅力的かということにまだ気づいていなかった。それは二月もだいぶたってからのことだった。マニイについての最初のニュースは、町のあちこちの店に張られた楽しそうな数々のポスターだった。「マニイ・フォックスがお送りする、扇を持たない扇ダンサー《ファン》」、それから少し小さな活字で、「さらに、驚くべきアマチュア・コンテスト、出場者は皆さんの隣人たち――一等、ハリウッドでほんもののスクリーン・テスト」。これがみんなこんどの木曜日に行なわれることになっていた。切符は一ドル。このあたりではいい値段だが、こういう新鮮な娯楽はめったにないことなので、みんなやむなく金を払い、町じゅうショウのことで大騒ぎになった。ドラッグストアにたむろする連中はその週ずっと下品な話ばかりしていた。たいていは、扇なしで踊るというダンサーのことだった。それはマニイ・フォックスの奥さんだということがわかった。一行は、ハイウェイを少し下ったところにあるチャックルウッド・モーテルに泊っていたが、連日、町にやってきては、四つのドアすべてにマニイ・フォックスと名前を刷りこんだ古いパッカードで町じゅうを走りまわった。彼の奥さんは、無表情な、甘い声を出す赤毛の女で、唇はしっとりと濡《ぬ》れ、うるんだ目をしていた。大きな女だったが、マニイ・フォックスに比べるといくぶん華奢《きゃしゃ》に見えた。彼のほうは太い葉巻のような男だったから。

彼らはビリヤード場を本部にしていて、毎日午後になると、そこにやってきて町の遊び人たちとビールを飲んだり冗談をいったりしていた。だんだん日がたつにつれて、マニイ・フォックスの商売は、見世物だけではないことがわかってきた。彼は一種の就職斡旋《あっせん》業のようなこともやっていた。町の人間に、百五十ドル払えば、この郡の冒険心ある若者たちに、ニューオリンズから南アメリカへ行く果物輸送船の仕事のような素晴しい仕事を紹介する、と徐々に知らせていった。彼はその仕事を一生に一度のチャンスと呼んだ。このあたりには五ドルの金さえ簡単に手に入るという若者はふたりといなかったが、それでも一ダースもの若者たちがなんとかその金を作った。エイダ・ウィリンガムは夫のために天使の像のついた墓石を買おうと貯《た》めていたお金を息子にやってしまった。エイシー・トランプの父親は綿畑の収穫の権利を売った。

しかし、そのショウの晩はすごかった！　抵当のことも台所の流しの皿のこともほかのことはすべて忘れてしまうような晩だった。エル叔母さんは、まるでオペラに出かけるみたいね、みんな着飾って、ピンクの服を着たり、甘い匂《にお》いをさせたりして、といった。オデオン座は以前、町のみんながオペラを見るために大枚の銀貨を払った晩以来のにぎわいだった。みんな親類の誰かがコンテストに出ることになっていたので、緊張しきっていた。ぼくたちが知っているのはミス・ボビットだけだった。ビリイ・ボブは興奮してじっとしていられなかった。彼はぼくたちに何度も何度もミス・ボビット以外の人間には拍手してはいけないといいつづけた。エル叔母さんはそんな態度は失礼だといったが、それを聞くとビリイ・ボブはまた怒り出した。父親がぼくたちみんなにポップコーンの袋を買ってくれたが、彼はそのときも手が脂《あぶら》で汚れるかbらといってそれに触れようとしなかった。そして、頼むから、ミス・ボビットが舞台に立っているあいだは騒いだり、ものを食べたりしないでくれ、といった。彼女がコンテストに出場するということは、最後まで伏せられていたことだった。それは大きな驚きだった。あとから考えればそれは当然のことでもあった。それらしい気配はいくつもあったから。たとえば、彼女は何日もミセス・ソーヤーの家から一歩も出なかったという事実があったではないか？　それに蓄音機は夜なかまで鳴っていたし、踊っている彼女の影が窓のカーテンに映っていた。シスター・ボビットの健康のことを聞かれると、シスター・ロザルバの顔には、何かを隠しているような、ものがつまったような表情が浮かんだこともあった。そしてその晩、彼女の名前がプログラムにあったのだ。二番めになっていたが彼女はなかなか登場しなかった。はじめにあらわれたのはマニイ・フォックスで、脂ぎった顔で流し目を使いながら、両手を叩《たた》き、意味ありげなジョークを飛ばした。エル叔母さんは、あの男がまたあんな下品なジョークをいったらわたしはすぐここを出ていきますといった。彼はまたいったが、叔母さんは出ていかなかった。ミス・ボビットが登場するまでに十一人の出場者が登場した。ユースティシャ・バーンスタインは映画スターの物真似《ものまね》をしたがどれもまったく似ていなかった。ミスター・バスター・ライリーは素晴しかった。この郡の奥のほうからやってきた、大きな耳をした、古臭い感じの男だったが、のこぎりで〝ウォルツィング・マチルダ〟を弾いてみせた。そこまでの出場者のなかでは、彼がいちばんだった。といっても、観客の反応に大きな違いがあるわけではなかった。みんな誰に対しても惜しみなく拍手をしたから。ただひとり、プリーチャー・スターを除いては。彼はぼくたちの二列前に坐《すわ》っていた。誰が登場してもロバのような声で野次を飛ばしている。エル叔母さんは、もう彼とは二度と口をきかない、といった。彼が唯一《ゆいいつ》、拍手をおくったのはミス・ボビットだった。疑いもなく悪魔が彼女の味方についていたが、彼女には拍手を受けるだけの価値があった。彼女は、腰を振り、巻き毛を振り、目をくるくるさせながら舞台に登場した。それを見ただけでいつものクラシック・ナンバーを踊るつもりでないことはすぐにわかった。彼女はかすみがかった青のスカートの両はしを優雅に持ち上げると、舞台狭しとタップを踊った。こんな素晴しいもの見たことがない、とビリイ・ボブが太ももをぴしゃりと叩いていった。エル叔母さんも、ミス・ボビットはほんとうに可愛いと認めざるを得なかった。彼女がくるくる回りはじめると、場内は思わずいっせいに拍手を送った。それで彼女は、ふだんは日曜学校でピアノを弾いていて、それでもその日なんとか最上の演奏をしている気の毒なミス・アデレードに「もっと速く、もっと速く」とせきたてながら、なんどもなんども踊った。〝私は中国で生まれ、日本で育った〟ぼくたちはこれまで彼女が歌うのを聞いたことはなかったが、彼女の声は紙やすりでこすったようなハスキーな声だった。〝わたしの桃が嫌いなら、わたしのお尻《しり》から離れてね、ホー、ホー！〟。エル叔母さんは興奮して息を乱した。ミス・ボビットはさらにぱっとスカートの裾《すそ》をめくって青いレースの下着を見せた。男の子たちは扇なしの扇ダンサーのためにとっておいた口笛をここぞと吹いた。それを見てエル叔母さんはまた息を荒くした。あとでわかったことだが、男の子たちはここで口笛を吹いておいてよかった。というのは、お目あてのダンサーは、「先生にリンゴ」という曲とジップ、ジップの叫び声に合わせて水着でお決まりの踊りを踊るだけだったからだ。しかし、ミス・ボビットが最後に優勝したのは決してお尻を見せたからではなかった。ミス・アデレードが低音のキーで不吉な雷が鳴るような音を出しはじめると、その瞬間、シスター・ロザルバが、火のついたローマ花火を持って舞台に飛び出してきて、それを急テンポの踊りを踊っているミス・ボビットに渡した。彼女もローマ花火を持って振りまわした。その瞬間、花火は爆発して、赤や白や青の火の玉が飛び出した。そのとき彼女が国歌「星条旗」を声をかぎりに歌いはじめたのでぼくたちはみんな立ちあがった。あとでエル叔母さんはあれはアメリカの舞台で見た最高に豪華なショウのひとつだったといった。

彼女にはたしかにハリウッドのスクリーン・テストを受ける価値があった。そしてコンテストで優勝したのだから、実際にスクリーン・テストを受けられそうだった。マニイ・フォックスは、そうなるといった。ハニー、彼はいった。きみはほんとうにスターの素質があるよ。しかし、彼は次の日、町から逃げ出してしまった。あとには、体《てい》のいい口約束が残っただけだった。郵便を待っていてくれ、諸君、きっと手紙を出すから。彼は、金を取った若者たちにそういった。ミス・ボビットにもそういった。町には一日に三回、郵便物が届く。そのたびにかなりの数の若者たちが郵便局に集まってきた。はじめは陽気だった彼らも次第に暗い表情になってきた。手紙が郵便受に投げこまれると彼らの手はどんなに震えたことか！　日がたつにつれて彼らはだんだんとふさぎがちになった。彼らには他の者が何を考えているかわかっていたが、だれも自分からそれを口に出してはいえなかった。ミス・ボビットでさえそうだった。しかし、女性郵便局長のパターソンさんがはっきりとそれを口にした。あの男は詐欺師《さぎし》よ、と彼女はいった。わたしにははじめからあの男が詐欺師だってわかっていた。あなたたちのその顔を明日も見なければならないなら、銃で自殺するほうがましだわ。

とうとう二週間たって、魔法をといたのはミス・ボビットだった。彼女の目は誰にも想像出来なかったほどうつろになっていたが、ある日、最後の郵便にもあの男からの手紙がないとわかると、彼女のあの生気が戻ってきた。「いいわ、みんな、もうこうなったら私刑に訴えるしかないわ」と彼女はいって、若者の一隊を率いて家に戻った。これがマニイ・フォックスを縛り首にするクラブの最初の会合となった。マニイ・フォックスはその後捕まって、一種の縛り首にあったといっていいが、この組織のほうはそのあとも社交的な会の形をとるようになって、いまでもなお続いている。マニイ・フォックスが捕まったのはなんといってもミス・ボビットのおかげだった。一週間で彼女はマニイ・フォックスのやったことをくわしく記した手紙を三百通以上も書いて、それを南部じゅうの保安官のもとに送りつけた。彼女はさらにもっと大きな都市の新聞にも手紙を書いた。事件は広く知られるようになった。その結果、金をだましとられた若者のうち四人が、ユナイテッド・フルーツ・カンパニーから給料のよい仕事の提供を受けた。そしてこの春おそく、マニイ・フォックスがアーカンソー州アップハイで逮捕されると——そこで彼は同じ手口の詐欺をやっていた——ミス・ボビットはサンビーム・オブ・アメリカ*から善行賞をおくられた。しかし、何かの理由で彼女は、こんな賞をもらってもべつに感動はないということを世間に知らせようとした。「わたしはそんな組織を認めません」彼女はいった。「あんなに派手にラッパを鳴らして。あんなの少しも善意でもないし、女性らしくもないわ。それに、善い行いってなに？　馬鹿にされちゃだめよ。善い行いって、お返しになにかしてもらいたいからすることじゃない」。彼女のいうことが間違っていて、彼女が賞をもらったのは、ほんとうに親切と愛の行為の報いなのだということができたらいいのだろうが、残念ながら彼女のいうとおりになってしまった。一週間ほど前に、実は詐欺にまきこまれた若者たちはみんなマニイ・フォックスから、損した金額を補うだけの小切手を受取っていたのだ。それを知ったミス・ボビットは、断固とした足どりで、縛り首クラブの集まりに乗りこんでいった。クラブはいまでは毎週木曜日の夜、ビールを飲んだり、ポーカーをしたりするための口実になっていた。「ねえ、みんな」彼女は、考えていることをはっきりとさせながらいった。「だれもあのお金にまた会えるとは思っていなかったでしょ。でも、いま、それが戻ってきたんだから、なにか実用的なものに投資すべきよ——たとえばわたしに」。彼女の提案というのは、戻ってきたお金をまとめて彼女のハリウッド行きに使うというものだった。そうすれば、そのかわりに、彼らは、彼女がスターになってから——それも決して遠い先のことではない——彼女の一生涯《しょうがい》の稼《かせ》ぎのうちの十パーセントを受け取ることができる。それでみんな金持になる。「少なくとも」と彼女はいった。「このあたりではね」。そんなことをしたいと思う若者はひとりもいなかったが、ミス・ボビットに見つめられると、誰も何もいえなくなってしまった。

月曜日以来、日ざしが射《さ》しこむなかをさわやかな夏の雨が降りつづいていたが、夜になるとあたりは暗闇《くらやみ》につつまれ、さまざまな音に満ちた。水滴をしたたらせる木の葉の音、雨音、眠らぬ動物たちの音。ビリイ・ボブはそんななかでひとり、目だけは大きく見開いていたが、彼のすることはすべて少し凍りついたようで、舌は固くこわばってしまっていた。ミス・ボビットが町を出て行くということは彼にとってはつらいことだった。彼女はそれ以上の意味を持っていたからだ。なに以上か？　十三歳になって恋をしているということ以上の意味だ。彼女は彼のなかで、ペカンの木や好きな本、傷ついてもかまわないと思うほど人が好きになることと同じように自分でもどうして好きなのか、どうしてそうなのか説明がつかないほど奇妙なものになっていた。

他人に見せるのがこわいようなものだった。夜の暗闇のなかで雨を通して音楽がゆっくりと聞えてきた。彼女が行ってしまったら音楽がすぐそこに聞えてくる幸福な夜はもうなくなるのだろうか？　そして、突然、影が揺れて彼女がぼくたちの前で、きれいなリボンのようにひらひらと芝生を横切っていくあの幸福な午後も？　彼女はビリイ・ボブが落ち込んでいると笑いかけ、彼の手を握り、キスまでしてくれた。「わたし、べつに死ぬんじゃないのよ」彼女はいった。「あなたもあちらにいらっしゃいよ。そうすればいっしょに山を登れるし、みんなでいっしょに暮らすこともできるわ。あなたとわたしとシスター・ロザルバとで」。しかしビリイ・ボブには、決してそんなふうにはならないだろうとわかっていた。だから音楽が暗闇を通して聞えてくると彼は枕《まくら》を顔に押しあてるしかなかった。

ただ、昨日は、あたりに不思議な微笑のような雰囲気《ふんいき》がただよっていた。彼女がいよいよ町を出て行く日だった。昼ごろ太陽が顔を出した。それとともにあたりの空気には藤《ふじ》の花の甘い香りがあふれた。エル叔母さんのレディ・アンがまた花を開いた。そして彼女は素晴しいことをした。ビリイ・ボブにバラをつんでお別れにミス・ボビットのところに持っていっていいといったのだ。午後ずっとミス・ボビットはポーチに坐って別れをいうために立ち寄った人たちに囲まれていた。彼女は白い服を着、白いパラソルを持っていた。まるでこれから聖餐式《せいさんしき》に出かけようとしているように見えた。シスター・ロザルバは彼女にハンカチを贈ったが、泣いてばかりいたのでそのハンカチを借りなければならなかった。もうひとりの小さな女の子は、バスのなかで食べてもらおうと思ったのだろう、チキンを焼いて持ってきた。ただ内臓を取り出すのを忘れてしまっていた。ミス・ボビットの母親は、私はそんなことかまわない、チキンには変りないからね、といった。これは記憶に残ることだった。その言葉は、彼女が口にした最初にして最後の意見だったから。

ただひとつ気になることがあった。プリーチャー・スターが何時間も角のあたりをぶらぶらし、歩道の縁石のところでときどきコインを投げたり、誰にも見られたくないと思っているように木の陰に身を隠したりしていたのだ。バスが到着する二十分前ごろになってやっと彼はぶらぶらとこちらに近づいてくるとぼくたちの家の門に寄りかかった。ビリイ・ボブはまだ庭でバラをつんでいた。もうかがり火でもできるくらいにいっぱいつんでいた。バラの香りは風のように強かった。プリーチャーは彼のことをじっと見つめていた。彼がやっと顔を上げた。ふたりが顔を見合せたとき再び雨が降ってきた。雨は海のしぶきのように心地よく、虹《にじ》がかかった。プリーチャーはひとこともいわずに近づくとビリイ・ボブがバラをふたつの大きな花束にわける手伝いをはじめた。ふたりは花束をいっしょに歩道の縁石のところに運んだ。通りの向い側のポーチのところでは女の子たちがミス・ボビットを囲んでお喋《しゃべ》りをしていたが、ミス・ボビットはふたりの男の子が近づいてくるのを見ると——花の仮面をかぶったふたりの顔は黄色い月のようだった——、両腕を伸ばして、階段を走り降りてきた。道路に飛び出してきたら何が起るかわかったのでみんな大声で叫んだ。その声は雨のなかの雷鳴のように聞えた。しかし、バラの月に向かって駈《か》け出してくる彼女にはその声が聞えないようだった。午後六時のバスが彼女を轢《ひ》き殺したのはそのときである。

銀の罎《びん》

Jug of Silver

そのころ、わたしは学校が終わると、ヴァルハラ・ドラッグストアで働いていた。叔父のミスター・エド・マーシャルの店である。わたしはいまも彼のことをきちんとミスター・マーシャルと呼ぶ。叔母をはじめとして、みんながそう呼んでいたからだ。といっても叔父は威張ったりしない、いい人間だった。

このドラッグストアは時代遅れといってもいい店だったが、それでもなかは広くて、日が射《さ》し込まず、涼しかった。夏のあいだ、町にはこの店より心地いい場所は他になかった。店に入ると、左手に煙草《たばこ》や雑誌を売るカウンターがあり、そのうしろにはたいていいつも、ミスター・マーシャルが坐《すわ》っていた。ずんぐりした身体《からだ》つき、四角い顔、ピンク色につやつやした肌《はだ》。そして、口の周りを囲む男らしい白い口ひげ。カウンターの奥にはきれいなソーダ・ファウンテンがあった。時代ものの骨董品《こっとうひん》で、美しい黄色の大理石で出来ている。手ざわりがよく、といって安っぽいうわ薬などは塗られてはいない。ミスター・マーシャルはそれを一九一〇年にニューオリンズのオークションで手に入れていた。自慢のものだった。背の高い、華奢《きゃしゃ》なストゥールに坐って、このソーダ・ファウンテン越しに向うを見ると、一列に並んだ、古いマホガニー枠《わく》のついた鏡に、自分の姿がろうそくに照らし出されたように柔らかく映っているのが見えた。ふつうの商品はすべて、ガラス戸のついた、骨董品のような飾り戸棚《とだな》に並べられていた。その棚には、真鍮《しんちゅう》の鍵《かぎ》がかかっていた。店のなかは、いつもシロップやナツメグや、そのほかさまざまなおいしいものの匂《にお》いがした。

ヴァルハラ・ドラッグストアはワチャタ郡の人々のたまり場だった。しかし、ルーファス・マクファーソンという男が町に来て、郡庁舎前広場の真向いに、この町で二軒目のドラッグストアを開いたときから事情が変ってしまった。このルーファス・マクファーソンという老人は悪いやつだった。なにしろ叔父の商売を奪ってしまったのだから。彼は、扇風機やカラー電球といったおしゃれな設備を店に備えつけた。道路にとめた車まで注文の品を運ぶサービスもはじめ、さらに、注文に応じてチーズ・サンドイッチも作った。ミスター・マーシャルの店に相変らず通ってくれる人間もいたが、町の人間の多くは当然のことにルーファス・マクファーソンの店の魅力に勝てなかった。

しばらくのあいだ、ミスター・マーシャルは彼を無視することにした。誰かがマクファーソンの名前を口にすると、彼は、ふんと鼻であしらい、指で口ひげをさわり、そっぽを向いてしまった。しかし、彼が腹を立てていることは明らかだった。怒りはますます大きくなった。十月なかば近くになったある日のこと、わたしがヴァルハラの店に入って行くと、彼はソーダ・ファウンテンのところに坐ってハムラビとドミノをしながらワインを飲んでいた。

ハムラビはエジプト人で、歯医者の真似事《まねごと》をしていたが、商売はうまくいっていなかった。この町の人間は、水に含まれているある特別な成分のおかげで、並外れて強い歯を持っていたからだ。彼は、一日の大半をヴァルハラで過ごしていた。叔父の親友だった。このハムラビという男は、ハンサムだった。肌は浅黒く、背は七フィート近くあった。町のご婦人たちは、娘たちを厳しく監視する一方、自分たちは彼に色目を使っていた。彼には外国語訛《なま》りはまったくなかった。だから、月に住む人間がエジプト人でないのなら、彼もエジプト人ではないというのがわたしの変らぬ意見だった。ともかく、叔父とハムラビは、一ガロン入りの罎から赤いイタリア・ワインをがぶがぶ飲んでいた。それを見てわたしは驚いてしまった。というのはミスター・マーシャルは有名な禁酒主義者だったから。とうとうルーファス・マクファーソンのために叔父は頭がおかしくなったのだとわたしは思った。しかし、そうではなかった。

「お前もこっちに来い」ミスター・マーシャルはいった。「一杯飲めよ」

「それがいい」ハムラビがいった。「壜を空けるのを手伝ってくれ。店のおごりだから残したらもったいない」

しばらくして壜が空っぽになると、ミスター・マーシャルはそれを持ち上げ、「さあ、これで準備よし！」といった。そして壜を持って午後の町へ姿を消した。

「どこに行ったの？」わたしは聞いた。

「うむ」としかハムラビはいわなかった。彼はそうやってわたしをじらすのが好きなのだ。

三十分たって叔父は戻ってきた。運んできた荷物の重さで前かがみになり、うなっていた。それからその壜をソーダ・ファウンテンのカウンターのうえに置くと、笑顔を浮かべ、揉《も》み手をしながら、うしろに下がって壜を見た。

「どう思う？」

「ああ」ハムラビは満足そうに呟《つぶや》いた。

「わあ、驚いた」わたしはいった。

さっきと同じワインの壜だったが、大きな違いがあった。ワインの入っていた壜には、いま、口まで五セントと十セントの硬貨がぎっしり詰めこまれ、厚いガラス越しに鈍い光を放っていた。

「きれいだろ?」叔父はいった。「ファースト・ナショナル銀行でやってもらったんだよ。五セント硬貨より大きいものは入らなかった。それでもたくさん入ったもんだ。これをどうするか話してやろう」

「これ、何にするんです、ミスター・マーシャル?」わたしはいった。「どうするつもりなんです?」

ミスター・マーシャルはいよいよ笑顔になった。「いわば、銀の壜だな……」

「虹《にじ》の端にあるという黄金の壺《つぼ》さ」ハムラビが口をはさんだ。

「……つまり、こうするつもりなんだよ……このなかにいくら入っているか、町のみんなに当てさせるんだ。たとえば、店で二十五セントの買物をすると、それで一回、当てることが出来る。たくさん買物をすれば、当てる回数もふえる。私は、みんなのいった金額をクリスマス・イヴまで帳簿につけておく。その日になったら、なかの金額にいちばん近い数字をいったものが壜のなかの金をすべてもらえる」

ハムラビはまじめな顔をしてうなずいた。「叔父さんは、サンタ・クロースになるわけさ——なかなか賢いサンタ・クロースにね」彼はいった。「さて私は家に帰って

『巧妙なるルーファス・マクファーソン殺し』という本を書くことにしよう」。実は、彼はときどき小説を書いてはそれを雑誌社に送っていた。原稿はいつも送り返された。

ワチャタ郡の人はその壜に夢中になってしまった。その興奮ぶりは驚くほどだった。奇跡といってもよかった。ヴァルハラの店がそんなに繁盛したのは、あの気の毒な駅長タリーがすっかり頭がおかしくなって、駅の裏で油田を発見したといい出し、おかげで一山当てようという試掘業者たちが町に押しかけたとき以来だった。これまでウイスキーか女に関係のないものには一セントも出さなかった、玉突き場にたむろしている連中でさえ、夢中になってとっておきの金をこの店のミルクセーキに使うようになった。年輩の女性たちのなかにはミスター・マーシャルがやっていることは一種のギャンブルだと公然と非難する者もいたが、といって抗議運動などするわけでもなく、なかには、店にやってきて当てっこをする者さえいた。学校の子どもたちは、この騒ぎにすっかり興奮してしまった。わたしは、彼らに答えを知っていると思われたらしく大変な人気者になった。

「なぜこんな騒ぎになったか、教えてやろう」ハムラビは、ニューヨークのある会社から郵便で取寄せているエジプト煙草に火をつけながらいった。「きみが考えているようなことが理由ではないんだ。別の言葉でいえば、町の人が貪欲《どんよく》だからというわけではない。彼らを惹《ひ》きつけるのはそこに謎《なぞ》があるからさ。この硬貨を見たとき、人はどう思う？　わあ、たくさんある！　いや、そうは考えない。いくらあるだろう、と考える。これは深遠な問いなんだ、まったく。人によって意味が違ってくるからね。わかるかな？」

この騒ぎでルーファス・マクファーソンはどうかなってしまった。商売人にとってクリスマスは一年でいちばんの稼《かせ》ぎどきだ。彼もなんとか客を見つけようと苦労していた。そこで彼は銀の壜の真似をしようとしたが、根がけちなので、一セント硬貨を詰めこんだ。彼はまた、町の週刊紙「旗《バナー》」に手紙を書いた。内容は、「ミスター・マーシャルは、無垢《むく》な子どもたちを常習的な賭博者《とばくしゃ》にして、地獄への道に送った罪で、コールタール塗りにし、鳥の羽根をつけ、縛り首にすべきだ！」というものだった。ご想像どおり、おかげで彼は町の笑い者になった。誰もがマクファーソンを軽蔑《けいべつ》してしまった。その結果、十一月のなかばごろには、彼は自分の店の前に立って、広場の向うのお祭り騒ぎを苦々しく見つめるほかなくなった。

アップルシードとその妹がはじめて姿を現したのは、そのころだった。

彼は町では他所者《よそもの》だった。少なくとも彼の顔を見たことを憶《おぼ》えている人間は誰もいなかった。自分はインディアン・ブランチェズから一マイル離れたある農場に住んでいる、と彼はいった。また、母親は体重が七十四ポンドしかない、兄がひとりいて結婚式に行ってはヴァイオリンを弾いて五十セント稼いでいる、といった。彼は、自分にはアップルシードという名前しかない、年は十二歳だ、と主張した。しかし、ミディという妹によれば彼は八歳だった。髪の毛は、まっすぐで、暗い黄色をしている。引き締まった、日に焼けた小さな顔で愁《うれ》いをおびた緑色の目をしている。その目は、非常に賢そうで、大人びて見える。背は低く、弱々しく、緊張していた。彼はいつも同じ服装をしていた。赤いセーター、青いデニムの半ズボン、歩くたびにぽこぽこ音をたてる大人もののブーツ。

彼がはじめてヴァルハラの店に入ってきたときは雨の日だった。濡《ぬ》れた髪の毛が、帽子のように頭のまわりにぺったり張りついていて、ブーツには田舎道の赤土がついていた。彼は、カウボーイのように威張って、わたしがコップを磨《みが》いているカウンターのところにやってきた。ミディがそのあとに従った。

「この店で、金がいっぱい詰まった墁をくれるって聞いたんだけど」彼は、わたしの目をまともに見ていった。「誰かにくれるというんなら、ぼくらにくれるとうれしいな。ぼくの名前はアップルシード。こっちは妹のミディ」

ミディはとても悲しそうな顔をした子どもだった。兄よりもかなり背が高く、年上のように見える。まさにやせっぽちだった。亜麻色の髪をして、短く切っている。青白い、哀れを感じさせる小さな顔をしている。色あせた木綿の服を着ていたが、その服はもう小さくなっていて、骨張った膝《ひざ》が見えた。歯並びが悪いようで、それを隠そうとして老婦人のようにいつも口を堅く結んでいた。

「悪いけど」わたしはいった。「そのことならミスター・マーシャルに話してよ」

そこで彼はそのとおりにした。叔父がどうしたら壜を勝ち取れるか説明しているのが聞えた。アップルシードはときどきうなずきながら注意深く聞いていた。やがて彼は戻ってきて、壜の前に立ち、手で軽く触れながらいった。「きれいだね、これ、ミディ」

ミディはいった。「わたしたち、これ、もらえるの？」

「いや。まず、やらなければならないことがある。なかにいくら入っているか当てるんだ。それには二十五セントの買物をしないとだめなんだ」

「二十五セントなんて持っていないじゃない。どこで二十五セントを手に入れるつもり？」

アップルシードは眉《まゆ》をひそめ、あごをなでた。「簡単さ。ぼくにまかせておけよ。ただひとつ問題がある。ぼくには当てっこをしている余裕はない……正確にいくらか知る必要があるんだ」

　数日後に、彼らはまた現れた。アップルシードはソーダ・ファウンテンの前の椅子にちょこんと坐り、大胆にも水を二杯注文した。一杯は自分のため、もう一杯はミディのため。彼が自分の家族のことを話したのはこのときだった。「……それから、おじいちゃんがいる。ママのパパさ。ケイジャン*だから英語をうまく話せないんだ。兄さんは、ヴァイオリンを弾く兄さんのことだけど、三回も刑務所に入ったことがある……ぼくたちが荷物をまとめてルイジアナを出なければならなかったのはそのためさ。兄さんは、十歳も年上の女のことでカミソリの喧嘩《けんか》をやり、ある男をひどく傷つけたんだ。その女は黄色い髪をしていた」

　うしろでぶらぶらしていたミディは神経質そうにいった。「わたしたちの家のことをそんなふうに他人に話すもんじゃないわ、アップルシード」

「黙ってろよ、ミディ」と彼がいうと、彼女は黙った。「いい子なんだ、この子は」彼は、振向いて彼女の頭をなでながらつけ加えた。「でも、甘やかすわけにもいかないんだ。あっち行って映画雑誌でも見てろよ。それから歯のこと気にするのはやめろ。

アップルシードはここでこれから金を数える」

　彼のいう金を数えるとは、あたかも食べ尽してしまうかのように、壜をじっと見つめることだった。片手で頰《ほお》づえをついて、彼は、長いあいだ、まばたきもせずに壜を調べていた。「ルイジアナのある女の人が、ぼくには他の人間が見えないものを見ることが出来るといったことがあるんだ。ぼくは、幸福の帽子《コール》をかぶって生まれてきたからね」

「まさかいくら入っているか見えるというんじゃないだろうね」わたしは彼にいった。

「頭のなかである数字を思い浮かべればいいのさ。そうすれば、それが正解かもしれないだろう」

「よせよ」彼はいった。「そんな危ないこと。ぼくにはそんな賭《か》けなんか出来ないんだ。ぼくはなかの金をちゃんと数える。この方法がいちばん正確なんだ。五セントと十セントの硬貨を一枚一枚数えていくんだ」

「数えるだって！」

「何を数えるんだ？」ちょうどそのとき店のなかをぶらぶらしていて、ソーダ・ファウンテンのところに坐ったハムラビが聞いた。

「この子、壜のなかにいくら入っているか数えるっていうんです」わたしは説明した。

ハムラビは興味を持ってアップルシードを見た。「どうやって数えるつもりだい、坊や？」

「ひとつひとつ数えるんです」アップルシードは、当然だというように冷静にいった。

ハムラビは笑った。「Ｘ線の目を手に入れたほうがいいな、坊や。そうとしかいえない」

「そうじゃないんです。頭に幸福の帽子をかぶって生まれてくればそれでいいんです。ルイジアナのある女の人がそういったんです。彼女は魔女でした。ぼくのことが気に入って、ママがぼくを手放そうとしなかったので、ママに魔法をかけたんです。それでママの体重は七十四ポンドしかないんです」

「と、て、も、お、も、し、ろ、い」アップルシードを探るようにちらっと見ながらハムラビは意見を述べた。

ミディが「スクリーン・シークレット」誌を持ってこちらにやってきた。彼女は一枚の写真をアップルシードに示しながらいった。「この女の人、最高にきれいでしょ？　ほら、見て、この人の歯、きれいでしょ？　治療した歯なんか一本もないわ」

「歯のことなんか気にするなよ」彼はいった。

彼らがいってしまうと、ハムラビはオレンジ・ニーハイをひと壜注文し、煙草を吸いながらゆっくりとそれを飲んだ。「きみはあの子の頭がおかしくないと思うかい？」やがて彼は、とまどったような声でわたしにそう聞いた。

クリスマスを過ごすには小さな町がいちばんいい、とわたしは思う。町の人々は、誰よりもすばやくクリスマスの気分をつかみ、気分を変え、その魔力にとらえられて生き生きとしてくる。十二月の第一週までには、家々のドアにはリースが飾られ、どの店のウィンドウも、赤い紙のベルと、きらきら輝く雲母《うんも》で作った雪片で輝いてくる。子どもたちは森に行き、香りの強い常緑樹を引きずって戻ってくる。女たちはすでに、忙しくフルーツケーキを焼いたり、ミンスミートの壜の封を切ったり、黒ぶどうや山ぶどうのワインの壜を開けたりしている。郡庁舎前広場の大きな木には、ぴかぴかの銀の飾りとカラー電球がつけられている。電球は日が落ちるとつけられる。夕暮れ近くなると、長老派の教会から、一年に一度のお祭りのためにクリスマス・キャロルを練習している歌声が聞えてくる。町のいたるところでツバキの花が満開になる。

この心暖まる雰囲気《ふんいき》に少しも影響を受けずにいるように見える人間がひとりいた。アップルシードだった。彼は、壜の金を数えあげると宣言してから、その仕事を、頑固《がんこ》に、注意深く続けていった。いまや、毎日、ヴァルハラに来ては、顔をしかめたり、ひとりで何か呟いたりしながら、彼は壜に精神を集中させた。はじめはみんな、彼の様子に魅せられたが、しばらくするうちに、あきてしまい、誰も彼のことなど気にかけなくなった。彼は店のものを何も買わなかった。二十五セントの金を作ることが出来ないようだった。ときどき彼はハムラビに話しかけた。ハムラビは、彼に心やさしく興味を抱いていて、たまに固いキャンデーや一セントの甘草入りキャンデーを買ってやったりした。

「まだ、あの子の頭がおかしいと思っているの？」わたしは聞いた。

「いや、はっきりそう思っているわけではない」ハムラビはいった。「だが、君に知らせておきたいことがある。あの子は満足に食事をしていないよ。私はあの子をレインボー・カフェに連れて行って、バーベキューをひと皿おごってやろうと思っているんだ」

「それより二十五セント硬貨をもらったほうがずっと感謝しますよ」

「いや。あの子にいま必要なのはひと皿のバーベキューだ。それに、こんな当てっこなどやめたほうがずっと身体にいい。あんなふうに神経過敏だし、普通の子と違っている。あの子が、壜の金を当てるのに失敗したら、私は、それに責任を持つ人間になりたくないよ。そんなことになったら、かわいそうだ」

卒直なところ、そのころは、わたしは、彼のことをただちょっと変った子だとしか思っていなかった。ミスター・マーシャルは、彼のことを気の毒に思っていた。子どもたちは、彼をからかおうとしたが、彼が相手にしなかったのであきらめる他なかった。額にしわを寄せ、目をじっとあの壜に注いで、ソーダ・ファウンテンのところに坐っている彼の姿は、いまや誰の目にもはっきりと見えた。それでも、彼は、壜を見つめることに夢中になっている。だから、ひとはときどき彼を見ているうちに、こんな、おそろしい、気味の悪い思いがしてくるのだ——あの子は、本当はここに存在していないのではないか。そして、こちらがそう強く思いはじめたときに、彼は目をさまして、こんなことを口にする。「あのなかに一九一三年のバッファローの絵がついた五セント玉があるといいんだけどな。ひとに聞いたんだけど、一九一三年のバッファローの五セント玉は五十ドルの価値があるんだって」あるいは、「ミディは映画スターになるよ。あの人たちはたくさんお金を稼ぐ。映画女優はそうなんだ。だからそうなったらぼくたちはもう一生食用の草なんか食べないですむ。ただミディは、歯がきれいでないと映画に出られないというんだ」

ミディはいつも兄といっしょに来るわけではなかった。彼女がいっしょでないときは、アップルシードはいつもの彼ではなくなった。人目を気にして、すぐに帰った。

ハムラビは約束を守って、彼にカフェでバーベキューをひと皿おごってやった。「ハムラビさんは、とてもいい人です」あとでアップルシードはいった。「でも変ったことを考えている。エジプトとかいう土地に住んでいたら、自分は王様か何かになるなんて、変ったことを考えているんです」

いっぽうハムラビはこういった。「あの子は、人を感動させる信念を持っている。美しい信念だ。だが、私は、こんどのことには嫌気《いやけ》がさしてきたよ」彼はそういって墻をさした。「こうした希望は、誰にとっても残酷なものだ。こんなことに関《かか》わったことを後悔しているよ」

ヴァルハラの店の内外でもっとも人気のある気晴しは、墻の金を取ったら、それで何を買うか考えることだった。この遊びに加わっていたのは、ソロモン・カッツ、フィービー・ジョーンズ、カール・クーンハルト、ピュリイ・シモンズ、アディ・フォックスクロフト、マーヴィン・フィンクル、トルーディ・エドワーズ、それにアースキン・ワシントンという黒人だった。何を買いたいか。その答えはこんなものだった。バーミングハムへ出かけていってパーマをかける、中古のピアノ、シェトランド島産の小馬《ポニー》、金のブレスレット、「ローバー家の少年たち」全巻、それに生命保険。

一度、ミスター・マーシャルがアップルシードに何を買うつもりか聞いたことがあった。「秘密です」が答えだった。どんなに聞き出そうとしても彼はいわなかった。ただ、それが何にせよ、彼がそれをひどくほしがっていることだけは確かだった。

　わたしたちの町に本格的な冬がやってくるのは、ふつう一月末になってからだ。それも、穏やかなもので、しかもほんのわずかしか続かない。しかし、わたしが話している事件が起きた冬には、クリスマスの前の週に、この地方は異常な寒さに襲われてしまった。あまりにひどい寒さだったので、いまでも話題になるほどだ。水道は凍ってしまった。暖炉の薪《まき》を充分に用意しておかなかったために、ベッドでキルトの布団《ふとん》をかぶり、身体《からだ》をくっつけあって何日も過ごさなければならなくなった人間もたくさんいた。空は嵐《あらし》の前のように、妙にどんよりとした灰色に変り、太陽は、欠けていく月のように青白かった。身を切るような風が吹き、秋に散り残った枯葉が凍りついた地面に落ちた。郡庁舎前の常緑樹は、二度もクリスマスの飾りをはぎとられた。息を吐くと、白い雲のようになった。貧しい人間たちが住んでいる絹糸工場のあたりでは、家族は夜になると暗闇《くらやみ》のなかで一カ所に集まり、寒さを忘れようといろいろな話をした。田舎では、農民たちが寒さに弱い作物に麻の袋をかぶせて、あとは祈るしかなかった。この天候につけこんで、豚を殺し、新鮮なソーセージを町に売りに行く者もいた。町の酔払いとして知られるR・C・ジャドキンズさんは、赤いチーズクロスの服を着こんで、安売店でサンタ・クロースになっていた。R・C・ジャドキンズさんは子どものたくさんいる父親だったので、町の人間はみんな、彼が少なくとも一ドルを稼げるほどしらふでいるのを見て幸福な気持になった。教会の親睦会《しんぼく》がいくつか開かれ、そのひとつで、ミスター・マーシャルはルーファス・マクファーソンと顔を合わせてしまった。ひどい言葉が飛びかったが、殴り合いにはならなかった。

ところで、アップルシードは、前にいったようにインディアン・ブランチェズから一マイル下ったある農場に住んでいた。町からは三マイルほど離れていることになる。歩くにはとても長い、寂しい道のりだった。それでも、寒さにもかかわらず、彼は毎日、ヴァルハラにやってきては、閉店までいた。日が短くなってからは、日が沈むまでになった。ときどき帰るとき途中まで、絹糸工場の親方の車に乗せてもらうこともあったが、そういつもというわけではなかった。彼は疲れて見えた。口のまわりには、苦労のしわがあった。いつも寒そうで、ぶるぶる震えていた。わたしには、彼が赤いセーターと青い半ズボンの下に、暖かいズボン下をはいていたとはいまでも思えない。

クリスマスの三日前、彼は突然、「さあ、やっと終った。壜《びん》のなかにいくらあるかわかった」とみんなにいった。真面目《まじめ》に、確信を持って厳粛にそういったので、誰もそれを疑うことは出来なかった。

「坊や、もうやめないか」そこに居あわせたハムラビがいった。「そんなことわかる筈《はず》がないじゃないか。そんなふうに考えるのは間違っているよ。そんなことをするといずれ自分を傷つけることになるよ」

「ぼくにお説教なんかしなくていいですよ、ハムラビさん。ぼくには自分のしていることくらいわかっています。ルイジアナのある女の人がいったんです……」

「わかった、わかった、わかったよ——でも、君はその話は忘れなくちゃ。私だったら、家に帰って、じっとして、もうこんなろくでもない壜のことなんか忘れるよ」

「兄さんが今晩、チェロキー・シティの結婚式でヴァイオリンを弾くんです。それでぼくに二十五セントくれることになっているんです」アップルシードは頑固にいった。

「明日、ぼくは、賭けてみます」

だから、次の日、アップルシードとミディがやって来たとき、わたしは、興奮をおぼえた。たしかに彼は二十五セント持っていた。なくさないように赤いバンダナの端にしっかりと結びつけている。

ふたりは、手をつないで、何を買おうかひそひそと相談しながらショウケースのあいだを行ったり来たりした。とうとう彼らは、指抜きぐらいの壜にはいったガーデニアの香水に決めた。ミディがすぐにふたをあけて、自分の髪に少し振りかけてみた。「この香り、まるで……ああ、マリア様、私、いままでこんな甘い香り、かいだことありません。アップルシード、こんどはあんたの髪にも少し振りかけさせて」。しかし、彼はどうしてもそうさせようとしなかった。

ミスター・マーシャルは、みんなのいった金額を書いた帳簿を取り出した。そのあいだアップルシードは、ソーダ・ファウンテンのところに行き、両手で壜をおおい、やさしくなでた。目は輝き、頰は興奮で紅潮していた。そのとき店にいた数人の客が、彼の近くに集まってきた。ミディは、うしろのほうに静かに立って、足をかいたり、香水をかいだりしている。ハムラビはいなかった。

ミスター・マーシャルは鉛筆の先をなめて微笑《ほほえ》んだ。「オーケー、坊や、いくらだい？」

アップルシードは大きく息を吸った。「七十七ドルと三十五セントです」彼はだしぬけにそういった。

こんな半端《はんぱ》な金額をいうところがいかにも独創的だった。というのは、当てっこをするふつうの人間は、端数の出ない、すっきりした金額をいったからだ。ミスター・

マーシャルは、その金額を書きとめながら真面目な顔で復唱した。

「ぼくが勝つって、いつわかるの?」

「クリスマス・イヴだよ」誰かがいった。

「じゃ、明日ですね?」

「そう、そのとおりだよ」ミスター・マーシャルは、驚きもせずにそういった。「四時においで」


その夜のあいだに寒暖計はさらに下がり、明け方には、あの、夏によくある、短い暴風雨が吹いた。そのために次の日は明るく晴れあがり、凍りついたように寒かった。木々にはつららが白く輝いている。町じゅうの家の窓ガラスを霜の花がおおっている。そのために町はまるで北部の風景の絵葉書のように見えた。R・C・ジャドキンズさんは朝早く起きると、はっきりした目的もなく、夕食を告げるベルを鳴らしながら通りをぶらぶら歩いた。ときどき立ちどまっては、尻《しり》のポケットに入れたウイスキーの小壜からひと口ぐっとやった。その日は風がなかったので、あちこちの煙突から煙がゆっくりとまっすぐに、静かな凍りついた空へとのぼっていった。午前のなかばごろまでには、長老派教会の合唱は最高潮に達した。町の子どもたち(ハロウィーンのときのような、おそろしい仮面をかぶっている）は広場のまわりを追いかけっこをしながら大騒ぎをしていた。

　昼ごろハムラビが店に現れ、ヴァルハラの飾りつけの手伝いをしてくれた。彼は〝サツマ（温州《うんしゅう》みかん）〟の大きな袋を持ってきてくれた。わたしたちはみんなでそのみかんを最後のひとつまできれいに食べてしまった。ミカンの皮は、部屋の真中に置かれた新しいだるまストーヴ（ミスター・マーシャルの自分自身への贈り物だった）に放《ほう》りこんだ。それから叔父は、ソーダ・ファウンテンのところから壜を取り、きれいに磨《みが》き、それを人目につくテーブルの上に置いた。叔父はそのあと飾りつけの手伝いをまったくしなかった。というのは、椅子《いす》にうずくまるようにして坐《すわ》り、壜に粗末な緑色のリボンを結んだりほどいたりして時間を過ごしたからだ。それでハムラビとわたしだけで残りの仕事をやらなければならなかった。ふたりで床を掃除し、鏡を洗い、棚《たな》の埃《ほこり》を払い、赤と緑のクレープ・ペーパーで作ったテープを壁から壁へと張り渡した。すべてを終えると、店は非常にきれいに、優雅に見えた。

　しかし、ハムラビはわたしたちのした仕事を悲しそうに眺《なが》めて、こういった。「さあ、これで私は、出かけたほうがよさそうだ」

「ここにいないのか？」ミスター・マーシャルが驚いていった。

「ああ、そうなんだ」ハムラビはゆっくりと頭を振りながらいった。「あの子の顔を見たくないんだ。クリスマスだから、私だって騒いでみたい。でも、あの子のことが私の良心にひっかかっている限り、騒ぐことも出来ない。今日は、眠れないかもしれないな」

「好きなようにするがいいさ」ミスター・マーシャルはいった。そして彼は肩をすくめたが、本当は傷ついているのは明らかだった。「人生とはそんなものさ――それに、あの子は勝つかもしれないよ」

ハムラビは憂鬱《ゆううつ》そうに溜《た》め息をついた。「あの子はいくらっていったんだ？」

「七十七ドル三十五セント」わたしがいった。

「君に聞くが、それは素晴しい数字なんだろう？」ハムラビはいった。彼は、ミスター・マーシャルの椅子に倒れこむように坐ると、足を組み、煙草《たばこ》に火をつけた。「ベビー・ルース＊があったら、ひとつほしいな。口のなかがすっぱいんだ」

午後の時間がゆっくりと過ぎていくあいだ、わたしたち三人は、ひどく気が滅入《めい》ってテーブルのまわりに坐っていた。誰もひとこともいわなかった。子どもたちが広場からいなくなると、聞えてくる音は、郡庁舎の塔の時計が時を告げる鐘の音だけだった。ヴァルハラはまだ開店していなかったが、町の人間たちはたえず店の前を行き来したり、窓をのぞきこんだりしていた。三時に、ミスター・マーシャルは、わたしにドアの鍵《かぎ》をはずすようにといった。

二十分もたたないうちに、店のなかは人でいっぱいになった。みんなよそゆきの特別の服を着ている。店じゅう甘い匂《にお》いがした。絹糸工場の小さな女の子たちの大半がヴァニラの香水を振りかけていたからだ。客は壁にくっつくようにしたり、ソーダ・ファウンテンのカウンターに腰掛けたり、隙間《すきま》があればどこにでも割り込んだりした。まもなく群集は歩道にあふれ出て、さらに車道にまで広がった。広場には、農民とその家族を町に運んで来た荷馬車とT型フォードが一列に並んだ。いたるところで笑い声や叫び声や冗談が聞える――悪態をついたり、人を乱暴に押しのけたりする若者たちの荒っぽい態度に怒って文句をいう婦人たちが何人かいたが、帰ろうとする者は誰もいなかった。横の入口のところでは、黒人たちがひとかたまりになっておおいに騒いでいた。誰もがみんな思いきり楽しんでいた。このあたりはいつもは静かで、事件らしいものは起ったことがない。病人とルーファス・マクファーソン以外は、ワチャタ郡のすべての住人がいたといっていいだろう。わたしはアップルシードを探したが、どこにも見えなかった。

ミスター・マーシャルが仰々しく咳払《せきばら》いをして、静粛にと手をたたいた。店内が静かになり、ほどよい緊張があたりに生じると、彼は、オークションの司会者のように大きな声でいった。「皆さん、お聞き下さい。ここに、私の手に封筒が見えますね、このなかに」――彼はマニラ紙の封筒を頭の上にかざした――「そう、このなかに答が入っています――神さまとファースト・ナショナル銀行以外にはこれまで誰も答を知りません。そして、こちらの帳簿のなかには」――彼は空いたほうの手で帳簿を振りかざした――「みなさんがいった数字を書きとめてあります。何か質問がありますか？」誰も何もいわなかった。「よろしい。それでは、どなたかここに来ていただきたいのですが……」

誰ひとり動こうとしない。みんな急に慎み深くなったようだった。いつもは生まれつきの目立ちたがり屋も、恥しがって足をもじもじと動かしているだけだった。そのとき大きな声が聞えた。アップルシードが叫ぶ声だった。「ぼくを通して……おばさん、お願いだから道を開けて」。彼は人をかきわけて進んだ。そのうしろをミディと、ひどくやせた、眠そうな目をした男が続いた。男は、ヴァイオリンを弾くという兄のようだった。アップルシードはいつもと同じ服を着ていたが、今日は、顔はバラ色にきれいに洗いあげられていた。ブーツはぴかぴかに磨かれ、髪の毛はスタコムの整髪油できれいにうしろになでつけられている。「ぼくたち、間に合った？」彼は息を切らしながらいった。

しかし、ミスター・マーシャルはそれに答えずにいった。「きみが、やってくれるのかい？」

アップルシードは少しとまどったようだったが、すぐに元気よくうなずいた。

「この子に反対の方はいませんか？」

やはり、静まりかえっていて口を開く者はいない。ミスター・マーシャルは封筒をアップルシードに渡した。彼はそれを落着いて受取った。封を切る前に、下唇《したくちびる》をかんで、中身を調べるようにした。

あれだけの人間が集まっていながら、たまに起る咳払いと、R・C・ジャドキンズさんの夕食の合図のベルがかすかに鳴る音の他は、何の音もしなかった。ハムラビは、ソーダ・ファウンテンのカウンターに寄りかかって、じっと天井を見つめている。ミディは、兄の肩越しにぼんやりとどこともなく見つめている。そしてアップルシードが封筒を切り始めると苦しそうに小さくあえいだ。アップルシードは封筒からピンクの紙を引き出すと、割れものでも取り扱うようにそっと手に持ち、そこに書いてあるものを自分ひとりで呟《つぶや》くように読んだ。突然、彼の顔は青ざめ、目に涙が光った。

「おい、坊や、大きな声で読めよ」誰かが叫んだ。

ハムラビは一歩前に踏み出し、その紙を引ったくるようにして取った。彼は、咳払いをして読みはじめたが、そのとたん、表情が滑稽《こっけい》といっていいくらい変った。「ああ、聖母マリアよ……」彼はいった。

「もっと大きな声でいえよ！　大きな声で！」怒った声がいっせいに要求した。

「詐欺師《さぎし》ども！」R・C・ジャドキンズさんが叫んだ。彼はもうすっかり出来あがっていた。「いんちき臭いぞ。天まで臭いぞ！」その声につられて、野次や口笛が嵐のようにあたりの空気を引き裂いた。

アップルシードの兄は四方八方にこぶしを振りまわした。「黙れ、静かにしろ、さもないと、お前たちの頭をごつんこさせて、マスク・メロンみたいなコブをこさえてやるぞ、わかったか？」

「皆さん」モウズ町長が叫んだ。「町の皆さん、――いいですか、クリスマスじゃないですか……お願いですから……」

そのとき、ミスター・マーシャルが椅子の上に飛びあがり、手をたたいたり、足を踏みならしたりした。それでやっとどうにかまた静かになった。ここで、あとになって、ルーファス・マクファーソンがR・C・ジャドキンズさんに金を払って騒ぎを起させようとしたことがわかった、ということを書いておいたほうがいいだろう。ともかく騒ぎがおさまってみると、驚いたことに答の書かれた紙はわたしの手のなかにあった……どうしてそうなったのかは聞かないで欲しい。

何も考えずに瞬間的にわたしは大声で読みあげた。「七十七ドル三十五セント」。興奮していたので、その数字の意味がわたしにはわからなくて当然だった。ただの数字にしか見えなかった。そのときアップルシードの兄が大声で叫びながら前に出てきた。それでやっと、わたしはその数字の意味を理解した。勝利者の名前はたちまちあたりに広がった。そして、畏怖《いふ》の念にとらわれた、呟くようなささやきが嵐のようにまき起った。

アップルシード本人は、哀れな様子だった。彼はひどく傷つけられたように泣いていた。しかし、ハムラビが集まっている人間たちに見えるように、彼を肩にかつぎあげると、彼はセーターの袖口《そでぐち》で涙をふき、にこにこ笑いはじめた。R・C・ジャドキンズさんが「ペテンだ！　汚ないペテンだ！」と叫んだが、耳をろうするような拍手喝采《かっさい》にたちまちかき消されてしまった。

ミディがわたしの腕をつかんだ。「歯よ」彼女は興奮して泣きながらいった。「これで歯を入れられるわ」

「歯？」わたしは、なんだかわからずにいった。

「入れ歯よ」彼女は言葉を続けた。「お金が入ったら欲しかったのはそれなの——きれいなひとそろいの白い入れ歯」

しかし、そのとき、わたしは歯のことより、アップルシードがどうして正解を知ったのかということしか関心がなかった。「頼むから、教えて」わたしは必死になって聞いた。「いったい、どうやってぴったり七十七ドル三十五セント入っているとわかったの？」

ミディはいつもの顔をしてわたしを見た。「あら、兄さんが話さなかったかしら」

彼女は、真面目な口調でいった。「数えたのよ」

「そう、だけど、どうやって——どんなふうに数えたの？」

「あら、あんた、数え方を知らないの？」

「だけど、彼がやったことは、ただそれだけ？」

「そうね」彼女は、考えるように少し言葉を切ってからいった。「それにちょっとお祈りもしたわ」彼女は急に駆け出し、それからわたしのほうを振向いていった。「それに、兄さんは、頭に幸福の帽子をかぶって生まれてきたのよ」

それが誰にとってもこの謎《なぞ》を解くいちばん簡単な答だった。このあと、アップルシードに「どうして答がわかった?」と聞いても、彼はいつも不思議な笑い方をして、話題を変えてしまった。その後何年かたって彼と彼の家族は、フロリダのどこかへ引越してしまい、二度とふたたび消息を聞くことはなかった。

しかし、わたしたちの町ではいまでも彼の伝説は生き生きと残っている。ミスター・マーシャルは、昨年の四月に死ぬまで、毎年、クリスマスになると、バプティスト派の教会の聖書研究会に招待されて、アップルシードの話をした。ハムラビは一度、この出来事をタイプに打って、あちこちの雑誌に送った。しかし、活字にはならなかった。ある編集者は返事をくれた。そこには「その少女が本当に映画スターになったのなら、あなたの話にも意味が出てくるのかもしれません」と書かれていた。しかし、そうはならなかったから、嘘をつくわけにもいかないだろう。

ぼくにだって言いぶんがある

My Side of the Matter

みんながぼくのことをなんといっているか、そんなことはよくわかっている。ぼくの味方になってくれるか、それともあの連中の肩を持つか、それはきみが勝手に決めることだ。ただぼくには、ユーニスとオリヴィア＝アンに対して言いぶんがある。あの連中とぼくとどっちが正しいか、それはまともな目玉を二つ持っている人間なら誰だってわかる筈《はず》だ。ぼくはただ本当は何が起きたのか、アメリカ合衆国市民に、知ってもらいたいだけだ。

事実はこうだ。わがキリスト教紀元の今年の八月十二日、ユーニスは、彼女の父親が持っていた南北戦争当時の剣でぼくのことを殺そうとしたのだ。オリヴィア＝アンは、刃渡り十四インチの肉切り包丁を振りまわし、あたりかまわず切りつけた。これだけだってひどいのに、他にもまだいいたいことがたくさんある。

そもそも六カ月前、ぼくがマージと結婚したことからすべてが始まった。彼女との結婚はぼくがおかした最初の間違いだ。ぼくたちは、知り合ってからわずか四日後にモービルの町で結婚した。ふたりとも十六歳で、彼女はちょうどぼくのいとこのジョージアのところに遊びに来ていた。ぼくにはいま時間がたっぷりあるから、そのときのことを思い出してみるが、自分でもなぜ彼女が好きになったのかさっぱりわからない。見てくれは悪いし、スタイルも悪い。おまけに頭も悪いときている。ただマージはブロンドのきれいな髪をしている。たぶんそれが答だろう。ともかく結婚して三カ月たったところでマージは妊娠してしまった。これがぼくのおかした二番めの間違いだ。それから彼女は、家に帰ってママに会いたいとわめきはじめた——彼女にはママなどいない、おばさんがふたりいるだけなのに。そのおばさんというのがユーニスとオリヴィア＝アンだ。それでぼくは彼女のいうことを聞いて仕方なく、キャッシュ・アンド・キャリー商店の店員という文句のない仕事をやめることにし、彼女の故郷のアドミラルズ・ミルの町に引越しをすることにした。よくいって道路の穴っぽこみたいなところだ。

ぼくとマージが、ルイジアナ＝ナッシュヴィル線のちっぽけな駅で汽車から降りた日は土砂降りの雨だった。誰か迎えに来たと思うかい？　とんでもない。こっちは電報代に四十一セントも使ったというのに！　女房が妊娠しているというのに、土砂降りのなかを七マイルも歩かなきゃならない。マージだってかわいそうだ。なにしろぼくは背中をひどく痛めていて、ほとんど荷物を持つことが出来なかったんだから。はじめてこの家を見たときは、正直、驚いた。大きいし、黄色に塗られ、正面には本物の柱があるし、庭の垣根《かきね》には、赤と白のツバキが植わっている。

ユーニスとオリヴィア＝アンは、ぼくたちが来るのが見えたので、玄関で待っていた。このふたりの姿をみんなにぜひ見てもらいたい。正直いって、死ぬほどびっくりする。ユーニスは太った大きなばあさんで、尻《しり》だけでも百キロはある。雨が降ろうがお天気になろうが、いつも時代遅れの寝巻を着て家じゅうを兵隊みたいに歩きまわっている。その寝巻を本人は、キモノといっているが、どう見たって薄汚れたフランネルの寝巻だ。それに彼女はしょっちゅう嚙《か》み煙草《たばこ》を嚙んでいる。そのつばをお上品なレディぶって、こっそりと吐く。ぼくに差をつけるつもりでさかんに自分はちゃんとした教育を受けたというが、ぼくはそんなこと聞いたってちっとも気にならない。なにしろこっちは、彼女がマンガを読むときにも、一字一句拾い読みしているのをちゃんと知っているんだから。それでも、彼女にもましなところがひとつだけあることはある。――お金の計算がすごく早いのだ。あれだけ早ければ、ワシントンDCに行って、何かお金になる仕事を見つけることだってきっと出来るだろう。もちろんだからといって彼女がお金をたくさん持っていないというのではない。彼女は自分ではお金など持っていないといっているが、ぼくにはちゃんとわかっている。というのは、ある日、ぼくは偶然に、家の横のポーチに置いてある植木鉢《うえきばち》のなかに千ドル近くのお金が隠してあるのを見つけてしまったからだ。もちろんぼくは一セントだって触れていないが、ユーニスは、ぼくが百ドル紙幣を一枚盗んだといっている。まったく、ひどい嘘《うそ》だ。もちろん、ユーニスのいうことはなんでも、司令部からの命令と同じくらい力がある。ここアドミラルズ・ミルの町では、彼女に金を借りていないと堂々といえる人間はひとりもいやしない。彼女が、チャーリー・カーソン（一八九六年以来一歩も歩いたことのない盲目の九十歳の老人）にあおむけに倒されてレイプされたといっても、この郡《カウンティ》の人間はみんな、山と積まれた聖書に手を置いて彼女と同じ証言をするだろう。

次は、オリヴィア＝アンだが、こっちはもっと悪い。ほんとうだ！　ただユーニスほど神経にはさわらない。なにしろ彼女は生まれつきの間抜けで、ほんとうならどこかの屋根裏にでも閉じこめておかなければならない女だからだ。青白く、やせこけていて、おまけにひげがある。たいていいつもうずくまって、あの十四インチの肉切り包丁で棒切れを削っている。そうでなければ、立ち上がって、ミセス・ハリイ・ステラー・スミスにやったようないたずらをしている。そのことは誰にもいわないと誓ったが、人間ひとりの命にかかわるような悪意のあることがやられているいまとなっては、そんな約束など知ったことではない。

ミセス・ハリイ・ステラー・スミスというのはユーニスが飼っているカナリアのことだ。その名前はペンサコーラから来た女からいただいたものだ。その女は、自家製の万能薬を作っていて、ユーニスはその薬を痛風の治療に使っている。ある日、客間から大きな音が聞えてきたので、行ってみると、オリヴィア＝アンが鳥籠《とりかご》の扉《とびら》を開け、ほうきでミセス・ハリイ・ステラー・スミスを、開け放った窓の外へ追い出そうとしているところだった。ぼくが居間に入るのが少しでも遅れていたら、現場をおさえることは出来なかっただろう。彼女は、ぼくがユーニスにいいつけて、みんな喋《しゃべ》ってしまうのではないかとこわがった。そして、神様がお造りになった生きものをあんなふうにとじこめてしまうのは正しいことではない、それに、自分はミセス・ハリイ・ステラー・スミスの鳴き声が我慢出来ないのだ、といった。ともかく、ぼくは彼女がかわいそうになり、二ドルくれたこともあって、ユーニスに説明する嘘の話をでっちあげるのを手伝ってやった。もちろんふつうならぼくはそんなお金を受け取らない。受け取ったのは、そうしたほうが彼女が良心に恥じることがなくなると思ったからだ。

ぼくがこの家に足を踏み入れたときユーニスがいった最初の言葉はこうだった。

「これが、あんたが私たちに隠れて結婚した男っていうわけね、マージ？」

マージは答える。「とってもいい男でしょ、ユーニスおばさん？」

ユーニスは、ぼくのことを上から下までじろじろ見ていう。「ぐるっと回ってごらんって、いっておやり」

ぼくが後ろを向くとユーニスはいった。「お前、ガキのなかでいちばんチビをつかまえたに違いないよ。こいつは、ぜんぜん男というものじゃないよ」

ぼくはこれまでこんなひどいことをいわれたことはない！　たしかにぼくは、少しばかり背が低いかもしれないが、それはぼくがまだ完全に成長しきっていないからだ。

「この人だって、ちゃんとした男よ」とマージがいう。

口をハエが出たり入ったりするくらい大きく開けてそこに立っていたオリヴィア＝アンがいう。「姉さんのいうこと聞いたろ、お前。この子は、男とはいえないよ。こんなチビが一人前の男だといいまわっているなんて笑わせるよ！　オスともいえやしないよ、この子は！」

マージはいう。「ちょっと、オリヴィア＝アンおばさんったら。この人、わたしの夫で、これから生まれてくる子どもの父親なのよ。あんまりだわ」

ユーニスは、彼女にしか出来ないような意地悪そうな舌打ちをしていった。「まあ、私だったらとてもこんな子のこと自慢出来ないね、それしかいうことはないよ」

これが、心のこもった歓迎といえるだろうか？　こちらは、キャッシュ・アンド・キャリーの店員という文句のつけようのない職を捨てて来ているというのに。

しかしこんなことはその日の晩起きたことに比べれば序の口だった。メイドのブルーベルが夕食の皿を片づけたあとで、マージは、出来るだけていねいないい方で、車を借りてフェニックス・シティに映画を見に行ってもいいかとふたりに聞いた。

「お前、頭がどうかしたのかい」ユーニスがいう。それを聞いて、正直、まるでぼくたちが彼女にキモノを脱いでくれと頼んだみたいな気分になった。

「お前、頭がどうかしたのかい」とオリヴィア＝アンまでいいだす。

「もう六時だよ」ユーニスがいう。「私があのチビに新品同様の三四年型シヴォレーを貸してやって、外の便所までても行かせてやるなんて思っているとしたら、お前の頭はどうかしているよ」

もちろんこんなひどいことをいわれてマージは泣き出す。

「気にするなよ、ハニー」ぼくはいった。「こっちはこれまで何度もキャデラックを運転したことだってあるんだから」

「へえ」とユーニスがいう。

「ほんとですよ」とぼく。

ユーニスはいう。「鋤《すき》を握ったことだってないくせに。あるっていうんなら、私は、テレビン油で揚げたネズミを一ダース食べてみせてやるよ」

「夫のことをそんなふうにいってもらいたくないわ」マージがいう。「あんまりだわ！　私が変な国から、変な男でも拾ってきたっていうの」

「お前がいいと思うんなら思えばいいさ！」ユーニスがいう。

「私たちの目をごまかせるなんて思わないほうがいいよ」オリヴィア＝アンが例の耳ざわりな声でいう。さかりのついた雄ロバの声にそっくりだ。

「私たちは、そのへんにころがっている連中とは違うんだからね」ユーニスがいう。

マージがいう。「はっきりいっておきますけど、わたしたち、三カ月と半月前に、判事さんの前で、死がふたりをわかつまでって正式に結婚したのよ。誰に聞いてもいいわ。それにユーニスおばさん、この人には好きなことをやる自由があるし、白人で、もう十六歳よ。それにもうひとつ、ジョージ・ファー・シルヴェスターは、自分の父親がこんなふうにいわれるのを聞いたら喜ばないわ」

ジョージ・ファー・シルヴェスターというのは、ぼくたちが赤ん坊につけようとしている名前だ。力強い響きを持った名前だろう？　ただこんなときなので、いまは子どもの名前に関《かか》わっているわけにはいかない。

「女の子が女の子と、どうして赤ん坊を作れるのよ？」オリヴィア＝アンがいう。明らかにぼくが一人前の男ではないとあてこすったのだ。「ほんとに、毎日、新しいことが起るのね」

「もう、お黙り」ユーニスがいう。「フェニックス・シティでやってる映画の話なんかもう聞きたくないわ」

マージがすすり泣きをはじめる。「ああ、でも、ジュディ・ガーランドの映画なのよ」

「気にするなよ、ハニー」ぼくがいった。「こっちは、そんな映画、もう十年前にモービルで見てるんだから」

「とんでもない嘘だわ」オリヴィア＝アンが大声でいう。「こいつったら、悪党だわ。ジュディは、十年前にはまだ映画に出ていませんよ」。オリヴィア＝アンは、五十二歳になるが、一度だって映画を見たことはない（彼女は誰にも自分の年齢をいわないが、ぼくは、モンゴメリーの州庁に手紙を出してみた、そしたら役所では親切にぼくの質問に答えてくれた）。彼女は、しかし、映画雑誌を八冊も定期購読している。女性の郵便局長デランシーによると、それが、シアーズ・ローバックの通信販売カタログ以外に彼女が受取る唯一《ゆいいつ》の郵便物だという。彼女は、ゲイリー・クーパーの病的なファンで、トランクひとつとスーツケースふたつにぎっしり彼の写真を入れている。

さてぼくたちは、食卓から立ち上がった。ユーニスは、窓のところへ歩いて行き、外のセンダンの木を見ながらいう。「鳥もねぐらに帰っている――私たちも眠る時間だわ。マージ、お前は、昔の部屋を使うといいよ。こちらの紳士には、裏のポーチに囲いを用意しておいてやったよ」

彼女が何をいっているのか理解するのにたっぷり一分かかった。

ぼくはいった。「あえてお聞きするんですが、ぼくが法律上の妻といっしょに寝ちゃいけない理由はどこにあるんですか？」

それを聞くとふたりはぼくに向かってどなりはじめた。

マージはたちまちヒステリーをおこしていう。「やめて、やめて、やめて！　もうたくさんよ。あなた、あっちへ行って――あのふたりが決めたところへ行って、寝て。明日、なんとか……」

ユーニスがいう。「あらまあ、この子も案外まともなことというわ」

「かわいそうにね」とオリヴィア＝アンは、腕でマージの腰を抱き、彼女を追い立てるようにしていう。「かわいそうに、お前は、若くて、何も知らないんだよ。さあ、向こうへ行って、オリヴィア＝アンおばさんの肩の上でゆっくり泣くといいよ」

五月、六月、七月、そして八月のいちばんいい時期を、ぼくは、網戸ひとつないあのひどい裏のポーチにうずくまり、暑さにうだっていた。それなのにマージは——抗議のために口を開くことはなかった、ただの一度も！　アラバマ州のこのあたりは湿地帯で、うっかりするとバッファローさえ殺しかねない蚊がいる。そのうえ、空を飛べる危険きわまりないゴキブリや、ここからずっと遠くまで幌馬車《ほろばしゃ》隊を引っぱって行けるくらい大きな野ネズミの群れまでいる。生まれてくる赤ん坊のジョージさえいなかったら、ぼくは、とっくにこんなところを逃げ出していただろう。ぼくがいいたいのは、あの最初の晩以来、ぼくはたった五秒とマージとふたりきりになったことがないということだ。いつもあのふたりのどちらかがマージに付添っている。先週、マージが部屋に鍵《かぎ》をかけて閉じこもってしまい、ぼくの姿がどこにも見えなくなったときなど、彼らはかんかんに怒ってしまった。ほんとうは、ぼくは、黒人たちが綿を袋につめているのを見ていただけだが、からかってやろうと、わざとユーニスに、ぼくたちはマージの部屋でいけないことをしていたとほのめかしてやった。そのあと、彼女たちは、ブルーベルにぼくたちの見張りをさせるようになった。

だからいまぼくは、煙草を買う小銭さえ持っていない。

ユーニスは、毎日毎日、ぼくに仕事につけとうるさくいいたてる。「このチビのろくでなしは、なぜ、まともな仕事につかないんだね？」と彼女はいう。すでにわかってくれていると思うが、目の前にかしこまっている人間はぼくだけなのに、彼女は決してぼくに直接話しかけようとしないのだ。「あいつが男というんなら、私の食べものを食べている暇に、あの子の口にパンのひと切れも入れてやろうとするのがほんとだろ」。ここでわかってもらいたいことがある。ぼくは、この三カ月と十三日間、冷たいサツマイモと食べ残しの食いものだけで生きてきた、そして、医者のＡ・Ｎ・カーター先生のところへ二度診察を受けに行ったのだ。彼は、ぼくが壊血病になったかどうか決めかねている。

ぼくが仕事につかないことでも言いぶんがある。ぼくのような能力のある人間が、キャッシュ・アンド・キャリーの店員という文句のない仕事についていた人間が、アドミラルズ・ミルというボロ宿みたいな町で、どうしたら仕事が見つけられるのか？この町には店は一軒しかないし、店主のタッバーヴィル氏はひどいなまけもので、商売するのが苦痛なのだ。モーニング・スター・バプティスト教会というのもあるが、そこにはすでにひとり説教師がいる。シェルという名の、おそろしく年をとったクズだ。あるとき、ユーニスはこの説教師を、ぼくの魂が救えるかどうか見てもらうために家に引っ張ってきた。ぼくは、彼が、あの子はもう手遅れです、というのをこの耳ではっきりと聞いてしまった。

しかし、なによりみごとだったのは、ユーニスがマージにしたことだ。彼女は、言葉ではとてもいいあらわせない、もっとも悪らつな方法で、マージを、ぼくにたてつくようにまで変えてしまったのだ。マージは、ついに、ぼくに生意気にも口答えするようにまでなったが、ぼくは彼女に往復びんたを食らわせて、それをやめさせた。ぼくの妻が、ぼくのことを馬鹿《ばか》にするなんて、許せない!

敵はいまや固く団結している――ブルーベル、オリヴィア＝アン、ユーニス、マージ、それにアドミラルズ・ミル(人口三百四十二人)の残りの住人すべて。味方―ゼロ。これが、ぼくの命を狙《ねら》う試みがなされた、八月十二日、日曜日の状況だった。

その日、つまり昨日は、穏やかな日だったが、岩も溶かしてしまうような暑さだった。事件は二時ちょうどに起きた。なぜ時間を正確に覚えているかというと、ユーニスが間の抜けた鳩時計《はとどけい》を持っていて、その鳩が飛び出してきてぼくをびっくりさせたからだ。ぼくは居間で、自分の仕事に夢中になっていた。つまり、アップライト・ピアノを弾きながら歌を作曲していた。このピアノはユーニスがオリヴィア＝アンのために買ってやったもので、先生を頼んで、週に一度、わざわざジョージア州のコロンバスから来てもらっていた。女性の郵便局長デランシーは、ぼくと付合うのがどうも賢明ではないと判断するまではぼくの友達だったが、彼女によると、その気取った先生は、ある日の午後、まるでアドルフ・ヒトラーに追いかけられてでもいるかのようにあわてててこの家を出ると、フォードのクーペに飛び乗り、それきり、消息を絶ってしまったという。前にいったように、ぼくは、他人の迷惑にならないように居間で、なるべく静かにしていようとしていた。そこに、オリヴィア＝アンが髪の毛にカールクリップをたくさんつけて小走りに部屋に入ってきて、金切り声でいう。「そのひどいいたずらをすぐやめなさい！　あんたっていう人は少しでもじっとしていられないの？　さあ、私のピアノからすぐにどいて。それはあんたのピアノじゃなくて私のよ。すぐにどかないと、九月の最初の月曜日にすぐにあんたを裁判にかけるよ」

彼女は、およそ取るに足りない人間だが、ぼくが生まれながらの音楽家で、ぼくの頭のなかから生まれてくる歌が素晴しいので、一人前にやきもちを焼いているのだ。「私の本物の象牙《ぞうげ》のキーにあんたが何をしたか、よく見るといいよ、ミスター・シルヴェスター」と彼女はピアノのところに走り寄りながらいう。「あんたが変な弾き方をするから、キーがみんな根っこのところから取れそうじゃないか、あんたのせいだよ」

彼女は、このピアノはぼくがこの家に来たときにはすでにガラクタとして捨てられようとしていたことなど、先刻ご承知だ。

ぼくはいった。「ミス・オリヴィア＝アン、あなたは知りたがり屋だから、ぼくが面白い話を二つ、三つ知っていると聞いたら、知りたいでしょう。他のひとだってぼくの話を聞いたらきっと感謝しますよ。たとえば、ほら、ミセス・ハリイ・ステラー・スミスに何が起きたかという話なんかね」

ミセス・ハリイ・ステラー・スミスのことは憶《おぼ》えている？

彼女はためらい、からっぽの鳥籠を見つめた。「誰にもいわないって誓ったじゃない」と彼女はいい、怯《おび》えて紫色に顔色を変えた。

「そうだったかなあ」ぼくはいう。「あなたは、ユーニスを裏切ってひどいことをやった。でも、誰かさんが他人のことを放《ほう》っておいてくれるなら、ぼくも黙っていますよ」

そこで、彼女はすっかりおとなしく、静かに部屋を出て行った。ぼくはソファのところに行き身体《からだ》を伸ばした。このソファは、これまで見たこともないようなおそろしい家具で、ユーニスが一九一二年にアトランタで買った家具セットのひとつだ。彼女はこれを二千ドルで、しかも現金で買ったといっている。黒とオリーブ色のビロード製で、じめじめした日には湿ったニワトリの羽根の匂《にお》いがする。居間の片隅《かたすみ》には大きなテーブルがあり、その上に、ミス・ユーニスとオリヴィア＝アンの母親と父親の写真が置いてある。父親はハンサムといっていいが、ここだけの話、どこかに黒人の血が混じっていると、ぼくは確信している。彼は南北戦争のとき大尉《たいい》だった。このことは、彼の剣のおかげでぼくは決して忘れないだろう。その剣は暖炉の上に飾られていて、やがて起きる事件の、ひときわ目立つ象徴になる。母親はオリヴィア＝アンと同じように、おどおどした、間の抜けた顔をしている。しかし、どちらかといえば母親のほうがましだ。

ソファでうとうとしていたとき、ユーニスが怒鳴る声が聞えた。「あいつはどこ？あいつはどこにいるの？」次に気がつくと、彼女が、カバみたいに大きな尻《しり》の上に両手をでんと乗せて、戸口に立ちふさがっている。そのうしろには一連隊が続いている。ブルーベル、オリヴィア＝アン、それにマージ。

数秒が過ぎた。そのあいだユーニスは大きな、しわだらけの素足で、精いっぱい早く、乱暴に床を踏みならし、ナイアガラの滝の絵のついたボール紙で、太った顔をあおいだ。

「どこにやったの？」と彼女はいう。「私の百ドルをどこにやったの？　私が見ていないときにくすねたんでしょ」

「そんないい方には、もう我慢できない」とぼくはいうが、あまりに暑くて、疲れていたので起き上がることが出来なかった。

「いくらだって我慢できなくさせてやるよ」と彼女はいう。彼女の出目《でめ》はいまにも眼窩《がんか》から飛び出しそうだ。「あのお金は私の葬式用にとっておいたんだから返して欲しいんだよ。お前《マージ》、これであいつが死人からだって平気で盗む奴《やつ》だってわかったろ？」

「たぶん彼じゃないわ」マージがいう。

「お前は黙っているんだよ、いい子だからね」オリヴィア＝アンがいう。

「あいつが私のお金を盗んだのは間違いないよ」ユーニスがいう。「あいつの目をご覧よ——悪いことをしたから黒いよ！」

ぼくはあくびをしていった。「裁判所ではこういうきまりですよ——原告側が被告側を誤って訴えた場合、原告側を、たとえ関係者全員を保護するために州立精神病院に入れるのが妥当でも、刑務所のほうに入れることも可能である、とね」

「神様がこいつを罰するよ」ユーニスがいう。

「姉さん」オリヴィア＝アンが口を出す。「神様なんか待つことないわ」

それを聞いたユーニスが、ものすごい形相でぼくに突進してくる。薄汚ないフランネルの寝巻が床にひきずられる。オリヴィア＝アンは彼女のうしろにひるみたいにへばりつく。ブルーベルはユーフォーラの町まで行って戻ってきたような大きな唸《うな》り声を出す。そのあいだ、マージはそこに立って、両手を握り合わせ、悲しそうに泣き続ける。

「ああ」マージはすすり泣く。「お願いだから、おばさんにお金を返して、ベイビードール」

ぼくはいった。「ブルータス、お前もか《エト・トゥ・ブルーテ》」ウィリアム・シェイクスピアからの引用だ。

「このての連中ときたら」ユーニスがいう。「一日じゅうごろごろしていて切手一枚なめやしない」

「哀れなもんね」オリヴィア＝アンがめんどりが鳴くような声でいう。

「かわいそうなマージじゃなくて、こいつのほうが妊娠しているみたいだよ」ユーニスが続ける。

ブルーベルが口を出す。「そのとおりじゃない？」

「自分のことは棚《たな》に上げて、他人の悪口ばかりいっているんじゃないか」ぼくがいう。

「このチビ、三カ月間ものらくらしておいて、私に悪口をいうなんて図々しいわね」ユーニスがいう。

ぼくはただ振りかかる火の粉を払っただけだ。そして少しもあわてずにこういった。「A・N・カーター先生が、ぼくは壊血病の危険な状態だから、少しでも興奮しちゃいけないっていっているんだ——興奮すると、ぼくは、口から泡《あわ》を吹いて、ひとに噛《か》みつくかもしれないよ」

そこでブルーベルがいう。「ミス・ユーニス、どうしてあいつはモービルのごみ箱に戻らないのかね？　私はもうこいつの便所の世話なんかするのはうんざりですよ」

もちろん、石炭みたいに黒い彼女にこんなことをいわれたので、ぼくは目の前がまっくらになるくらい頭に来た。

そこでぼくは、落着きを見せて立ち上がると、帽子掛けから傘《かさ》を取って、それがまっぷたつに折れるまで彼女の頭を叩《たた》いた。

「それ、私の本物の絹のパラソルよ！」オリヴィア＝アンが叫ぶ。

マージが泣き声をあげる。「あんた、ブルーベルを殺しちゃったわ。かわいそうな、年寄りのブルーベルを殺しちゃったわ！」

ユーニスはオリヴィア＝アンの身体を押しやっていう。「あいつ、頭がどうかしちゃったのよ、さあ！　走って！　走って行って、タッバーヴィルさんを呼んで来て！」

「わたし、タッバーヴィルさんが好きじゃないのよ」オリヴィア＝アンがはっきりという。「自分で肉切り包丁を持ってくる」。そして彼女はドアに向かって走る。しかしぼくは大胆にも、タックルの要領で彼女を倒した。おかげで背中の筋を違え、ひどく痛んだ。

「あいつ、彼女を殺そうとしているよ！」ユーニスが、家が壊れそうな大声でわめく。

「あいつ、私たちをみんな殺そうとしているよ！　だから気をつけろっていったろ、マージ。さあ、お前、早くパパの剣を持ってきて！」

そこで、マージは剣を取って、ユーニスに手渡す。妻の献身なんてこんなものだ！ひどいのはこれだけではない。オリヴィア＝アンが膝《ひざ》で思い切り蹴《け》ったのでぼくは彼女を放してしまった。次に気がつくと、彼女が庭で南軍の国歌を怒鳴っているのが聞えてくる。

我が目は見たり
神の来《きた》れる栄光を

神は、怒りの葡萄《ぶどう》貯えし　収穫の園を踏みくだきつつあり

そうしているあいだにも、ユーニスは父親の剣を、あたりかまわず乱暴に振りまわしている。ぼくは、ようやくピアノの上によじのぼった。それに気づいたユーニスはピアノの椅子《いす》にのぼってくる。どうしてあんなぐらぐらの椅子がユーニスのような怪物が乗っても壊れなかったのか、ぼくにはさっぱりわからない。

「そこから降りてくるんだよ、この臆病者《おくびょうもの》、突き刺されないうちにね」と彼女はいい、一撃を加える。おかげでぼくは、彼女のいったとおりに半インチの傷を受ける。

このときまでには、ブルーベルも元気を取り戻し、走ってオリヴィア＝アンのところへ行くと、いっしょになって庭で国歌を歌いはじめる。連中は、ぼくの死体を期待していたのだと思う。もし、マージがあのとき気を失なって冷たくならなかったら、どうなっていたかわからない。

この点だけはマージに感謝したい。

そのあと何が起きたかは、オリヴィア＝アンが刃渡り十四インチの肉切り包丁を手に、近所の連中をひきつれて、ふたたび姿をあらわしたこと以外は、正確に憶えてい

ない。しかし、突然、みんなの目がマージに集まった。連中は、マージを彼女の部屋に運んだらしい。ともかく、彼らの姿が見えなくなるとすぐ、ぼくは居間のドアにバリケードを築いた。

黒とオリーブ色のビロード張りの椅子をすべてドアに押しつけた。さらに二トンはある大きなマホガニーのテーブル、帽子掛け、その他いろいろなものでバリケードを作った。窓には鍵をかけ、日よけをおろした。また、五ポンド入りのスウィート・ラブのキャンディの箱を見つけた。それでいまこうして話しているあいだも、ジューシィでクリーミィなチョコレート・チェリーを食べている。ときどき連中がドアのところにきて、ノックをしたり、叫んだり、お願いだからといったりする。それから、連中は、これまで聞いたことがないような歌を歌いはじめた。しかし、ぼくはといえば、ときどき、連中にピアノで一曲弾いてやり、こっちは大いに元気でいることを知らせてやっている。

感謝祭のお客

The Thanksgiving Visitor

いやなやつの話をしよう！　わたしの経験ではこれまでオッド・ヘンダーソンのようにいやなやつには会ったことがない。

わたしが話したいのはまだ十二歳の男の子のことで、大人のことではない。大人には、年をとるほどに生まれつきのいやな性格が強まっていく人間が何人もいるから驚かない。しかし、わたしがこれから話すオッドは、一九三二年にはまだ十二歳の子どもだった。わたしたちはアラバマ州の田舎町にある小さな小学校に通う二年生だった。

彼は、赤土色の髪に、細く黄色い目をした子どもだった。年のわりに背が高く、クラスの誰よりもぬきんでていた。誰と比べてもそうだったろう。クラスの他の子どもはまだ七歳か八歳だったのだから。オッドは一年生のときに二度も落第し、二年生の二学期にいるところだった。といってもこの哀れな結果は、彼が愚かだったためではない——オッドはむしろ頭がよかった。ずるがしこいといったほうがいいかもしれない――ただ彼は、ヘンダーソン家の他の人間たちの例に倣《なら》っていたに過ぎない。彼ら一家は（密造酒作りでいつも刑務所に入っている父親のヘンダーソンを除いて十人、黒人教会の隣りの四部屋しかない家にぎゅうぎゅうに詰めこまれて暮らしていた）、無気力、無愛想で、隙《すき》あらば他人をひどい目に合わせてやろうと考えているような連中だった。ただ、オッドは彼らのなかでは最悪とはいえなかった。まったく、他の連中ときたらお話にならないほどひどかった。

　わたしたちの学校には、ヘンダーソン一家より貧乏な家の子どもがたくさんいた。オッドは少なくとも靴《くつ》をはいていた。それに比べ、いちばん寒い季節を裸足《はだし》で過ごさなければならない男の子や女の子が何人もいた――ちょうど大恐慌《きょうこう》がアラバマ州を襲ったころだった。しかし、それでもオッドのようにひどい身なりの子どもは、誰ひとりとしていなかった――汗がしみこんだ、もう誰も着ないようなオーバーオールを着たオッドは、やせこけて、そばかすだらけのかかしのようだった。あんな服は、鎖に数珠《じゅず》つなぎになった囚人たちでも恥しいと思うだろう。彼があれほどいやなやつでなかったら、みんな彼に同情したかもしれない。子どもたちは彼を怖がっていた。わたしたちのような小さな子どもだけでなく、彼と同じ年齢の子どもや年上の子どももそうだった。

彼と喧嘩《けんか》しようと思う人間は誰もいなかった。一度だけ、アン・〝ジャンボ〟・フィンチバーグという名前の、他の町の女のがき大将が彼と喧嘩したことがある。ジャンボは、ずんぐり、がっちりとしたお転婆《てんば》娘で、乱暴なレスリングの手を使えた。あるどんよりとした朝、休み時間に、彼女はうしろからオッドに飛びかかった。そのふたりを離すには、教師が三人がかりで長い時間かかった。三人とも、いっそ喧嘩しているふたりが殺し合ってくれればいいと思ったに違いない。結果は引き分けだった。ジャンボは歯を一本と髪の毛の半分を失ない、左目が灰色の雲がかかったような状態になった（二度とはっきり見えるようにならなかった）。オッドのほうの被害は、親指を挫《くじ》いたことと、死ぬまで消えそうにない引っかき傷をつけられたことだった。その後、何カ月もオッドは、再試合をしようとあらゆる手を使ってジャンボを挑発《ちょうはつ》したが、ジャンボは充分にオッドを殴ったと満足していたので、彼を避けた。出来ることなら私も彼を避けたかった。しかし、わたしは、乱暴者の彼に目をつけられていた。

その時代と場所を考えれば、わたしはかなりいい暮らしをしていたといっていい。実際、わたしは、町はずれの、農場と森がはじまるあたりに建てられた、天井の高い古い田舎家に住んでいた。その家は、遠縁にあたる、年上のいとこたちのものだった。いとこというのは、未婚の女性が三人と独身の男性がひとりで、彼らが私の面倒を見てくれていた。もっと身近かな親類のあいだで争いがあったためだ。わたしを誰が引取るかをめぐっての争いで、何か複雑な理由のために、わたしは、このどこか変ったとこのあるアラバマ州の家に引取られることになったのだ。といって、わたしは不幸だったわけではない。それどころか、あとで考えてみるとそこで過ごした数年間は、他では苦労の多かったわたしの少年時代のなかで最高に幸福なものだった。そうなったのは、いとこのなかでもいちばん若い、といっても六十代の女性が、わたしの最初の友だちになってくれたことが大きな理由だ。彼女自身が子どものような人間だったので（多くの人はそれ以下と考えていて、彼女のことを、とろんとした目つきで町をぶらぶらしている哀れな、人のいいレスター・タッカーと双生児であるかのように噂《うわさ》していた）、彼女は子どものことをよく理解していた。とくにわたしのことを非常によく理解してくれた。

　小さな男の子が、年取った独身の女性を親友にするというのは珍しいことだったかもしれない。しかし、わたしたちはふたりともふつうの外見や育ちとは無縁の人間だったので、それぞれが孤独のうちに友情をわかちあうようになったのは、自然なことだった。わたしが学校に行っているあいだをのぞいて、わたしたち三人はほとんどいつもいっしょだった。三人というのは、わたしと、人なつこい小さなラット・テリヤ、おいぼれたクウィーニーと、そして、ミス・スックだった。わたしの親友のことをみんなはそう呼んだ。わたしたちは森でハーブを探したり、遠くの小川に釣《つ》りに出かけたり（砂糖きびの茎を乾《ほ》したものを釣竿《つりざお》に使った）、変ったシダや緑の木を集めたりした。シダや木はブリキのバケツやおまるに移しかえ、伸びるにまかせていた。しかし、わたしたちの生活の大半は台所で費やされた——田舎家によくある台所で、大きな黒い薪《まき》のストーヴが真中を占めている。そのために日があたっていても部屋のなかは暗かった。

ミス・スックは、内気なシダのように恥しがり屋で、郡境から向うに一度も旅したことがない世捨人のような人間だった。彼女の兄姉とはまったく違っている。ふたりの姉は現実的で、どこか男性的な身体《からだ》つきをしていた。彼女たちは洋服屋をはじめ、店をいくつか開いていた。兄のBおじさんは、田舎のあちこちに綿の農場を所有していた。おじさんは自動車を運転するのも、どんなものであってもモーターの付いた機械に触れるのも嫌《きら》っていたので、いつも馬に乗って、一日じゅう農場から農場へと飛び回っていた。彼は無口だったが、親切な人間だった。いつもイエスかノーかしかいわない。食事のとき以外はほとんど口を開かない。食事のときには、冬眠のあとのアラスカの大灰色熊《グリズリー》のような食欲を見せる。彼の食欲を満足させるのがミス・スックの仕事だった。

朝食がわたしたちのいちばん大事な食事だった。夕食と日曜日以外の昼食は簡単なもので、ときどきは朝の残りですませることもあった。それに比べ朝の五時半にきちんと出される朝食は、いつも腹いっぱいになる食事だった。いまでもわたしは、あの早朝の食事を思い出すと空腹を感じて懐《なつか》しくなる。ハムとフライド・チキン、ポークチョップのフライ、ナマズのフライ、リスのフライ（季節による）、目玉焼き、肉汁《グレーヴィ》をかけたひきわりトウモロコシ、黒エンドウ、野菜スープ、かゆ状にしたトウモロコシパン、ビスケット、パウンド・ケーキ、はちみつをつけたパンケーキ、みつがたっぷりついたはちの巣、自家製のハムとゼリー、搾《しぼ》りたてのミルク、バターミルク、チコリの香りをつけた舌が焼けそうに熱いコーヒー。

料理人のミス・スックは、助手のクウィーニーとわたしを従え、毎朝四時に起きると、ストーヴに火を入れ、テーブルの支度をし、そして食事の用意をする。その時間に起きるのはつらいように思われるかもしれないが、実際はそうでもない。わたしたちは、それに慣れていた。それに、わたしたちはいつも、日が沈んで鳥が木に戻ってくるころにはもうベッドに入っていた。また、わたしの親友は、見かけほど華奢《きゃしゃ》ではなかった。子どものころに病気をして背中が曲がってしまっていたが、手は力強かったし、足も丈夫だった。元気よく、てきぱきと動くことが出来た。そのたびに、いつも履《は》いているすりきれたテニス・シューズが、ワックスをかけた台所の床できゅっきゅっと鳴った。彼女は気品のある顔をしていた。造作はよくなかったが繊細な感じがしたし、美しく、若々しい目をしていた。その顔は、不屈の精神をあらわしていたが、それは単に肉体的な健康という目に見える表面的な結果ではなく、心のなかの精神的な輝きから生まれたものだった。

そんな働きものの彼女だったが、季節によって、また、Bおじさんの農場に雇われている労働者の数によって、ときには十五人もの人間がこの早朝の食卓につくので、その支度は大変だった。労働者たちは、一日に一度、温かい食事を与えられることになっていた――それは、給料の一部だった。黒人の女性がひとり、彼女の手伝いとして雇われ、皿洗い、ベッドの掃除、家の掃除、洗濯《せんたく》をすることになっていた。彼女は仕事が遅く、あてにならなかったが、ミス・スックの長年の友人だった――そのために、わたしの親友は彼女をクビにする考えはなく、自分でそうした仕事をすべてやった。薪を割り、ニワトリと七面鳥とブタの小屋を掃除し、床を洗い、掃き、わたしたちみんなの服のつくろいもした。そんな忙しい身でありながら、彼女は、わたしが学校から帰ると喜んで相手をしてくれた――ルークというトランプの遊びをしたり、キノコ狩りに出かけたり、枕《まくら》投げをしたり、また、午後の傾きかけた日がさしこんでくる台所に坐《すわ》って、宿題を手伝ってくれたりした。

彼女はわたしの教科書、とくに地図を見るのが好きだった（「まあ、バディ」彼女はよくそういった。わたしのことをバディと呼んでいた。「考えてみて――チチカカなんていう名前の湖のこと。そんな名前の湖が世界のどこかにあるのねえ」）。わたしの勉強は、彼女の勉強にもなった。彼女は子どものころ病気をしたので、ほとんど学校に行っていなかった。字は、金釘《かなくぎ》流で、スペルは発音に合わせた自己流のものだった。わたしのほうがずっと正確に読み書きが出来た（それでも彼女はなんとか毎朝「聖書」の一章を〝勉強〟したし、モービルの町の新聞に載っている漫画「みなし子アニー」や「カッツェンジャマー・キッズ」は欠かさずに読んだ）。彼女は、〝わたしたち〟の通信簿に非常に誇りを持っていた（「まあ、バディ！　Aが五つもよ。算数も。算数でAがもらえるなんて考えてもみなかったわ」）。彼女は、わたしがなぜ学校が嫌いなのか、なぜときどき朝、この家のものごとをすべて決めるBおじさんに、泣いて学校を休みたいと頼んだりするのか、不思議でならなかった。

もちろん学校が嫌いだからではなかった。わたしが嫌ったのはオッド・ヘンダーソンだ。彼が考えつくいたずらだ！　たとえば、彼はよく、学校のグラウンドの端に生い繁《しげ》っているカシの木の下でわたしを待ち伏せした。手には、登校の途中で集めた、とげだらけのオナモミをいっぱい詰めこんだ紙袋を持っている。走って逃げようとしても無駄《むだ》だった。とぐろを巻いた蛇《へび》のようにすばしこかったからだ。彼はガラガラ蛇のように私にとびかかると、地面にたたきつけた。そして細い目を喜びに輝かせながら、オナモミをわたしの頭にこすりつけた。たいていいつも他の子どもたちは輪になってわたしを取り囲み、くすくす笑うか、笑うふりをした。本当に面白いと思っていたわけではない。しかし、オッドがこわかったので、彼らはすすんで彼のご機嫌《きげん》をとろうとした。そのあと、わたしは男子トイレに隠れて、髪の毛にこびりついたオナモミをはがしとった。これには時間がかかって、わたしはいつも始業のベルに間に合わなかった。

二年生の担任のミス・アームストロングはわたしに同情してくれていた。何が起きているか感づいていたからだ。しかし、遅刻が度重なるので、とうとう彼女は腹を立て、クラスのみんなの前でわたしを怒った。「このおちびさん。ずいぶん図々しいわね！　ベルが鳴って二十分もたってからワルツを踊りながら入ってくるなんて。あらもう三十分もたっているわ」。わたしは気が動転してしまい、オッド・ヘンダーソンを指さすと大声でいった。「あいつをどなって。あいつのせいです。あの野郎《サナババビッチ》の」

わたしは悪態の言葉をたくさん知っていたが、自分のいった言葉がおそろしく静まりかえった教室に響きわたるのを聞くと、自分でもショックを受けた。ミス・アームストロングは重い定規をつかむと近づいてきて、いった。「手を出して。手のひらを上にして」。それから、オッド・ヘンダーソンが黄色の目で笑いながら見つめるなか、彼女は縁が真鍮《しんちゅう》の定規で、わたしの手のひらをふくれあがるほど叩《たた》いた。とうとうわたしの目には教室がかすんで見えてきた。

オッドがやった想像力あふれるいたずらを挙げていったら、小さな文字で一ページは必要だろう。しかし、わたしがもっとも腹を立て、苦しんだのは、彼がこんどはどんなことをやってくるかと考えて暗い気持になってしまうことだった。一度、彼に壁に押しつけられたとき、なぜこんなに憎むんだと卒直に聞いてみたことがある。すると彼は急に手をゆるめ、わたしを放してからいった。「お前が女々しいやつだからさ。お前をたたき直してやっているだけなんだ」。彼のいうとおりだった。たしかにわたしには女々しいところがあった。だからそういわれた瞬間、わたしは、その事実を受け入れ、そういう自分を守れるくらい強くなる以外に、彼の考えを変える方法はないと思った。

台所はいつも暖かで、そこでは、クウィーニーが隠し場所から掘り出してきた骨をしゃぶり、わたしの親友がゆっくりとパイ生地《きじ》を作っている。その暖かい台所で平和な気持になるとすぐ、ありがたいことにオッド・ヘンダーソンの重圧はわたしの肩から消えていってしまう。しかし夜になると、彼の細いライオンのような目が夢のなかに現れ、いつかお前をいじめてやるという、かん高く耳ざわりな声が、はっきりと耳に聞えてくる。

わたしの親友の寝室は、わたしの寝室の隣りにあった。そのためにときどき、悪夢にうなされて叫び声をあげると、彼女を起してしまった。そんなとき彼女はわたしの寝室にやって来て、身体を揺すり、オッド・ヘンダーソンの悪夢を追い出してくれた。「ほら」彼女は、ランプに火をつけながらいった。「あなた、クウィーニーもこわがらせたわ。あの子、震えているじゃない」。そして、「熱があるの？　汗びっしょりだわ。ストーン先生をお呼びしなくてはね」。しかし、彼女にはそれが熱のせいではないことがわかっていた。学校でのトラブルが原因になっていることがわかっていた。というのは、わたしはこれまで何度も彼女に、学校でオッド・ヘンダーソンにいじめられていると話していたからだ。

しかし、そのあとわたしは、それについて話すのをやめてしまった。二度と、話しはしなかった。彼女には、オッドのような悪い人間がこの世のなかにいると信じてもらえなかったからだ。彼女は、他の大人とは違って実人生の経験が乏しかった。そのためにいまだに子どものような無垢《むく》な心を保っていた。そんな彼女には、わたしが話したような悪い人間のことをついに理解出来なかったのだ。

「そうね」彼女は、わたしの冷たくなった両手をこすって暖めてくれながらいうのだった。「その子は嫉妬《しっと》からあなたをいじめているだけなのよ。だって、その子はあなたのように賢くもないし、きれいでもないんでしょう」。あるいは、もう少し真面目《まじめ》にこうもいった。「バディ、忘れてはいけないのは、その子はひどいことをせずにはいられないということよ。その子には、いいことと悪いことの区別がつかないのね。ヘンダーソンの家の子どもはみんなそれで苦労してきている。みんな父親が悪いのよ。いいたくはないけれど、あの父親くらい悪党で馬鹿《ばか》はいないわ。Bおじさんが以前、彼のことを馬の鞭《むち》で打ったの知ってるでしょ？　犬をぶっているところを捕まえて、その場で鞭で打ったの。あの男が州の施設に入れられたときは、ほんとによかったと思ったわ。でも、私は、モリー・ヘンダーソンがあの人と結婚する前のことを覚えているの。まだ彼女、十五、六歳で、河の向うの町から来たばかりだった。通りを下ったセード・ダンヴァースさんのところで働いていて、洋服の仕立てを習っていたの。そのころは、よく家の前を通りかかって、私が庭仕事をしているのを見たりしていたわ。可愛《かわい》らしい赤毛の、とても礼儀正しい女の子で、なにをあげてもきちんとお礼をいうの。ときどきスイートピーやツバキをあげたりしたけれど、そのときも、ていねいにお礼をいったわ。それから、彼女、あのヘンダーソンと腕を組んでそこらを歩くようになった——あの男は、彼女よりずっと年上だし、酔払っているときもしらふのときも、ひどい悪党よ。神様にはちゃんとしたお考えがあるには違いないけれど、でも、あの男は恥さらしよ。モリーはまだ三十五にもなっていないのに、歯がもう一本もないし、自分のお金だって十セントだってないわ。食べさせなければならない子どもたちがたくさんいるだけ。バディ、あなたはこのことを考えに入れて、我慢しなくては」

我慢だって！　こんな会話をしてなんの意味があっただろう？　しかし、わたしの親友も、最後には、わたしの絶望の重大さを理解してくれた。その理解は静かにやって来た。真夜中のあの不幸な目ざめのためでもなかったし、わたしがBおじさんに学校を休ませてくれと頼んでいるのを見たためでもなかった。それは、ある雨の十一月のたそがれどきに起った。わたしたちはふたりだけで台所の、火の消えかかったストーヴのそばに坐っていた。夕食はもう終っている。皿は積み重ねられている。クウィーニーは揺り椅子《いす》に丸くなって、いびきをかいている。わたしの親友のささやくような声が、屋根の上をはねる雨音の下を縫うようにして聞えてきた。しかし、わたしは自分の心配ごとで頭がいっぱいで、彼女のいうことを聞いていなかった。ただ彼女が、一週間先に迫った感謝祭のことを話しているのだとはわかった。

わたしの四人のいとこたちは誰も結婚したことがない（Bおじさんは一度結婚直前まで行ったが、婚約者は、三人の、非常に個性的な独身女性と同じ家に住むことが結婚の条件だとわかると、婚約指輪を返してきた）。しかし、四人とも、近在に親類が多いことを自慢にしていた。いとこはたくさんいたし、百三歳になるミセス・メリー・テイラー・ホイールライトというおばさんもいた。わたしたちの家はいちばん大きかったし、便利なところにあったので、毎年こうした親類の者たちが、感謝祭に集まってくるのがならわしになっていた。出席者が三十人以下になることがない大きな集まりだったが、わたしたちには負担にならなかった。テーブルの準備と、詰物をした七面鳥をたくさん用意しておけばよかったからだ。

客のほうが料理を運んできてくれた。みんな特製の得意料理を持ってきた。いとこの子のまた子どもにあたるフロマトンから来るハリエット・パーカーは、素晴しいフルーツのデザートを作ってくる。透きとおるようなオレンジのスライスに、すりつぶしたばかりの新鮮なココナツがかかっている。ハリエットの姉妹のアリスは、いつもスイートポテトとレーズンのホイップを一皿持ってくる。コンクリン一家、ビル・コンクリン夫妻と美しい四人の娘たちは、いつも夏のあいだに缶詰《かんづめ》にしておいた素晴しい野菜をたくさん持ってくる。わたしの好物は、冷たいバナナ・プディングだった——そのレシピは、ある長生きのおばさん秘伝のものだった。そのおばさんは、ずいぶん年をとっていたが、まだ元気に家事をしていた。彼女は一九三四年に百五歳で亡《な》くなったが、残念ながらそのレシピの秘密もいっしょに持っていってしまった（彼女が亡くなったのは、年のためではない。牧場にいた牛に襲われて、踏み殺されてしまった）。

ミス・スックはいま、そうしたあれやこれやに思いをめぐらしていた。わたしのほうは、雨に濡《ぬ》れたたそがれどきのようにメランコリックに、考えごとの迷路に入りこんでしまっていた。突然、彼女がこぶしで台所のテーブルを叩く音が聞えた。「バディ！」

「なに？」

「私のいうこと聞いていなかったのね」

「ごめん」

「今年は七面鳥が五羽はいると思うわ。そのことをBおじさんにいったら、おじさんはあなたに鳥を殺してほしいって。羽根をとったり、内臓を取り出したりする仕事も」

「でも、どうして？」

「男の子は、そうした仕事を覚えなくちゃいけないっていうの」

家畜や鳥を殺すのは、Bおじさんの仕事だった。おじさんが豚を殺したり、ニワトリの首を締めたりするのを見るのは苦痛だった。わたしの親友も同じだった。ふたりとも、ハエを叩くのはともかく、それ以上の血が流れる暴力には耐えられなかった。だから彼女がおじさんの命令をごく当り前のことのようにわたしに伝えたのには、驚いてしまった。

「そんなこといやだよ」

そこで彼女は微笑《ほほえ》んだ。「もちろんそうでしょうね。バブラーか誰か黒人の男の子に来てもらいましょう。五セントあげればいいわ。でも」彼女はいった。それからふたりだけの秘密を話すように声を落とした。「Bおじさんにはあなたがしたっていいましょうね。そうすればおじさんは喜ぶし、わたしたちのことよくないことだっていわなくなるわ」

「よくないことって、なにが？」

「わたしたちがいつもいっしょにいること。おじさんは、あなたは他に友だちを作るべきだっていうの。あなたと同じ年の男の子をね。そう、おじさんのいうとおりだわ」

「他に友だちなんていらないよ」

「シーッ、バディ。黙って聞いて。あなたはほんとうに私によくしてくれたわ。あなたがいなかったら私はどうしたらいいかわからない。意地悪な年寄りになるだけね。でも、私はあなたに幸福になってもらいたいのよ、バディ。外の世界に出ていくくらいに強く。それにはね、オッド・ヘンダーソンのような人間と付き合って、その人たちを友だちにしていかないといけないのよ」

「あいつなんか！　あんなやつとは絶対に友だちにならないからね」

「お願い、バディ——感謝祭のディナーにあの子を招《よ》んであげて」

わたしたちふたりはときどきつまらないことで言い合ったりはしたが、喧嘩をしたことは一度もなかった。はじめ、わたしには彼女の要求は単なる出来の悪いユーモアくらいにしか思えなかった。しかし彼女が本気だとわかると、これは喧嘩になるなと、当惑しながらもそう思わざるを得なかった。

「ぼくの友だちだと思っていたのに」

「私はあなたの友だちよ、バディ。ほんとうよ」

「友だちなら、そんなこと考えたりしないよ。オッド・ヘンダーソンはぼくを憎んでいる。ぼくの敵なんだ」

「憎んでなんかいないわ。あなたのことを知らないだけよ」

「でも、ぼくはあいつを憎んでいる」

「それはあなたがあの子のことを知らないからよ。だから頼んでいるんじゃない。これは、あなたたちが少しでも知り合ういい機会だわ。そうしたらもうごたごたはなくなるわ。たしかに、あなたのいうとおりかもしれない、バディ、あなたたちは友だちになれないかもしれない。でもね、少なくとも、あの子はあなたのことをいじめなくなると思うわ」

「わからずや。人を憎んだことがないからわからないんだ」

「そうね、私は、人を憎んだことはないわ。私たちがこの地上で割り当てられている時間は決まっているのよ、憎んだりすることで時間を無駄にしているところを神様に見られたくないの」

「ぼくは絶対いやだからね。そんなことしたら、あいつだってぼくの頭がおかしくなったって思うよ。ほんとにおかしくなりそうだ」

雨はすでにあがっていて、あとには静けさが残った。それが長く続いてみじめな気持になってきた。わたしの親友は澄んだ目でわたしを見ている。まるでわたしが、これからしようと心に決めたトランプ遊びの〝ルーク〟のカードだと思っているようだ。彼女は、白髪《しらが》を額から払いのけるとためいきをついていった。「それじゃ、私がするわ。明日」彼女はいった。「帽子をかぶって、モリー・ヘンダーソンを訪ねます」。彼女の決意を示す言葉だった。というのも、ミス・スックが誰かの家に行くなどという話はこれまで聞いたことがなかったからだ。彼女は、社交的な才能をまったく欠いていたばかりでなく、内気すぎて人に歓迎してもらえると考えたこともなかったから、これまで人の家を訪ねたことなど一度もなかったのだ。「あの家ではきっとたいした感謝祭のお祝いをしていないわ。だからモリーはオッドが招待されたらきっと喜ぶでしょうね。そうだわ、Bおじさんは許してくれないかもしれないけれど、いちばんいいことは、あの人たちみんなを招待することよ」

わたしが大きな声で笑ったのでクウィーニーが目をさました。しばらくあっけにとられていたわたしの親友も笑い出した。頰《ほお》が赤く染まり、目がきらきら光っている。立ち上がると彼女はわたしを抱きしめていった。「バディ、やっぱりそうね。あなたは私を許してくれるし、私の考えには意味があるってわかってくれるのね」

そうじゃない。わたしが笑ったのは他のことが原因だった。原因はふたつあった。ひとつは、Bおじさんがあの意地悪なヘンダーソン一家の人間に七面鳥を切り分けてやっている光景。もうひとつは、心配する必要などないと思い当ったからだ。ミス・スックはたしかに出かけて行ってオッドを招待し、オッドの母親が彼にかわって招待を受けるかもしれない。しかし、オッドは絶対に来ないだろう。

彼は非常に誇り高い子どもだった。たとえば、大恐慌のあいだ、わたしたちの学校では、家が貧しくて弁当を持ってこられない子どもたちに、無料でミルクとサンドイッチを配っていた。しかし、オッドはやせ衰えていたにもかかわらず、そうした施し物を決して受取ろうとしなかった。彼は昼食の時間になると、ひとりで外に出て行ってポケットいっぱいのピーナツをむさぼり食べたり、大きな生のカブをかじったりした。そうした誇りは、ヘンダーソン一家に特有のものだった。彼らはたとえ盗みをしたり、死人の歯から金歯をえぐりだしたりしたとしても、公《おおやけ》に差し出される贈り物は決して受けとろうとはしない。どんなものであっても、慈善の匂《にお》いのするものには屈辱を感じたからだ。オッドが、ミス・スックの招きを慈善的行為だと感じるのは間違いない。あるいはわたしに対する態度を柔らげさせようとする買収行為のようなもの

——これはそのとおりでもあるのだが——だと考えるだろう。

その晩、わたしはすっかり気持が軽くなってベッドに入った。場違いな客が来て感謝祭が台無しになることはまずないだろうと確信できたからだ。

翌朝、わたしはひどい風邪をひいた。しかし、それは楽しいことだった。学校に行かなくてすむからだ。また風邪のおかげで、部屋に火を入れてもらい、クリーム入りのトマトスープを食べさせてもらった。さらにミコーバー氏*とデイヴィッド・コパフィールドに何時間もひとりで熱中することが出来た。もっとも幸福なベッドでの時間の過ごし方だった。その日もまた小雨が降っていた。しかし、わたしの親友は約束どおり、帽子——色あせたビロードの造花のバラがついた麦わらの婦人帽をつかむと、ヘンダーソン家に出かけて行った。「すぐに帰ります」と彼女はいったが、実際は、二時間近く戻ってこなかった。ミス・スックが、わたしと話したりひとりごとをいったりするとき以外に（彼女はよくひとりごとをいった。正気であっても孤独好きの人間にはよくある癖だ）、そんなに長い会話を続けられるとは想像も出来なかった。家に戻ってきた彼女は疲れ切って見えた。

まだ帽子をかぶり、古ぼけたよれよれのレインコートを着たままで、彼女は私の口に体温計を突込み、それからベッドの足もとに坐《すわ》った。「あの人が好きよ」彼女は、きっぱりといった。「むかしからモリー・ヘンダーソンのことは好きだった。あの人は出来る限りのことをしているわ。家のなかは、ボブ・スペンサーの指の爪《つめ》みたいに清潔だった」。ボブ・スペンサーというのは、バプティスト派の牧師で、衛生上の配慮から爪をきれいにしているので有名だった。「でも家のなかは、とても寒いの。トタン屋根だし、風が部屋に吹き込んでくるし。それに暖炉にはまったく火の気がないの。彼女は私に飲みものをすすめてくれたわ。私はコーヒーが飲みたかったけれど、いらないといったの。だってあの家にコーヒーがあるとは思えなかったもの。砂糖も」

「私、自分がとても恥しくなったの、バディ。モリーのような人が苦しんでいるのを見ると身体《からだ》じゅうが痛むの。あの人には、晴れた日なんて一日もないわ。私はなにも、人間は誰でも欲しいものをすべて得られるべきだっていっているんじゃないのよ。でも、よく考えると、それがどうして悪いことなのかわからなくなるのも事実よ。あなたが自転車をもらうのは当然だと思うし、クウィーニーだって、毎日、牛の骨をもらってもいいでしょう？　そう、わかってきたわ、わかったわ。私たちはみんな欲しいものはなんでも得られて当然なのよ。それが神の御意志だって、賭《か》けてもいいわ。だから私たちのまわりには、とても質素な必要品でさえ満足に得られない人がいるってわかると、私は自分が恥しくなるんだわ。いえ、私のことなんかどうでもいいの。だって私なんかどうせ、貧乏な年寄りでしかないでしょ。私のためにお金を払ってくれる家族がいなかったら、いまごろ飢え死にしているか、郡の施設に送られているかね。私が恥しいと思うのは、何も持っていない人が他にたくさんいるのに、私たちは余分なものを持っている、そのことなの」

「私、モリーに、家には使い切れない余分なキルトの布団《ふとん》があるっていったの——屋根裏のトランクにキルトの端切《はぎ》れがたくさんあるって。私が、子どものころ、あまり外に出られなかったので作ったものよ。でも彼女、私に最後まで話させずにいったわ。ヘンダーソン家の人間はきちんとやっています、お気持は感謝します、ただ私たちが願っているのは、あの人が自由になって、家族のところに戻ってきてくれることだけです、って。『ミス・スック』って彼女はいったわ。『ダッドは、他のことはどうあれ、いい夫です』。彼女ひとりで子どもたちの面倒を見なければならないというのに」

「それにね、バディ、あなた、あのオッドという子どものことでは間違っているわ。少なくともある点ではね。モリーによると、あの子はよく彼女の手伝いをするし、慰めにもなっているそうよ。用事をたくさんいいつけても決して文句はいわないし、歌もうまくて、ラジオに出ているみたいだって。それに弟たちが喧嘩《けんか》をはじめると、あの子が歌を歌って静かにさせるのよ。だからね」、体温計を取り出しながら彼女は困ったような声でいった。「モリーのような人たちに私たちが出来ることは、敬意を払って、お祈りのなかにあの人たちのことを忘れないことよ」

体温計をくわえていたので、それまでわたしは話すことが出来なかった。ようやくわたしは口を開いた。「それで招待はどうなったの？」

「ときどき」彼女は、ガラスの体温計の赤い目盛りに目をこらしながらいった。「目が悪くなっていると思うのよ。私の年齢になると、目をものに近づけて見るようになるの。それでようやくクモの巣がどんな形をしていたか思い出せるというわけ。そんなことより、あなたの質問に答えるわね。モリーは、あなたがオッドのことを考えていて感謝祭に招待しようとしていると聞いて、とても喜んだわ。そして」と彼女は、わたしが不満の声を出したのを無視して続けた。「あの子はきっと喜んでうかがいますっていったわ。さて、熱は三七度七分。明日も家にいられるわね。ほら、そう聞いたら笑顔になれるでしょ！　さあ、笑顔を見せて、バディ」

実際、感謝祭前の数日間、わたしはずっと笑顔でいられた。風邪をこじらせて喉頭《こうとう》炎《えん》になり、そのあいだずっと学校を休めたからだ。オッド・ヘンダーソンに会うこともなかったので、彼が招待にどう応じたのか個人的に確かめることは出来なかったが、わたしの想像では、彼は招待の話を聞いたらまず大声で笑い、次にツバを吐いたと思う。彼が感謝祭に来るかもしれないと考えて取り越し苦労する必要はなかった。彼がやってくるなんて、クウィーニーがわたしを見てうなったり、ミス・スックが信頼を裏切ったりするのと同じように、ほとんどありえないことだった。

にもかかわらずわたしはオッドのことを忘れることが出来なかった。赤い頭の影が、楽しい気分の入口のところに落ちていた。それに、母親が彼についていったという言葉が気になって仕方がなかった。彼に別な面があるというのは本当だろうか。あの悪人の顔の下に、人間らしい面があるのだろうか。そんなことはありえない！　そんなことを信じる人間は、ジプシーが町にやってきているときに家に鍵《かぎ》をかけないでいるような人間だ。大事なのは、あいつがどんな人間かよく見ることだ。

ミス・スックは、わたしの喉頭炎は、見かけほどひどくないと気づいていた。それである朝、他の人間がみんな出かけてしまうと――Bおじさんは農場に、姉妹は洋服屋へ――彼女はわたしがベッドから出るのを許してくれたばかりか、感謝祭の集まりに先立っていつも行なわれる春の大掃除のような家のなかの掃除も手伝わせてくれた。するこことはたくさんあった。一ダースの人手が必要なほどだった。わたしたちは客間の家具、ピアノ、黒い骨董品用の飾り棚《キュリオ・キャビネット》（そこには姉妹がアトランタへ仕事で出かけたときにストーン・マウンテンで拾ってきた石のかけらしか入っていない)、客用のクルミ材の揺り椅子《いす》、華やかなビーダーマイヤー様式の家具を次々に磨《みが》きあげ、さらにそれをレモンの匂いのするワックスで、最後には家じゅうがレモンの皮のように光り輝き、レモンの林のような香りを放つまで、ていねいにこすった。カーテンは洗濯《せんたく》して掛けなおし、枕《まくら》はふかふかにし、敷物にははたきをかけた。どこを見まわしてもいたるところで、埃《ほこり》と小さな羽毛が、天井の高い部屋にさしこんでくるきらきらと輝く十一月の日の光のなかを舞うように漂っている。クウィーニーは、かわいそうに台所に追いやられている。台所以外のきれいな部屋に、脱け毛や、ノミなどを落とされると困るからだ。

もっとも慎重にしなければならない仕事は、食堂を飾るナプキンとテーブルクロスを準備することだった。その麻は、わたしの親友の母親が、結婚の贈り物としてもらったものだった。一年に一度か二度、過去八十年間に二百回ほどしか使われていないが、それでも八十年も前のものだ。つくろったあとや変色したしみのあとがはっきり目についた。おそらくはじめから高価なものではなかったろうが、ミス・スックは、まるでそれが天国の織機《はた》で、黄金の手によって織られたものであるかのように扱っていた。「母はいったものよ。『いつか、井戸水と冷たいトウモロコシパンしか食卓に出せない時が来るかもしれない。そんなときでも私たちにはちゃんとした麻の食卓があるのよ』」

夜、昼間の騒ぎが終り、家じゅうが暗くなった。かすかなランプの光がひとつだけともっている。その光のそばで、わたしの親友は、ベッドの上で枕によりかかりながら、膝《ひざ》の上にナプキンを積みあげ、糸と針で破れたところをつくろう。額にしわを寄せ、目を痛々しいほど細めているが、彼女は、旅路の終りに聖壇に近づこうとする疲れた巡礼のように恍惚《こうこつ》感で顔を輝かせている。

遠くの郡庁舎の時計が十時、十一時、十二時と時を刻む。その震えるような鐘の音が聞えるたびにわたしは目を覚まし、彼女の部屋のランプが、まだともっているのに気づく。そしてわたしは寝ぼけまなこで、よろめくように彼女の部屋に入ると彼女を叱りつける。「寝なきゃだめじゃない！」

「もうすぐよ、バディ。いまは、まだだめ。あれだけのお客様が来るなんて、怖くなるわ。頭のなかがぐるぐるまわりはじめているの」そういって彼女は縫うのをやめて、目をこする。「星といっしょにぐるぐるまわるの」

菊の花。赤ん坊の頭くらい大きいのもある。菊の花束を作る。葉は銅貨のような色をして、ラヴェンダー色の裏側が風に揺れて見え隠れしている。「菊はね」と、庭を歩きながらわたしの親友がいう。わたしたちは大きな植木ばさみを持って、フラワー・ショウに出せるくらいのみごとな花のほうに近寄っていく。「菊はライオンに似ているわ。王様のよう。私はいつもあの花がいまにも飛びかかってくるんじゃないかと待っているの。うなったり吼《ほ》えたりしながら私を襲ってくるの」

こんなことをいうからミス・スックは、頭がおかしいのではと疑われたりしたのだ。もっともそれはいま当時のことを思い出してそう思うだけのことで、わたし自身は彼女がいおうとしていることはいつも理解できた。そして、あのときも、菊を切っているのではなく、うなったり吼えたりしている堂々たるライオンを家のなかに引き入れ、そして彼らを粗末な花瓶《かびん》という檻《おり》にとじこめようとしているのだと考えた。そう考えると面白くて、目まいがするほど興奮し、馬鹿《ばか》みたいな気分になって、笑いすぎてついには呼吸が出来なくなるほどだった。

「クウィーニーを見て」わたしの親友が、笑いをこらえながらいった。「バディ、あの子の耳を見て。耳がまっすぐ立っているでしょ。あの子、私たちがあんまり笑うんで頭がおかしくなったんじゃないかと思っているのよ。さあ、クウィーニー、こちらにいらっしゃい、いい子だから。ホット・コーヒーにひたしたビスケットをあげるわ」

感謝祭の日は、天気はめまぐるしく変った。ときどきにわか雨が降ったかと思うと、突然空がきれいに晴れあがり、雲ひとつなく太陽の光がさしこんでくる。そしてまた突然、風が盗賊のように襲ってきて梢《こずえ》に残った秋の木の葉を吹き落としていく。

家のなかの物音も素敵だった。ポットやフライパンの音。窮屈な晴着を着て、玄関ホールに立ち、客がやってくるのを迎えるBおじさんの、めったに使われない、さびついたような声。馬で来た人や、ラバの引く荷馬車で来た人もいたが、たいていの客は、きれいに磨きあげた農場のトラックや、がたがたとやかましい音をたてる安物の小型自動車でやってきた。コンクリン夫妻と四人の美しい娘は、ミント・グリーンの三二年型シヴォレーに乗ってやって来た（コンクリン氏は金持で、モービル港を基地とする漁船を数隻《せき》所有している）。その車は、たちまち出席者の好奇心を惹《ひ》きつけた。みんなで車を調べたり、突ついたりして、いまにも分解してしまいそうだった。

最初に到着した客は、ミセス・メリー・テイラー・ホイールライトで、孫とその妻に付き添われていた。彼女は、小柄《こがら》で可愛《かわい》かった。その年齢の女性にふさわしく、小さな赤いボネットを軽やかにかぶっている。その帽子はヴァニラ・サンデーの上に乗ったチェリーのように、ミルク色の髪の上にちょこんと乗っている。「まあ、可愛いボビー」彼女は、Bおじさんを抱きしめながらいう。「私たち、ちょっと早く来すぎたみたいね。知ってるでしょ、私たちいつも時間を守りすぎる悪い癖があるの」。彼女がそういってあやまるのも当然だった。まだ九時にもなっていなかったし、お昼前に客が来るとは誰も思っていなかったから。

しかし、みんながわたしたちの予想よりも早くやって来た――例外はパーク・マクラウドの一家だけで、彼らの車は三十マイル走るうちに二度もパンクした。だから家に到着したときは、みんないらいらしていた――とくに、マクラウド氏が――。わたしたちは食器が壊されるのではと心配したほどだった。客の大半は、一年じゅう、外に出るのが難しいような辺鄙《へんぴ》なところで暮らしている。人里離れた農場、急行列車のとまらない駅、田舎の四つ辻《つじ》、水の涸《か》れた川沿いの村、松林の奥にある材木伐《き》り出しのコミュニティー。そうしたところからやってくるので、一年に一度の愛情あふれる、記念すべき一族の集まりには、興奮して早く出かけてしまうのだった。

実際、楽しい集まりだった。何年か前、わたしは、コンクリン姉妹のひとりで、現在は海軍大佐の妻となりサンディエゴに住んでいる女性から手紙をもらった。それにはこう書いてあった。「この時期になるとよくあなたのことを思い出します。それはたぶん、私たちのあのアラバマ州での感謝祭の日に起きた出来事のためだと思います。

たしかミス・スックが亡《な》くなる数年前――一九三三年だったかしら？　ほんとうに、私はあの日のことは決して忘れないでしょう」

昼ごろには、客間にはもう一人も入れる余地はなくなった。客間は、女の人のお喋《しゃべ》りと、彼女たちの香水の香りでハチの巣をつついたみたいになっている。ミセス・ホイールライトはライラックの香水の香り、アナベル・コンクリンは雨のあとのゼラニウムの香りをさせている。煙草《たばこ》の匂いがポーチに広がっている。その日は、にわか雨が降ったかと思うと、日が照って突風が吹くという変りやすい天気だったが、それでもポーチには男たちが集まっていた。煙草はこの家では、縁のないしろものだった。もっとも、ミス・スックはときどきひそかに嗅《か》ぎ煙草を吸っていた。名前のわからない大人から教わったらしく、彼女はその人間については決して話そうとはしなかった。彼女が煙草を吸っていると知ったら、彼女の姉たちはさぞ心を痛めたことだろう。Bおじさんもそうだったろう。彼は、刺激物には厳格な態度をとっていて、酒や煙草を、道徳的にも医学的にも非難していた。

葉巻の男らしい匂い、パイプの煙のぴりっとした匂い、それらがかもしだす鼈甲《べっこう》のような豪華な雰囲気にひきつけられて、わたしは何度もポーチに行った。ただ好きなのは客間のほうだった。そこにはなんといってもコンクリン姉妹がいて、彼女たちは順番に、調律されていないわが家のピアノを弾いてくれた。天才的で、陽気で、気取ったところはひとつもない。彼女たちのレパートリーには「インディアン・ラヴ・コール」があった。それに一九一八年に作られた戦争のバラードもあった。子どもが泥《どろ》棒《ぼう》に訴える悲しみの歌で、「パパの勲章を盗まないで、勇敢だったごほうびにもらったものだから」という題がついている。アナベルはその曲を弾きながら歌った。彼女は四人のなかでいちばん年上でいちばん美しい。もっとも誰がいちばんかを決めるのは難しかった。四人とも背の高さが違うだけで同じように美しかったからだ。彼女たちは、リンゴのようだった。身がしまっていてかぐわしい香りがする。甘いけれどリンゴ酒のようなぴりっとした味もある。髪はふんわりとたばねてあり、よく手入れされた真黒な競走馬のような青みがかった光沢がある。笑うと、眉《まゆ》、鼻、唇《くちびる》といった顔の造作のひとつひとつが独特の形を見せ、彼女たちの魅力にユーモアを加える。いちばんの魅力は、彼女たちがふっくらとしていることだ。〝気持いいくらいふっくらとしている〟という形容がぴったりだった。

アナベルのピアノに聞き惚《ほ》れ、彼女にうっとりとしていたそのとき、わたしはオッド・ヘンダーソンの気配を感じた。感じたといったのは、彼の姿を見る前に、彼がそこにいると気づいたからだ。ちょうど、経験豊かなきこりに、ガラガラ蛇《へび》や山猫《やまねこ》が近づいていると急いで知らせるような本能的な危機感が、わたしをとらえたのだ。振り向くと、あいつが客間の入口のところに立っていた。半分なかに入りかけている。他の人間が見たら、彼は、ただのうす汚ない十二歳のやせた子どもにしか見えないだろう。ディナーの席にふさわしいようにと、がんこな髪の毛を分けてなでつけている。くしのあとがまだしっとりとついている。しかしわたしには、壜《びん》から抜け出してきた魔物のような、予想もしていなかった邪悪な存在だった。あいつは来ないに決まっていると考えていたとはなんて馬鹿だったんだろう！　あいつは意地悪をしにやってくる、このみんなが楽しみにしていた日を台無しにしてやろうと喜んでやってくる。そう考えて当然だったんだ。

しかし、オッドはまだわたしに気づいていなかった。しっかりした、アクロバットのような指づかいで、そり返った鍵盤《けんばん》を鮮やかに弾いているアナベルの様子に、彼はすっかり心を奪われていた。唇を開き、目を細めて、じっと彼女を見つめている。まるで、どこかそのへんの河で、彼女が裸になって水浴びしているところに出会ったみたいだ。夢に描いた姿を見ているかのように見える。ふだんでも赤い耳がさらにトウガラシのように赤くなっている。うっとりする場面に彼が心を奪われていたので、わたしは彼に気づかれずにすぐ横を通って、廊下から台所にかけこむことが出来た。

「あいつが来たよ！」

　わたしの親友はだいぶ前に仕事を終えていた。そのうえ、黒人の女がふたり手伝いに来ている。にもかかわらず、彼女は客間から追い出されたクウィーニーといっしょにいるという口実を作って、パーティがはじまってからずっと台所に隠れていた。実際、彼女はどんな種類の人間とも、たとえ親類であっても、付き合うのを怖がっていた。そういう性格だから、彼女は聖書とその主人公に信頼を捧《ささ》げていたにもかかわらず、めったに教会にも行かなかった。彼女は子どもを愛していたし、子どもといると安心するのだが、彼女自身は子どもとして受け入れられなかった。といって、彼女は自分を大人と考えているわけでもなく、大人の集まりのなかにいると、ひとことも喋らず、まわりの雰囲気《ふんいき》に驚いている、ぎこちない若い女性のように振舞った。しかし、今日はパーティだと考えると、彼女も心が躍った。透明人間のように誰にも見られずにパーティに出席出来たらどんなによかっただろう。そうできたら、彼女はどんなにうれしかっただろう。

　わたしは、親友の手が震えているのに気づいた。わたしの手もそうだった。彼女はふだん、キャラコのドレスとテニスシューズとBおじさんのお古のセーターを着ている。よそいきは、一枚も持っていない。その日は、男っぽい身体《からだ》つきの姉たちのひとりから借りた服で身体を包んでいた。見るからに気味の悪いネイビーブルーのドレスで、姉たちのひとりがずうっと昔から葬式というと着ていたものだ。

「あいつが来たよ」わたしは彼女にいった。三度目だった。「オッド・ヘンダーソンが」

「それなら、どうしてあの子といっしょにいないの?」彼女はさとすようにいった。「失礼じゃない、バディ。あの子はあなたの特別のお客様なのよ。あっちに行って、あの子をみんなに紹介して楽しんでもらえるようにしなくちゃ」

「そんなこと出来ない。あいつに話しかけるなんて出来ないよ」

クウィーニーは彼女の膝の上に丸くなり、頭をなでてもらっている。わたしの親友は、立ち上がってクウィーニーをおろした。ネイビーブルーのドレスのあちこちに犬の毛がくっついてしまっている。彼女はいった。「バディ、あなたはこれまであの子と話したことがないというの!」。わたしが乱暴な口をきいたので、彼女も大人しくしていられなくなった。そしてわたしの手を取ると、客間のほうに引っぱっていった。

しかし、オッドがパーティを楽しめるように気をつかう必要はなかった。アナベル・コンクリンの魅力に参って、彼はピアノのところに引き寄せられていた。ピアノの椅子にすわっている彼女のそばにうずくまり、喜びにあふれた彼女の顔をじっと見つめている。目は、その夏、旅の巡回興行師が町にやってきたときに見た、剝製《はくせい》のクジラの目のように光沢がない（そのクジラは〝本物のモビー・ディック〟という触れこみで、その遺骨を見るには五セントも払わなければならなかった――なんという詐欺師《さぎし》たちだろう！）。アナベルはというと、彼女はそばに寄ってくる人間には誰にも愛敬《あいきょう》をふりまく女性だった――いや、それは公平ないい方ではない。彼女がそうするのは、一種の寛大さからであり、単に陽気であるからだった。それはわかっていても、彼女があんなラバ追いみたいなやつと楽しそうにしているのを見ると、わたしの心は痛んだ。

わたしの親友は、わたしを前に引っ張っていくと、彼に自己紹介して、「バディと私は、あなたが来て下さってうれしく思っています」といった。オッドは雄ヤギのマナーしか心得ていないやつだった。彼は立上がろうとも、手を差し出そうともしなかった。彼女のこともわたしのことも見ようともしなかった。わたしの親友は、一瞬ひるんだが、くじけることなくいった。「オッドは、私たちに歌を歌ってくれるわ。この人、歌がうまいの。お母さんが私にそういったのよ。アナベル、いい子だから、オッドが歌える曲を何か弾いてあげて」

ここまでの文章を読み返してみて、わたしは、まだオッド・ヘンダーソンの耳について十分に書いていないことに気づいた——大きな手落ちだ。というのは、彼の耳は「ちびっこギャング」に出てくるアルファルファの耳のように人目をひくものだったから。アナベルが愛想よくわたしの親友のリクエストに応《こた》えてくれたので彼の耳は、赤カブのように真赤になった。あまり赤いのでこちらの目が痛くなるほどだった。彼は、口ごもり、こそこそと頭を振った。しかし、アナベルは励ますようにいった。『わたしは光を見た』は知っている？」。彼はその歌は知らなかったが、彼女が次にもう一曲名前をあげると、それなら知っているとにやっと笑った。どんな馬鹿だって彼の控え目な態度は見かけだけのものだとわかるだろう。

アナベルがくすくす笑いながら豊かな和音を叩《たた》くと、オッドはませた大人の声で歌いはじめた。「赤い、赤いコマドリが、ぴょん、ぴょん、ぴょん」。喉《のど》が緊張して、喉仏がジャンプする。アナベルの演奏に熱が入る。女性たちは、演奏に気がついたらしく、めんどりのようなかん高いお喋りがしずまった。オッドはうまかった。たしかに才能があった。わたしは嫉妬《しっと》のあまり、殺人者を電気椅子で殺してやりたいと思った。実際、そのときわたしが考えたのは人殺しということだった。蚊《か》を殺すくらい簡単にあいつを殺してやる。いや、もっと簡単に。

わたしは、演奏会に夢中になっているわたしの親友にも気づかれずに、また客間を抜け出すと、〝島〟に向かった。〝島〟というのは、落ちこんだり、逆にわけがわからないくらい興奮したり、あるいはただひとりでものを考えたいと思ったりするときに、わたしが出かけて行く、家のなかのある場所に付けた名前だった。そこは、家の唯一《ゆいいつ》の浴室《バスルーム》に付属した小さな戸棚《とだな》だった。浴室そのものは、トイレを除くと、居心地のいい冬の客間のようで、馬の毛を張った二人掛けの椅子、小さなじゅうたん、小型の簞笥《たんす》、暖炉、額縁に入った「博士の訪問」「九月の朝」「白鳥の池」の複製、それにおびただしいカレンダーなどがあった。

戸棚にはステンドグラスの小さな窓がふたつ、浴室とのあいだに取付けられていた。その窓からはバラ色、琥珀《こはく》色、緑色の光が菱形《ひしがた》になって洩《も》れてくる。しかしステンドグラスのあちこちで、色がかすれたり、はがれたりしていたので、その透明な部分に目を近づけると、浴室に入ってきたのが誰かがすぐにわかった。わたしがそこにしばらく隠れて、あいつがみごとな成功をおさめたことをあれこれ考えこんでいると、浴室に人が入ってくる足音が聞えた。ミセス・メリー・テイラー・ホイールライトだった。彼女は鏡の前に立つと、パフで顔を軽く叩き、年老いた頰《ほお》に紅をさした。それから化粧ののりを眺《なが》めて、ひとりごとをいった。「とてもいいわ、メリー。自分でいうのも変だけど」

女のほうが男より長生きすることは、一般によく知られている。その理由はただ女のほうがうぬぼれが強いということだけなのだろうか？　それはともかく、ミセス・ホイールライトは、わたしの気分を明るくしてくれた。だから、彼女が出ていったあと、ディナーを知らせるベルが家じゅうに高らかに鳴り響くのを聞くと、わたしはこの隠れ家から出て、オッド・ヘンダーソンのことなどかまわずに、ご馳走《ちそう》を楽しもうと思った。

しかし、ちょうどそのとき、また誰かが浴室に入ってくる足音が聞えた。あらわれたのはあいつだった。いままでのように陰気な顔ではない。気取った歩き方をして、口笛を吹いている。彼は、ズボンのボタンをはずし、すごい勢いで小便をすると、ヒマワリ畑のカケスのように陽気に、口笛を吹きながら部屋を出ようとした。そのとき、箪笥の上に置かれた、開いた箱が彼の目にとまった。葉巻の箱で、わたしの親友は、そのなかに、新聞から切り抜いたレシピやその他さまざまなガラクタといっしょに、むかし父親にもらったカメオのブローチをしまっていた。思い出の品ということは別としても、彼女はそのブローチがめったにない高価なものだと想像していた。わたしたちが、彼女の姉たちやBおじさんに重大な不満を持ったりしたときなど、いつもきまって彼女はこういった。「気にしないでいいのよ、バディ。このカメオを売って、家を出ましょう。ニューオリンズ行きのバスに乗るのよ」。ニューオリンズに着いたらどうするか、カメオを売って作ったお金がなくなったらどうやって暮らしていくか。それについては話し合ったことはなかったが、わたしたちはこの空想を楽しんだ。おそらくふたりとも心のなかではこのブローチは、シアーズ・ローバックのカタログで買ったただのアクセサリーだと知っていたと思う。にもかかわらず、そのブローチは、わたしたちには、まだ試したことはないが、ほんとうの魔法の力を持ったお守りのように思えた。もし実際にわたしたちが、お話の世界で幸運を求めようと決めたときには、きっとそのお守りはわたしたちに自由を約束してくれるに違いない。だからわたしの親友は、そのブローチを決して身につけなかった。貴重な宝物だから、なくしたり、傷つけたりしてはいけないと思ったからだ。

それなのにいまわたしの目の前で、オッドのけがらわしい指がカメオのほうに近づいていく。じっと見ていると、彼はそれを手のひらにのせてはずませ、それから箱に戻すと、部屋を出ていこうとした。しかし、また戻ってくると今度は、すばやくカメオをつかんで、そっとポケットにしまいこんだ。わたしはかっとなり、衝動的に戸棚を出て行って、彼をとっちめようと思った。その瞬間なら、オッドを床に押し倒し、身動き出来ないようにしてやれると思った。しかし――、話がそれるが、昔、いまよりもっと単純な時代に、漫画家はよく、主人公が突然いいことを思いついたとき、マットとかジェフとかいったその主人公の額の上に電球をぱっと光らせたものだった。それとちょうど同じことがそのときわたしにも起った。電球がぱっと頭のなかで光ったのだ。その突然思い浮かんだ考えの衝撃と輝きで、わたしは身体が焼けるように熱くなり、震えた——思わず大声で笑い出したりもした。オッドは、わたしに復讐《ふくしゅう》の絶好の機会を与えてくれたのだ。いままで彼にオナモミでいじめられてきたが、こんどはわたしがし返しをする番だ。

食堂では、長いテーブルがT字形に並べてあった。Bおじさんがまんなかに坐《すわ》り、その右にミセス・メリー・テイラー・ホイールライト、左にミセス・コンクリンが坐っている。オッドは、コンクリン姉妹のふたりのあいだにはさまっている。姉妹のひとりはアナベルで、彼女がお世辞をいったので、彼は有頂天になっている。わたしの親友は、端のほうで子どもたちといっしょに坐っている。彼女によると、台所に近くて便利だからそこを選んだということだったが、もちろん、ほんとうはそこにいたいからだ。クウィーニーは、なぜか鎖をはずされていて、テーブルの下にいる——みんなの足のあいだを走りまわり、身体を震わせたり、尻尾《しっぽ》を振ったりしているが、誰も気にしている様子はない。おそらくみんな、まだナイフが入っていない、おいしそうに輝いている七面鳥や、オクラとトウモロコシ、オニオン・フリッター、ホット・ミンスパイといったご馳走を並べた皿からたちのぼる素晴しい香りに、催眠術をかけられたみたいに心を奪われていたからだろう。

わたしの口もこんなご馳走を見たらよだれを流すところだが、あいにくいまは、あいつにみごとに復讐してやると考えるとそれだけで胸が高鳴り、口のなかはからからに乾いてしまっていた。オッド・ヘンダーソンの満ち足りた顔をちらっと見たとき、わたしは一瞬、少しばかり彼が気の毒に思えたが、良心の苛責《かしゃく》はまったく感じていなかった。

Bおじさんが食前の祈りを捧げた。頭を垂れ、目を閉じ、こわばった両手をうやうやしく組んで、おじさんは、祈りの言葉をいった。

「主なる神よ、豊かな食事をお恵み下さり、この困難な年の感謝祭にさまざまな果物をお恵み下さり、心から感謝いたします」――ふだんほとんど聞くことのできない彼の声は、見捨てられた教会の古いオルガンのうつろな響きのようにかすれている――

「アーメン」。

それから、みんなが椅子を動かしたりナプキンを広げたりする音がした。それが一瞬やむと部屋のなかはしいんとなった。わたしが待っていた、復讐に絶好の瞬間だった。「このなかに泥棒がいます」。わたしははっきりとそういった。次にさらに慎重に非難の言葉をいった。「オッド・ヘンダーソンは泥棒です。彼は、ミス・スックのカメオを盗みました」

途中で動きをとめたみんなの手のなかで、ナプキンが白く輝いた。男たちは咳払《せきばら》いをし、コンクリン姉妹は四人そろって同じように溜め息をつき、そして小さなパーク・マクラウドは、子どもが驚いたときによくそうするように、しゃっくりをはじめた。

わたしの親友は、非難とも怒りともとれる声でいった。「バディ、本気じゃないんでしょう。あの子は、冗談をいっているだけです」

「ぼくは真面目だよ。うそだと思うなら、箱を調べてみて。カメオがなくなっているから。オッド・ヘンダーソンがポケットのなかに持っているよ」

「バディは、悪性の喉頭炎《こうとうえん》にかかっていたんです」彼女は呟《つぶや》くようにいった。「だから、彼のこと責めないでやって、オッド。あの子自分で何をいっているのかわからないのよ」

わたしはいった。「箱を見てきて。ぼく、彼が盗むところを見たんだ」

Bおじさんは、警告を発するような冷たい目でわたしをじっと見ると、その場を取りしきるようにいった。「たぶん、見てきたほうがいい」彼はミス・スックにいった。「そうすれば、問題は解決する」

わたしの親友が兄にさからうことはめったになかった。そのときもそうだった。しかし、彼女の蒼白《そうはく》な顔と、苦しそうな肩の様子を見ると、彼女が仕方なく兄の命令に従ったことがわかった。彼女が席をはずしたのは、わずかなあいだだったが、その不在は永遠に続くように思われた。テーブルのまわりに敵意が芽生え、波のように盛り上がってきた。その敵意は、不気味なほどのスピードで成長していくとげだらけのつるのようだった——そして敵意のつるにとらえられた犠牲者は、泥棒だと訴えられたオッドのほうではなく、訴えたわたしのほうだった。わたしは、胃がきりきりと痛みはじめた。一方、オッドは、死体のように平然としている。

ミス・スックが笑顔を浮かべながら戻ってきた。「恥を知りなさい、バディ」彼女は、指を立てながらわたしをたしなめるようにいった。「あんな冗談をいうなんて。カメオはちゃんと入れておいたところにありましたよ」

Bおじさんがいった。「バディ。お客さんに謝ってほしいな」

「いいえ、謝る必要はありません」そのときオッド・ヘンダーソンが立ち上がっていった。「彼のいうとおりです」。彼はポケットに手を突っこんで、カメオをテーブルの上に置いた。「弁解出来ればいいんですが、なにもありません」。ドアに向かって歩きながら、彼はいった。「あなたは珍しい方《レディ》ですね、ミス・スック。ぼくみたいな人間のために嘘《うそ》をついてかばってくれるなんて」。それから、あいつは、歩いて姿を消した。

わたしもそうした。ただわたしの場合は、走って部屋を出た。椅子《いす》をうしろに引いたとたん、ひっくり返してしまった。椅子が床にぶつかる音でクウィーニーが興奮した。犬はテーブルの下から走り出ると、わたしにむかって吠えたて、歯をむいた。「ミス・スックのわきを走り抜けるとき、彼女はわたしを引きとめようとした。「バディ！」。しかし、わたしにはもう、彼女もクウィーニーもどうでもよかった。あの犬はわたしに歯をむき出し、わたしの親友はオッド・ヘンダーソンの味方をした。彼女はあいつをかばって嘘をつき、わたしたちの友情、わたしの愛情を裏切った。予想もしなかったことだった。

家の下にシンプソン家の牧場が広がっている。牧場地は、十一月末の黄金色とあずき色の草で光り輝いている。牧場のはしには、灰色の納屋《なや》、豚の囲い、柵《さく》でかこったニワトリ小屋、それにハムを作る小屋があった。わたしが忍びこんだのはその小屋だったが、そこは、夏のいちばん暑い日でも涼しい、黒い丸太小屋だった。床は土で、煙をたく穴がある。その穴はヒッコリーの燃えがらとクレオソートの匂《にお》いがする。たいるきからはハムが何列もぶらさがっている。いつもは用心している場所だったが、このときは、小屋の暗さが私を守ってくれるように思えた。わたしは地面の上に倒れた。肋骨《ろっこつ》が、海岸に打ち上げられた魚のえらのようにひくひくいっている。泥と灰と豚の脂《あぶら》がごちゃまぜになった床の上で手足をばたばたさせたので、よそいきのスーツと長ズボンを台無しにしてしまったが、そんなことは気にならなかった。

ひとつだけはっきりしていることがあった。わたしはその晩、あの家と町から出ていく。旅に出る。貨物列車に乗ってカリフォルニアに向かう。ハリウッドで靴磨《くつみが》きをして稼《かせ》ぐ。フレッド・アステアやクラーク・ゲイブルの靴を磨く。あるいは——わたし自身が映画スターになるかもしれない。子役のジャッキー・クーパーの例がある。そうなったら、みんな後悔するだろう。金持になり、有名になり、あいつらから手紙や電報をもらっても返事を出さない。そうしたらたぶん、みんな後悔するだろう。

突然、彼らをさらに後悔させることを思いついた。小屋のドアが開いていて、そこからナイフのように鋭い光がさしこんでいる。その光で、壜が何本かのっている棚が目に入った。壜は、埃《ほこり》をかぶっていて、ドクロのマークがついている。この壜の一本でも飲んだら、食堂で飲んだり食ったりしている連中はみんな、後悔とは何かを思い知らされるだろう。これはやってみる価値がある。この小屋の床で、冷たく動かなくなったわたしが発見されたら、Bおじさんはどんなに嘆き悲しむか。それを見るだけでもやってみる価値がある。わたしを入れた棺《ひつぎ》が墓地の穴のなかにおろされていくとき、みんながどんなに悲しむか、クウィーニーがどんなに吠えたてるか、それを見てみたいものだ。

ただこの考えにはひとつ欠点がある。わたし自身、彼らのそうした姿を見ることも、聞くことも出来ないのだ。なにしろ、わたしはもう死んでいるのだから。わたしの死を悲しむ人間たちの罪の意識や後悔の念を見とどけることが出来ないとしたら、死んだとしても満足は得られないのではないか？

Bおじさんは、最後の客がテーブルを離れるまで、ミス・スックがわたしを探しに行くのを禁じたに違いない。わたしを探す彼女の声が牧場に聞えてきたのは、午後も遅くなってからだった。彼女は、嘆き悲しむ鳩《はと》のようにやさしくわたしの名前を呼んだ。わたしはじっとして、返事をしなかった。

わたしを見つけたのはクウィーニーだった。彼女は小屋のまわりをかぎまわり、わたしの匂いをかぎつけると、きゃんきゃん吠えた。それから小屋のなかに入り、わたしのところに這《は》いよると、手や耳や頬をなめた。彼女は、わたしにひどいことをしたと思っていたからだ。

やがてドアが開いて、光がたくさん入りこんできた。わたしの親友がいった。「出ていらっしゃい、バディ」。わたしは、彼女のところに行きたかった。わたしの姿を見ると、彼女は声をたてて笑った。「まあ、コールタールにつかったみたい。鳥の羽根をつけてあげましょうか」。しかし、彼女は、わたしが服を台無しにしたことで、非難もしなかったし、それについて何かいったりもしなかった。

クウィーニーは牛を追いかけようと外に走り出た。わたしたちは彼女のあとを追って牧場に出ると、木の切り株に腰をおろした。

「ニワトリの脚をとっておいたわ」そういって彼女は、パラフィン紙でくるんだ包みをわたしに渡してくれた。「それに七面鳥のあなたの好きなところ。軟骨のところよ」

それまでおなかは空《す》いていたが、もっとおそろしい感覚のために空腹感は麻痺《まひ》していた。それがいま、腹にくらったパンチのようにきいてきた。わたしはニワトリの脚をきれいにしゃぶると、次に七面鳥の軟骨をきれいに平らげた。胸の骨のまわりのいちばんおいしいところだ。

わたしが食べているあいだ、ミス・スックは、腕で私の肩を抱いた。「これだけは、いっておきたいの、バディ。まちがったことをふたつ重ねても正しいことにはならないわ。あの子がカメオを取ったのは確かに悪いことね。でも、あの子がどうしてそんなことをしたのかは私たちにはわからない。たぶんあの子は、そのまま持っているつもりはなかったと思うわ。理由がどうであれ、あの子は、計算してやったんじゃないのよ。あなたがしたことのほうがずっと悪いのは、そこなの。あなたは、あの子に恥をかかせてやろうと計画したでしょ。わざとそうしたでしょ。ね、聞いて、バディ。世のなかには、許されない罪がひとつだけあるの——わざとひどいことをすること。他のことはみんな許される。でも、これだけはだめ。わかる、バディ？」

　わたしにも、ぼんやりとわかった。そしてあれから何年もたってみると彼女が正しいことがわかる。しかし、あのときは、復讐が失敗したので、わたしのやり方が間違っていたに違いないと大雑把《おおざっぱ》に理解しただけだった。オッド・ヘンダーソンは、いまやわたしより立派な人間、それどころかわたしより正直な人間になってしまった——それはどうしてなのか？　なぜなのか？

「ねえ、バディ、わかった？」

「だいたい。それより、これ引っぱって」わたしは、願いごとに使う骨《ウィッシュボーン》の一方の枝の部分を彼女にさしだした。わたしたちは骨を引っぱりあった。わたしの半分のほうが大きかった。それでわたしが願いごとをすることになった。彼女は、わたしが何を願うのか知りたがった。

「おばちゃんが、ずっと友だちでいてくれること」

「ばかね」そういって彼女はわたしを抱きしめた。

「ずっと友だちでいてくれる?」

「ずっと生きてることは出来ないわ、バディ。あなたもね」。彼女の声は、牧場の地平線の上の太陽のように沈み、しばらく黙っていたが、また、新しい太陽のような力を持って昇ってきた。「でも、そうよ、ずっとよ。私が死んだあとも、あなたはずっと生きる。それが神の御意志なのよ。そしてあなたが私のことを覚えていてくれるあいだはずっと、私たちはいっしょなのよ……」

その後、オッド・ヘンダーソンはわたしにかまわなくなった。彼は、自分と同じ年齢のスクウィレル・マクミランという少年と取っ組み合いをはじめるようになった。しかし、次の年、成績も悪かったし、他にも素行が悪かったりしたので、校長は、彼が学校に来るのを許さなくなった。それで彼は、その冬、酪農場で手伝いとして働いた。わたしが最後に彼に会ったのは、彼がヒッチハイクをしながらモービルに行き、そこで商船に乗りこんで姿を消してしまう直前だった。それは、わたしが軍隊式の私立学校に入れられてみじめな人生を送ることになる前の年、わたしの親友が亡くなる二年前のことだった。だから、一九三四年の秋ということになる。

その日、ミス・スックは、わたしに庭に来て仕事を手伝ってくれといった。彼女は、花の開いた菊の株をブリキの洗濯だらいに植えかえたのだが、それをもっと見ばえのする表のポーチまで、階段を運び上げるのに人手が必要だった。菊の株の入ったブリキのたらいは、四十人の太った海賊よりも重かった。わたしたちが、それをなんとか持ち上げようと悪戦苦闘しているときに、オッド・ヘンダーソンが家の前を通りかかった。彼は、庭の木戸のところに立ちどまり、それから木戸を開けると、「おばさん、僕にやらせて」といった。酪農場での生活は、彼にいい結果をもたらしていた。身体はがっちりしてきたし、腕はたくましくなっていた。もともと赤ら顔だったが、それが日に焼けてさらに赤褐色《せっかっしょく》になっている。彼は大きなたらいを軽々と持ち上げると、それをポーチに置いた。

わたしの親友はいった。「どうもありがとう。ほんとうにご親切に」

「なんでもないですよ」と彼は、相変らずわたしのことは無視していった。

ミス・スックはいちばん大きな花をつけた菊の茎を何本か折った。

「これをお母さんに持っていってあげて」彼女は、彼に花束を渡しながらいった。

「よろしくいってね」

「ありがとう、おばさん、そう伝えます」

「ねえ、オッド」彼女は、彼が道路に戻ると呼びかけた。「気をつけてね！　その菊は、ライオンなのよ」。しかし、彼はすでに彼女の声の聞えないところに行ってしまっていた。わたしたちは、彼が曲がり角を曲がるまで見送っていたが、彼は、自分が危険なものを持っていることにはまったく気がついていなかった――その燃えさかるような菊の花は、緑色に暮れていく夕暮れの空に向かって、大きくうなり声をあげていた。

訳注（数字はページ数を示す）

二五　**高架鉄道**　elevated railways のこと。略して「エル（el）」と呼ばれる。ニューヨークのマンハッタン地区には一九世紀末から、高架鉄道が走っていて、市民の足となっていた。その後、地下鉄の発達とともに徐々に撤去され、一九五〇年代に姿を消した。

九六　**ラナ否認**　「ラナ」とは、一九四〇年代から五〇年代に活躍した美人グラマー女優ラナ・ターナーのこと。「夢を売る女」が書かれた一九四九年ころ彼女は、やはり人気スターのタイロン・パワーとの仲が取りざたされた。新聞記者にそれを聞かれ、「否認」したということだろう。

一一〇　**サラトガ**　ニューヨーク州東部にある保養地 Saratoga Springs のこと。温泉と競馬場で知られる。

一二五　**ウォルター・ウィンチェル**　（一八九七―一九七二）四〇年代から五〇年代にかけて新聞とテレビの両方で力を持ったコラムニスト。「デイリー・ミラー」紙のコラムとABCテレビのショウ番組で人気を得て、マス・メディアの権力者になった。論調は右寄り。

二二五　**サンビーム・オブ・アメリカ**　Sunbeam of America　ガールスカウトに似た女の子たちの組織。

二四一　**ケイジャン**　Cajun　カナダの旧フランス領植民地アカディア（Acadia）からルイジアナ州に移住して来たフランス人の子孫。

二五四　**ベビー・ルース**　Baby Ruth　アメリカのカーティス・キャンデー社のピーナツ入りチョコレート・バー。クリーヴランド大統領の長女の愛称にちなんでつけられたという。

三〇八　**ミコーバー氏**　Mr. Micawber　ディケンズの小説「デイヴィッド・コパフィールド」に出てくる下宿屋の主人。

解説

川本三郎

本書は、トルーマン・カポーティの短篇集で、代表作「夜の樹」(45年)、「ミリアム」(45年)はじめ、カポーティの短篇のなかでは「クリスマスの思い出」(46年)と並ぶ心暖まる作品「感謝祭のお客」(67年)など九篇を選んでいる。一九七〇年に新潮社から出版された龍口《たつのくち》直太郎訳『夜の樹』の改訳版である。配列、題名は若干変えてある。また、単行本『夜の樹』に収録されている「クリスマスの思い出」は新潮文庫刊の『ティファニーで朝食を』にすでに収められているため、今回この短篇集からは除いている。

一九六七年に書かれた「感謝祭のお客」の他はいずれも一九四〇年代、カポーティが二十代のときに書かれたものである。二十代の若者が書いたものとはにわかに信じられないほど完成度の高い作品ばかりで、当時、カポーティがアメリカ文学界に〝アンファン・テリブル〟(恐るべき子ども)として熱狂的に迎えられたのもうなずける。

このうち「ミリアム」はO・ヘンリ賞を受賞し、カポーティの作品のなかでももっとも親しまれている。一九七〇年には、フランク・ペリー監督（ジョン・チーヴァーの「泳ぐひと」を映画化した）によってテレビドラマにもなった（ミセス・ミラーはミルドレッド・ナトウィック、ミリアムはスーザン・ダンフィー）。

カポーティというと日本ではオードリー・ヘプバーン主演の「ティファニーで朝食を」の原作者という印象が強いために、都会的なソフィスティケイトされた軽い作家と思われがちだが、実際は、人間の非合理性や心の闇《やみ》にこだわり続けたシリアスな作家である。そのことは、本書におさめられた短篇を読めばすぐに理解出来る。

カポーティの短篇は、暗く、冷たく、内向的なものが多い。狂気、無意識の闇、生きる恐れ、都市の疎外感、オブセッション（妄執《もうしゅう》）といった人間の心の負の部分にこだわる。孤独癖の強い人間が見る白昼夢のような、現実とも夢ともつかない淡い幻影の作品が多い。ときには病的ですらある。カポーティは、外部社会の現実に向うというより、自分の心のなかの秘密の部屋へとゆっくりと降りて行こうとする。その点でたとえば男性的なヘミングウェイの世界とはまるで違う。

「夜の樹」のケイ、「ミリアム」のミセス・ミラー、「夢を売る女」のシルヴィア、「無頭の鷹《たか》」のヴィンセント……彼らはみんな孤独な人間たちである。目は外部の世界に向わず、いつも自分の内部に向けられる。よく不可思議な、ときにグロテスクな夢を見る。日常生活から次第に切り離されていき、夜の世界へと入っていく。自分だけの部屋にとじこもろうとする。彼らの暗い内面を象徴するかのように、カポーティの世界では、よく雨や雪が降る。「ミリアム」のミセス・ミラーは何日も雪にとじこめられる。

表題作の「夜の樹」は、十九歳の少女が夜汽車で、見世物をしながら旅を続けているふたりの奇妙な旅芸人と乗り合わせ、彼らに恐怖を感じながらも、いつしか、その異様な雰囲気《ふんいき》にとらわれていく姿を描いている。〝夜の樹〟という言葉は、彼女が子どものころに親から聞かされた、夜の樹には子どもをさらっていく魔物がひそんでいるという話からつけられている。その言葉は、人間の心の闇、無意識の恐怖の象徴になっている。恐怖はカポーティの作品の特徴のひとつで、主人公はさまざまな場面で実によく外界に対して恐怖を覚える。

「夜の樹」のケイだけではない。「ミリアム」のミセス・ミラーも「夢を売る女」のシルヴィアも「無頭の鷹」のヴィンセントも、心のなかに恐怖の象徴としての〝夜の樹〟を持っている。その〝夜の樹〟から奇怪な花、妖《あや》しい花、そして美しい花が咲いていく。

自分と同じもうひとりの自分がいる。いわゆるドッペルゲンゲル（分身、影法師）

もカポーティが好んで取り上げたテーマで、これも自分のなかの〝夜の樹〟から生まれてくる病んだ幻想である。「ミリアム」の不思議な少女は明らかにミセス・ミラーの分身、影法師であるし、「無頭の鷹」のヴィンセントが取り憑《つ》かれてしまうD・Jという謎《なぞ》の女もまた、ヴィンセント自身の分身、ドッペルゲンゲルと考えられる。「夜の樹」のいかにもビザール（奇怪）なふたりの旅芸人も、十九歳の少女ケイが夜汽車のなかで幻想した自分自身の影だと考えても不自然ではない。

カポーティは、そうした意識の不確かさ、複雑さ、不安定さこそにこだわった。確固たる信念、揺がない自己を持った強い人間よりも、その逆の、ちょっとした日常の出来事からあっというまにむこう側へ連れ去られていってしまう〝取り憑かれやすい〟人間を愛した。これはもしかしたら、カポーティがホモセクシュアルの作家だったことと関係があるかもしれない。カポーティが生きた時代は、まだ同性愛は、隠さなければならない秘密のことだったのだから。

カポーティの短篇はその幻想性のために「ゴシック・ロマン」「シュールレアリスム」と評されることが多いが、私にはそうした文学的定義はあまり重要に思えない。むしろカポーティの短篇を読んでいると、親に見捨てられた子ども、暗がりのなかにひとり取り残された子どもをイメージしてしまう。暗闇を恐れて枕《まくら》もとの電燈《でんとう》をつけたまま眠っている子どもが、夜中にふと目を覚ます。あたりには誰もいない。静まりかえった室内は、ひとつだけついている電気の光に照らし出されて、いつもとは違ったように見える。子どもはそのなかでじっと天井の暗がりを見すえる。そのときの子どもの心のなかの怯《おび》え、恐怖、心細さがカポーティの作品の基底を作っている。

やがて子どもは次第に暗がりに慣れていく。怯えが溶けていく。そしていつしか暗がりのなかで再び眠りにおちていく。なぜなら、闇は子どもを怯えさせもするが、同時に、子どもを包みこみ、外部の世界から守ってくれるのだから。闇に対する恐怖と親密感。カポーティの作品にはそのアンビバレンツ（両義性）がある。それが作品を豊かなものにしている。

カポーティは一九二四年九月三十日、アメリカ南部ルイジアナ州のニューオリンズに生まれた。父親はセールスマンだったが山師的なところがあり家庭を大事にしなかった。母親はアラバマ州生まれのいわゆる〝サザン・ベル〟（南部の美女）で、結婚したときわずか十六歳だった。十七歳のときにカポーティが生まれたが、結婚生活はうまくいかず、両親は彼が四歳のときに離婚した。その後、母は、金持のビジネスマンと再婚しニューヨークに住むが、それまで子どものカポーティはアラバマ州の母方の親戚《しんせき》の家に預けられた。「ぼくにだって言いぶんがある」（45年）、「銀の壜《びん》」（45年）、

「誕生日の子どもたち」（49年）、「感謝祭のお客」はこのアラバマ時代の思い出から生まれている。女性作家ハーパー・リーは、このアラバマ時代の幼なじみで、彼女の原作でグレゴリー・ペックがアカデミー賞を受賞した映画「アラバマ物語」（62年）には、少年時代のカポーティをモデルにした色の白い女の子のような少年が出てくる。

エヴァ・ガードナーのように美しかったという母親は子どものカポーティを可愛《かわい》がるには若く、美しすぎた。カポーティは後年、ジャーナリストのローレンス・グローベルのインタヴューに答え、幼いとき母親にホテルに置き去りにされた悲しい思い出をこんなふうに語っている。

「あのころは私の人生のなかでもつらい時期だった。私は当時まだ二歳くらいだったが、ホテルの部屋にとじこめられたことをよく覚えている。母はそのころまだ若かった。私たちはニューオリンズのホテルで生活していた。彼女には私の面倒を見てくれる知人がいなかった。それで夜、愛人と外出するときに私をホテルの部屋にとじこめてしまうほかに方法がなかったんだ。私はそのたびに部屋から出れなくてヒステリーを起こした」（『カポーティとの対話』、八八年、文藝春秋刊）。このカポーティの母親は、のち一九五四年にマンハッタンのマンションの一室で睡眠薬の飲み過ぎで死んだ。

カポーティの主人公には孤児や親を知らない子どもが実に多い。処女長篇『遠い声遠い部屋』（48年）のジョエル少年は幼いころに父親と別れていて、父親を探す旅に出る。『草の竪琴《たてごと》』（51年）のコリン少年は、遠い親類の家に預けられている。『ティファニーで朝食を』（58年）のホリー・ゴライトリーも両親とは別れて暮している。そして遺作となった未完の長篇「叶《かな》えられた祈り」の主人公も子どものころに両親に捨てられた孤児である。この孤児へのこだわりは、カポーティ自身の子ども時代の体験に根ざしたものだろう。

カポーティの作品を読んでいてもうひとつ気がつくことは、閉ざされた部屋のイメージが多いことだ。「夜の樹」の夜汽車と、旅芸人が生きたまま入るという棺桶《かんおけ》。「ミリアム」のマンハッタンのマンション。「無頭の鷹」のヴィンセントの部屋。「最後の扉《とびら》を閉めて」のサラトガやニューオリンズの安ホテル。孤独な人間たちは狭い、閉ざされた部屋のなかでますます内向化していく。この〝部屋〟へのこだわりも、幼児時代のホテルに取残された思い出と無縁ではないだろう。

カポーティは「私の子ども時代には大きな愛情の欠落があった」と語っているが、しかし、彼の子ども時代が必ずしも不幸な日々だけだったのではないことは、「誕生日の子どもたち」をはじめとする一連のアラバマものを読めばわかる。これらの短篇は、「夜の樹」や「ミリアム」とはまったく趣きを異にしている。ここではカポーティは、一九三〇年代のアメリカ南部のスモールタウンでの、幸福でイノセントな子どもも時代を描いている。子どもたちはまだ自分の心のなかに〝夜の樹〟が芽生えているのに気づいていない。狂気も孤独もオブセッションもまだ姿を見せていない。徐々にかげりはあるものの、子どもたちはまだボーイズ・ライフを楽しんでいる。だからアラバマものは幸福な作品が多い。

とくに「感謝祭のお客」に登場するミス・スック、または「私の友だち」と呼ばれる年上の心やさしい女性の存在は読む者の心をも幸福にしてくれる。彼女は実在の女性で、年齢と役割からいえばカポーティの祖母といっていい。つつましく、控え目で、童女のような無垢《むく》を持ち、子どものカポーティをいつもいたわり、かばった。いい友だちだった。「イノセンス（無垢）」はアメリカ文学の重要なテーマだが、カポーティにとってはこのミス・スックこそイノセンスの象徴だった。

母親が再婚してニューヨークに住むようになってから、カポーティもまた、アラバマのスモールタウンからニューヨークに移り、母と暮すようになった。一九三〇年代なかばのことである。そして「ニューヨーカー」誌のコピーボーイをしながら、ひそかに小説を書くようになっていった。そこからカポーティにはふたつの文学的故郷が生まれた。アラバマ州のスモールタウンとマンハッタンの大都会。後者から生まれたのが「ミリアム」「夢を売る女」「最後の扉を閉めて」などの一連の暗い系列の作品で、前者から生まれたのが「感謝祭のお客」をはじめとする無垢なアラバマものである。「ぼくにだって言いぶんがある」など、「ミリアム」を書いた作家のものとは思えないほどコミカルだ。カポーティはいわば、アラバマとニューヨークというふたつの世界に引き裂かれている。

作家として成功してからは、カポーティの活動の場はニューヨークになった。とりわけ、一九六五年に発表された『冷血』が、アメリカ文学界で〝「風と共に去りぬ」以来〟の大成功をおさめてからは、カポーティは作家というよりもセレブリティ（有名人）になってしまった。テレビに出演する。マリリン・モンローやジャクリーヌ・ケネディと付き合う。派手なパーティを開く。作家のゴア・ヴィダルやノーマン・メイラーと喧嘩《けんか》をする。自分がホモセクシュアルであることを偽悪的なまでに公言する。アル中になる。ドラッグにも手を出す。後年のカポーティは、正直なところニューヨークという〝虚栄の市〟にスポイルされてしまったのではないかと思う。そして派手なゴシップをふりまきながら、一九八四年八月二十五日、ロサンゼルスの友人ジョーン・カーソン（テレビの司会者として有名なジョニー・カーソンの元夫人）のロサンゼルスのマンションで心臓発作で急死してしまった。書きかけていた「叶えられた祈り」はついに未完のまま終った。
そうしたカポーティの後年の荒れた生活を思うと、アラバマの少年時代を描いた無垢な短篇のいくつかが、カポーティ文学のなかでとりわけ貴重なものに思えてくる。カポーティはそんなことは不可能とは知りつつ、またいつかアラバマの少年時代に戻りたいと夢見ていたのではないだろうか。
カポーティの葬儀のとき、ジョーン・カーソンは、ミス・スックの思い出を描いた「クリスマスの思い出」を朗読したという。それは彼女がカポーティのアラバマでの子ども時代への郷愁を知っていたからに思えてならない。

本書の翻訳は、二年がかりの仕事になってしまった。当初の担当者である元新潮文庫編集部の英保未来氏（翻訳家の大森望氏）、原稿の遅い私を辛抱強く待って下さった新潮文庫編集部の私市憲敬氏、原稿の綿密なチェックをして下さった校閲部の皆川知子さん、また、難解な箇所の手助けをして下さったバレリー・ケインさん、本書に多数出てくる植物の訳名についてご教示下さった植物学者の塚谷裕一氏、皆さんに心から感謝したい。

（一九九四年一月）

夜《よる》の樹《き》

新潮文庫　カ－3－5

Published 1994 in Japan
by Shinchosha Company

平成　六　年　二　月二十五日　発　行
平成二十三年　七　月　五　日　二十二刷改版
令和　三　年十一月三十日　二　十　八　刷

訳　者　川《かわ》本《もと》三《さぶ》郎《ろう》

発行者　佐藤隆信

発行所　株式会社　新潮社

郵便番号　一六二―八七一一
東京都新宿区矢来町七一
電話　編集部(〇三)三二六六―五四四〇
　　　読者係(〇三)三二六六―五一一一
http://www.shinchosha.co.jp

価格はカバーに表示してあります。

印刷・凸版印刷株式会社　製本・株式会社大進堂

ISBN978-4-10-209505-8 C0197